REGINA SCHLEHF

LETALE LÖSUNGEN II

WIR KÖNNEN AUCH ANDERS.
38 KRIMIS VON NETT BIS NIEDERTRÄCHTIG

Edition Roter Drache
K R I M I

Dieses Buch wurde klimaneutral gedruckt und versendet.

Klimaneutral
Druckprodukt
ClimatePartner.com/14701-2102-1005

1. Auflage März 2024

Edition Roter Drache, Holger Kliemannel, Am Hügel 7, 59872 Meschede

edition@roterdrache.org; www.roterdrache.org

Buchgestaltung: Holger Kliemannel

Umschlaggestaltung: Anke Koopmann, www.designomicon.de

© Foto S. 271 by Barbara Dünkelmann

Hergestellt in der EU

ISBN 978-3-96815-069-7

INHALT

DER HARFENENGEL

Wenn es etwas gab, auf das Paul noch weniger stand als auf Engel, dann war es Rosenkohl. Oder Grünkohl. Blumenkohl mit Soße. Eigentlich alle Kohle. Oder hieß es Köhle? Kohle hätte er jetzt dringend gebrauchen können …

Angenervt musterte er die Auslage der Engelsbude. Da gab es pummelige Putten, schlanke Cherubime, Porzellanengel ohne Gesichter und kitschige Bilder mit pausbackigen Kindern, die auf wackeligen Brücken von großen Flügelfiguren behütet wurden.

Auf so einen Stuss standen Frauen. Seine Mutter hatte die ganze Bude damit dekoriert. Lange hatte sich Paul gefragt, ob sie seinen Vater vielleicht nur darum geheiratet hatte. Nach dem letzten Handballspiel, als sein Vater ihn zu einer Currywurst einlud, sah er die Gelegenheit, ihn zu fragen: »Sag mal, wieso hat Mama dich eigentlich geheiratet?«

Sein Vater prustete fast die Currywurst über den Tisch: »Danke für das Kompliment!«

»Wieso Kompliment?«, fragte Paul verständnislos.

Der Vater tupfte sich mit der Papierserviette Lachtränen weg: »Wolltest du nicht wissen, warum sie ausgerechnet mich genommen hat!«

»Ja, natürlich, das hab ich doch gefragt!« Sein Vater zwinkerte und sagte dann mit tiefer Stimme: »Weil ich so große Ohren habe!«

Paul boxte ihn: »Hey, ich meine es ernst!«

»Vielleicht weil ich so groß und stark bin«, schlug sein Vater vor. »Frauen brauchen Beschützer.«

Das fand Paul ziemlich bescheuert: »Mama kann gut auf sich selbst aufpassen!«

»Stimmt auch wieder«, seufzte sein Vater und leckte einen Rest Currysauce von den Fingern. »Hast du einen Vorschlag?«

»Vielleicht wollte sie einfach Engels heißen.«

Sein Vater brach in lautes Lachen aus: »Du denkst, sie hat mich geheiratet, weil sie diesen Engelstick hat? – Keine Sorge, es ist genau umgekehrt: sie steht auf Engel, seit sie einen Engels geheiratet hat.«

Paul war nur halb getröstet. Er hatte jetzt eine Erklärung, warum Mama Engelsfiguren sammelte, aber dass sie sie sammelte, fand er immer noch doof.

Und ausgerechnet Vivi kam jetzt mit Engeln daher!

Vivi saß neben ihm in Französisch. »Das wird dir guttun«, hatte Frau Dohm gesagt, die ihn von Fabi weggesetzt und neben Vivi in die erste Reihe dirigiert hatte. So sehr Paul Vivi dafür verachtete, schließlich weiß man ja, was Lehrer unter »guttun« verstehen, stellte er doch bald fest, dass sie eigentlich ganz okay war. Klar war sie ein Streber. Es gab nichts, was sie nicht wusste. Aber außer wenn sie gefragt wurde, merkte man es ihr eigentlich kaum an. Sie ließ ihn abschreiben, reichte seine Zettel an Fabi weiter, und Paul bewunderte ihren treuherzigen Augenaufschlag in Richtung der Dohm, während ihre Hand unauffällig nach hinten wanderte, um Botendienste zu verrichten. Sie hatte überhaupt so eine Art ihre Hände zu bewegen, so geschmeidig, dass Paul immer wieder hingucken musste. Und sie roch so gut! Paul hatte neulich alle Parfüms und Deos im Supermarkt abgeschnüffelt. Aber nichts roch auch nur im Entferntesten so gut wie Vivi.

Dann waren die Mädchen auf diese bescheuerte Wichtelidee gekommen, und weil sie die Mehrheit hatten im Französisch-Kurs, musste jeder seinen Namen auf einen Zettel schreiben, Frau Dohm ging rum, sammelte die Zettel ein, und dann ging sie nochmal rum, jeder musste die Augen zumachen und einen Zettel ziehen. Und weil es ein Geheimnis sein sollte, wer wen gezogen hatte, ging ein allgemeines Gekreisch und Getuschele und Gekichere los, während Frau Dohm wieder durch die Reihen ging, alle Zettel wieder einsammelte und dann einen nach dem anderen zog und die Namen im Kalender eintrug. Zum Glück war Paul der Vorletzte, am 22. musste er ein Geschenk haben, nur Vivi war noch nach ihm dran.

Paul schwieg eisern, als Fabi ihn nach der Schule fragte.

Am nächsten Tag kam er früher als sonst in den Klassenraum, wo sie Französisch hatten. Während er seine Tasche verstaute, sagte Vivi: »Soll ich dich Vokabeln abfragen?«

»Schreiben wir einen Test?«, fragte Paul zurück.

»Nö, nur so«, meinte sie.

Paul überlegte kurz und sagte dann schnell: »Ja!«, obwohl er natürlich nicht gelernt hatte und nichts beknackter fand, als sich Vokabeln abfragen zu lassen. Nach der dritten Niete wollte sie auf einmal wissen: »Was machst du eigentlich so nachmittags immer?«, und setzte spöttisch hinzu: »Außer Vokabeln lernen.«

Normalerweise hätte Paul antworten müssen, was sie das eigentlich angehe, aber die Frage kam ihm einigermaßen gelegen, auch wenn er nicht wusste, was er sagen sollte.

»Computerspielen und so«, meinte er ausweichend. »Und Handball natürlich!«

»Ach ja?«, Vivi schien nicht sonderlich befriedigt. »Und was magst du sonst so?«

Da ging Paul in die Offensive: »Was magst du denn so außer Vokabeln lernen?«, fragte er.

Vivi wurde feuerrot. »Musik«, sagte sie nach kurzem Zögern leise.

»Ach ja? – Auf welche Musik stehst du denn so?«

»Ich hab Musikschulunterricht.«

Paul war verblüfft. »Du spielst selbst? Was denn?«

Wieder zögerte sie, dann noch leiser: »Harfe.«

Frau Dohm kam rein und ersparte jeden weiteren Kommentar.

Nach der Schule pirschte Paul sich von hinten an Vivi ran, als sie gerade ihr Fahrrad aufschloss.

»Hast du Lust, mal mit mir über den Weihnachtsmarkt zu gehen?«, fragte er.

»Jetzt?«, wollte sie wissen.

»Klar, warum nicht?«

»Hm. Aber nur kurz!«, sie grinste. »Suchst du was Bestimmtes?«

»Ich dachte nur, vielleicht kannst du mir einen Tipp geben, was ich meiner Mutter schenken kann. Du bist ja auch eine Frau.« Paul spürte, wie ihm das Blut in die Ohren schoss.

Vivi lachte.

Ja, und dann hatte sie ausgerechnet an dieser Bude haltgemacht und den winzigen Holzengel mit der Harfe in die Hand genommen. »Ist der süß!«

Paul verdrehte innerlich die Augen.

»Meinst du, der könnte ihr gefallen?«, fragte Vivi.

»Auf jeden Fall!«

»Na los, dann kauf ihn doch!«, drängte sie.

Es war noch nicht einmal gelogen, als er antwortete: »Kein Geld! Ich hab mir letzten Monat ein Computerspiel gekauft, da musste ich mir bei meinem Vater schon Geld leihen.«

Als Vivi am 22. ihr Päckchen aufmachte, wurden ihre Augen riesengroß, dann lief sie feuerrot an und hauchte: »Danke!« Mehr sagte sie nicht, aber ihre Finger streichelten den kleinen Harfenengel so zärtlich, dass Paul eine Gänsehaut den Rücken herunterlief.

Das Päckchen, das er am nächsten Tag erhielt, war ein kleiner Briefumschlag. Darin befand sich ein Zehn-Euro-Schein.

»Viviane«, sagte Frau Dohm streng, wir hatten ausgemacht, dass ihr euch etwas ausdenkt, aber kein Geld!«

»Es ist für etwas ganz Bestimmtes, Paul weiß schon wofür, und ich wusste nicht genau, ob er es schon besorgt hatte«, wisperte Vivi und wurde wieder feuerrot.

»Nein«, sagte Paul, der sich auf einmal in Grund und Boden schämte. »Das ist total lieb von dir!« Es war ihm völlig egal, was die Klasse jetzt zu lästern hatte.

Nach der Schule flitzte er zu der Engelsbude und hielt dem Besitzer den Zehn-Euro-Schein hin. »Ich hab gestern den kleinen Harfenengel mitgehen lassen«, sagte er mit treuherzigem Augenaufschlag. »Bitte seien Sie mir nicht böse!« Er flitzte weg, ehe der Mann etwas sagen konnte.

Auf dem Nachhauseweg fragte Paul sich, ob und was Vivi eigentlich an ihm finden mochte. So angestrengt er auch grübelte, es fiel ihm nichts ein, was ihr an ihm gefallen konnte. Außer – der Gedanke schoss ihm wie ein kleiner giftiger Pfeil mitten ins Herz – was, wenn sie einfach nur seinen Namen geil fand?

Erstveröffentlicht in: *Wünsch dich ins Wunder-Weihnachtsland*, Hrsg.: Martina Meier, Papierfresserchens MTM-Verlag Nonnenhorn 2010

KELLERASSI

Irgendwas war faul im Keller. Wir wohnten Parterre links, da hörte man ganz gut, was unter uns los war. Zumindest nachts. Nachts war normalerweise nichts los im Keller.

Aber jetzt war ich schon ein paarmal nachts hochgeschreckt und hätte schwören können, dass ein Geräusch unten zu hören gewesen war. Wenn ich angestrengt horchte, blieb es ruhig, da war höchstens ein kleines Rascheln, von dem man nicht weiß, ob man's sich nicht einbildet.

Wenn es eins gibt, was ich niemals freiwillig täte, dann nachts herumzugeistern, geschweige denn in den Keller zu gehen.

Bis vor zwei Wochen hab ich mit Mats ein Zimmer geteilt. Er fand es total lustig, mich zu wecken, wenn ich gerade eingeschlafen war. Dann hat er auf einmal geschrien: »Pia, da ist ein Tier unter deinem Bett!«

Mama musste kommen, mich auf den Arm nehmen, ich hab geschrien und mich geweigert, ins Bett zurückzugehen. Auch am nächsten Tag bin ich erst schlafen gegangen, wenn Mama jede Ecke im Zimmer untersucht hatte, ob da nicht irgendwas Lebendiges war. Wenn Mama mit Mats schimpfte, hat er geschworen: »Da war eine Kellerassel, ich hab sie deutlich gehört!«

Mama hat gesagt, er spinnt, Kellerasseln kann man gar nicht hören, die sind so klein. Aber das hat es noch viel schlimmer gemacht. Mats hat mir eine ganze Handvoll Kellerasseln mitgebracht, die sind da rumgewimmelt, und wenn er sie gestupst hat, haben sie sich eingerollt, und dann hat er mir gezeigt, wie man sie totmacht: er hat mit dem Fingernagel draufgedrückt, dass es geknackt hat, total eklig.

Mit Beginn der Ferien kriegte Mats sein eigenes Zimmer. Da war ich eigentlich froh, aber ein bisschen war es auch schrecklich, ganz alleine zu sein, nachts jedenfalls. Ich hatte mich gerade ein paar Tage daran gewöhnt, da ging das los mit den nächtlichen Geräuschen.

Als ich Mama davon erzählte, verdrehte sie die Augen. »Pia, du glaubst doch nicht im Ernst, dass ich jetzt nachts mit dir auf Asseljagd in den Keller gehe!«

Mats konnte ich schon gar nicht um Hilfe bitten. Also hab ich nachmittags bei der alten Frau Lübbe geklingelt, die bei uns gegenüber wohnt.

»Komm rein, Piachen.« Sie strahlte. »Du warst ja lange nicht mehr hier! Genießt du denn die Ferien? Magst du einen Kakao?«

Während ich bei ihr in der Küche saß, hab ich von den nächtlichen Geräuschen erzählt. Da wurde sie ganz aufgeregt. »Du hast es also *auch* gehört!«, hat sie gerufen. »Und ich hab schon gedacht, ich alte Frau werde plemplem!« Dann hat sie noch gesagt: »Ich würde mich doch nie trauen, nachts alleine in den Keller zu gehen und nachzugucken!«

Da war jedenfalls klar, dass ich nicht bekloppt war und Frau Lübbe genauso wenig.

Wir haben gemeinsam einen Plan ausgedacht.

Am nächsten Abend habe ich mir eine Taschenlampe unters Kopfkissen geschoben. Das war ganz schön ungemütlich, aber trotzdem bin ich irgendwann eingeschlafen. Als im Keller das Schlurfen erklang, schoss ich wie eine Rakete aus dem Bett. Ich bin mit der Taschenlampe durch den Flur, auf Zehenspitzen zur Wohnungstür raus, und dann hab ich vorsichtig gegenüber geklopft. Frau Lübbe wartete schon auf mich. Sie hatte es also auch gehört. Sie hat ihren Stock genommen, und ich musste die Taschenlampe schnell in die Linke wechseln, dass ich ihre Hand halten konnte.

Wir sind zur Kellertür geschlichen, haben unsere Ohren daran gepresst und gelauscht. Das Rascheln und Scharren war deutlich zu hören. Und dann hat jemand laut gerülpst. Wir haben uns angeguckt, und Frau Lübbe hat geflüstert: »Ich zähle jetzt bis drei, dann reißt du die Tür auf, ich mache Licht an, und dann schreien wir beide: ‚Halt, Polizei!'«

So ungefähr haben wir es dann gemacht. Sie hat bis drei gezählt, ich hab die Tür aufgerissen, aber so heftig, dass ich sie der alten Lübbe vor den Kopf gehauen habe. Während ich schnell selber das Licht angemacht hab, hat Frau Lübbe laut »Au!« geschrien.

Die Treppe lag jetzt hell beleuchtet vor uns, vom Kellergang sah man ein bisschen, aber mehr konnten wir nicht erkennen. Es war totenstill. »Halt, Polizei!«, rief ich schließlich, aber irgendwie kiekste meine Stimme so blöd, dass ich mich selber kaum verstand.

Die alte Frau Lübbe rappelte sich auf. »Kommen Sie mit hoch erhobenen Händen heraus!«, krächzte sie die Stufen hinunter und hob den Stock, als wollte sie den Angreifer auf der Stelle aufspießen.

Nach einer langen Weile hörten wir wieder etwas schlurfen. Es kam langsam näher! Erst sahen wir einen Fuß in einem groben Schnürstiefel, der sich vortastete, dann kam sein Besitzer hinterher, vielmehr seine Besitzer*in*, eine alte Frau! Sie trug eine zerrissene Trainingshose, darüber einen Rock, einen Pulli, eine Strickjacke und eine ziemlich dreckige und löchrige Trainingsjacke. Die grauen langen Haare waren zu einem total zerzausten Knoten gebunden.

Frau Lübbe zielte mit dem Stock auf sie: »Was haben Sie in unserem Keller gesucht?«, rief sie.

»Was Trockenes zum Schlafen«, sagte die Alte. »Was dagegen?«

Das klang ein bisschen frech, und das hat Frau Lübbe ihr auch gleich gesagt. Dann hat sie ihr noch einiges anderes gesagt: Was für eine Unverschämtheit das sei, einfach in fremder Leuts Häuser einzubrechen und friedliche Bürger im Schlaf zu behelligen und zu Tode zu erschrecken.

Die alte Frau am Fuß der Treppe ist ganz kleinlaut geworden, sie hat nur einmal eingeworfen: »Aber das Kellerfenster stand doch offen!«

»Und? Stand da auch dran, dass Sie reinkommen sollen?«, hat Frau Lübbe böse gesagt. Die Alte hat schließlich ganz zerknirscht geguckt und gesagt, es täte ihr leid, aber sie hätte halt keine Unterkunft. Wo sie denn hinsollte?

Da hat Frau Lübbe gesagt: »Nu kommen Sie mal rauf. Nach all der Aufregung können wir erst mal einen Kakao gebrauchen.«

Wir haben also bei Frau Lübbe nachts um halb eins in der Küche gesessen und Kakao getrunken. Die Frau hat erzählt, dass sie Anna Krause heißt und seit zwei Jahren auf der Straße lebt, weil sie ihre Arbeit verloren hat und keine Rente kriegt und der Vermieter sie rausgeschmissen hat, weil sie die Miete nicht zahlen konnte. Das klang alles so schrecklich, aber mir sind fast die Augen zugefallen. Da hat Frau Lübbe schließlich gesagt: »Wissen Sie was, Frau Krause, in meinem Keller ist eine alte Matratze, und eine Decke gebe ich Ihnen auch. Für heute können Sie da schlafen. Aber morgen müssen Sie sich was anderes suchen!«

Ich war ganz froh, dass alles gut war, und ich mich wieder in unsere Wohnung und ins Bett schleichen konnte. Mats würde Augen machen, wenn ich ihm das alles erzählte.

Ich hab geschlafen wie ein Stein.

Am anderen Morgen ist Mats in mein Zimmer gestürmt: »He, Pennerin! Du hast was verpasst!«

Ich hatte die Augen noch nicht ganz auf, als er weiter brüllte: Es sei jemand in den Keller eingebrochen heute Nacht, hätte ein Schloss geknackt, und der Dieb hätte schon einige Wertsachen ausgeräumt und eingepackt, als er gestört worden sei.

»Was?«, fragte ich, denn jetzt fiel mir alles wieder ein, und ich war total verwirrt. Hatte Frau Krause uns an der Nase herumgeführt?

Mats tat, als hätte er persönlich den Dieb zur Strecke gebracht: Es hätte einen Kampf gegeben, da wäre noch jemand im Keller gewesen, eine Frau, so eine Assi –

»Was?, hab ich wieder gefragt –

»Eine Asoziale!«, hat Mats geschrien, und der Mann wär abgehauen, aber die Pennerin hätte seine Jacke festgehalten mit allen Papieren drin, die Frau Lübbe hätte die Polizei gerufen, und die sei gleich gekommen und dem Mann hinterher, sie hätten ihn auch schon verhaftet –

»Was war mit der Frau?«, unterbrach ich ihn.

»Wer? Die Assi?« Die sei bei Frau Lübbe, aber die Polizei würde sie wohl nachher abholen.

Ich hab ihn stehen gelassen.

Frau Lübbe hat mich gleich reingewinkt. Am Tisch saß frisch gebadet und in sauberen Kleidern, eine Tasse Kaffee vor sich, Frau Krause und strahlte, als Frau Lübbe sagte: »Hast du es schon gehört, Pia? Unsere Frau Krause ist wirklich ein *Ass*!«

Erstveröffentlicht in: *Die Krimizimmer(ei)*, Hrsg.: Alexandra Oswald, Papierfresserchens MTM Verlag Nonnenhorn 2011

RÄUBER, STEHLER, WUNSCHERFÜLLER

Meine Mutter hat mich geschlagen, und da bin ich weggelaufen. Ich wusste ja, dass sie sauer sein würde, aber dass sie so böse würde, das hätte ich nicht gedacht. Dabei hatte sie ihn selbst einen ‚Scheißkerl' genannt und immer gejammert, dass er einfach abgehauen sei und nicht zahle und sie nicht wüsste, wie sie mir dann auch noch so teure Klamotten kaufen sollte. Dass ich dann mit den Jeans und Sneakers ankam, die ich mir doch seit Wochen so sehr gewünscht hatte, und gesagt hab, sie wären von ihm, und war ja auch eigentlich gar nicht mal gelogen, es war schließlich sein Geld, das fand sie dann allerdings auch doof, weil sie meinte, der Scheißkerl wollte mich jetzt auch noch ködern und ihr wegnehmen. Na, und als ich ihr dann gesagt hab, er habe es mir gar nicht freiwillig spendiert, da ist sie erst recht ausgerastet und hat mir eine gescheuert.

Ich bin einfach wo hin, wo mich niemand suchen würde. Hatte auch nicht den geringsten Bock, damit zu Mira zu gehen. Bei Mira ist alles so anders. Sie ist ja okay, aber so richtig verstehen kann sie das, glaube ich, einfach nicht. Ihre Eltern sind nämlich zusammen und glücklich, und demnächst kriegt ihre Mutter schon das vierte Kind, und klar gibt es da schon mal Zoff, aber nicht so wie jetzt bei uns. Ich bin mir auch sicher, Mira würde nie im Leben etwas klauen und schon gar nicht von ihren Eltern.

Stattdessen bin ich in den Wald gelaufen. Vor zwei Wochen hatten wir einen Ausflug gemacht, Miras Vater und ihr Bruder, Mira und ich. Wir waren erst ein ganzes Stück den Weg aufwärtsgelaufen, und ganz oben auf dem Berg war so ein toller Baum mit dicken Ästen nach allen Seiten, da sind wir draufgeklettert und hatten eine super Aussicht über den ganzen Wald bis runter zur Stadt. Sogar unser Haus konnten wir sehen, ganz klein.

Marco, Miras Bruder, hat angefangen, auf dem Boden Zweige und Äste zu sammeln, und hat sie zwischen den großen Ästen des Baums quergelegt, so dass eine Plattform entstand, auf der wir es uns gemütlich machen konnten. Wir haben dann immer mehr Äste gesammelt, und Klaus, Miras Vater, hat auch geholfen, sie zu verkeilen, und am Ende hatten wir sogar ein Dach, also ein richtiges Baumhaus. Die Sonne lachte uns durch unser Ästedach an, und es war das schönste Haus, das ich mir denken konnte.

Das fiel mir als Erstes ein.

Ich habe mir, als meine Mutter einkaufen gefahren ist, die Wolldecke aus dem Wohnzimmer in die Sporttasche gepackt, außerdem eine Flasche Wasser, eine Regenjacke, ein paar Müsliriegel und eine Taschenlampe.

»Ich bin dann mal einkaufen!«, hatte sie gerufen. Und: »Willst du mitkommen?«

Als wenn es damit gut wäre! Sie haut mir eine runter, und dann gehen wir zusammen einkaufen, als wenn nichts gewesen wäre.

»Nein!«, hab ich geschrien, und gehofft, sie kapiert, dass sie jetzt erst mal sagen muss, dass es ihr leid tut. Aber entweder hat sie es nicht kapiert, oder es tat ihr einfach nicht leid. Jedenfalls hat sie zur Antwort nur: »Dann eben nicht!«, gerufen und die Tür laut ins Schloss fallen lassen.

Damit war klar, dass ich was machen musste.

Die Hütte war noch genau so, wie wir sie verlassen hatten. Ich bin hoch, hab die Decke über die Äste gelegt, mich draufgesetzt, und dann hab ich von da oben das Dach von unserem Haus gesehen und mich erst mal nur scheiße gefühlt. Wer weiß, wie lange die brauchen würden, um mich zu finden? Und womöglich würde es alles nur noch schlimmer machen. Ich konnte es nur abwarten, und die Zeit war ganz schön lang.

Wer mich ziemlich schnell gefunden hat, war eine Ameisenkolonie. Vielmehr meine Müsliriegel. Ich hatte sie zu Hause aus ihrer Verpackung geholt und in eine Plastikdose gesteckt. Als ich die dann aufgemacht und neben mir auf einer Astgabel deponiert hatte, waren die gleich da. Ich hab mich so geekelt, dass ich der Dose mitsamt den schwarz wimmelnden Riegeln einen Schubs gegeben hab. Natürlich hab ich mich im gleichen Moment ganz schön geärgert, dass ich gar nicht erst versucht hatte, die Viecher runterzupusten. Wie ich runterguckte, sah ich, dass die Dose in einem Brennesselmeer gelandet war. Also wieder holen war nicht.

Ich saß da oben und hatte Hunger. Die Sonne ging unter, ich guckte auf das Dach meines Elternhauses – oder sollte ich es jetzt ‚Mutterhaus' nennen? – und kriegte auch noch mächtig Heimweh.

Als es dann so richtig dunkel war, wurde der Wald immer lauter. Es pfiff und knisterte und raschelte, ein Käuzchen rief, und irgendwelche anderen Tiere schrien. Ich hätte zu gerne auch geschrien, aber das hab ich mich nicht getraut. Schlafen ging gar nicht, zumal die Äste trotz Decke ganz schön unbequem waren.

Und dann sah ich auch noch ein Licht, das den Weg hochkam! ‚Räuber!', dachte ich. ‚Im Wald, da sind die Räuber! Und ich blöde Kuh

liefere mich ihnen hier aus!'

Ich zog die Decke ganz über mich, damit mich nur ja keiner sehen konnte, auch nicht mit Taschenlampe. Aber dann fiel mir ein, dass das ungefähr so bescheuert war, wie wenn kleine Kinder sich die Hände vor die Augen halten und meinen, sie wären jetzt versteckt. Die Decke war bunt kariert. Natürlich konnte man mich nicht mehr sehen, aber die bunten Karos wirkten nun wirklich nicht wie Blätter. Durch einen Spalt beobachtete ich, wie das Licht näherkam, es richtete sich auf den Baumstamm, und dann wanderte der Kegel tatsächlich den Baum hoch …

»Sina!«, schrie jemand, und das hörte sich irgendwie zwischen totaler Angst und totaler Erleichterung an. Es war mein Vater!

Ich hätte mir fast in die Hose gemacht, so erleichtert war ich.

Als er die Arme auseinanderbreitete, bin ich ihm von oben auf dem Baum in die Arme gesprungen. Es hat ihn umgehauen. Aber er sagte nur so was wie: »Uff!«, saß auf dem Waldboden, hielt mich wie ein kleines Kind im Arm und hat mich fest an sich gedrückt.

Ich hab ein bisschen geheult und gesagt, wie leid es mir tut, das mit dem Klauen und dem Weglaufen und überhaupt. Es ist mir auch gar nicht schwergefallen, weil ich einfach nur scheißfroh war in dem Moment. Und es tat gut.

Und mein Vater? Er war ein bisschen heiser und konnte kaum reden, aber das war ja auch kein Wunder, weil er mich so gedrückt hat, dass ich kaum Luft kriegte, und mich zwischendrin immer wieder geküsst hat. Aber auf jeden Fall hat er gesagt, dass es ihm auch leidtue. Dass er sich viel zu wenig gekümmert hätte und dass es ja auch gemein von ihm sei, das mit dem Geld. Irgendwie habe er meiner Mutter damit wohl wehtun wollen, dabei sei er selber doch der Idiot, und das sei ihm erst klar geworden, als sie ihn eben angerufen und ihm das alles erzählt habe. Er sei dann sofort zu ihr gefahren, und sie hätten sich die Finger wund telefoniert, Polizei und alle Freunde, und Mira habe schließlich von dem Baumhaus erzählt, da sei er gleich hier hin – »Ruf an!«, hat er gerufen. »Deine arme Mutter ist völlig fertig mit den Nerven!« – ‚Arme Mutter' hat er gesagt! Er hat mir sein Handy hingehalten, und Mama war auch gleich dran und konnte auch gar nicht mehr aufhören zu heulen.

Ja, und irgendwie – so doof, wie das alles gelaufen ist – irgendwie war es im Grunde das Beste, was uns passieren konnte. Wir haben uns nämlich alle wieder vertragen. So richtig, meine ich. Sogar Mama und Papa.

Die Jeans und Sneakers konnte ich ja schlecht wieder zurückbringen. Und Papa hat auch gesagt, sie sähen richtig klasse aus, und er wollte sie mir gerne schenken. Im Nachhinein fand ich sie selbst ein bisschen doof. Trotzdem waren sie ja zu was gut.

Es gibt wohl solche und solche Wünsche. Manche traut man sich gar nicht, laut zu denken. Aber das sind vielleicht die, um die es wirklich geht.

Erstveröffentlicht in: *Vom Wünschen und Schenken*, Hrsg.: Inge Escher und Patricia Brigl, Elbverlag Magdeburg 2011

DIE SCHECKKARTE

Zum Glück lief der Fernseher, als er nach Hause kam. Aber eigentlich hatte er auch nichts anderes erwartet. Der Fernseher lief immer, wenn er nach Hause kam. Er musste durch das Wohnzimmer, wenn er in sein Zimmer wollte.

Rechts in der Ecke stand der Fernseher, links war seine Zimmertür. Die schlimmsten Schwinger hatte er links abbekommen. Wenn er am Fenster vorbeiging, konnte sie nichts sehen. Seine Mutter saß mit der Katze auf dem Schoß auf der Polstergarnitur dem Fernseher gegenüber, der als einzige Lichtquelle in dem abenddämmerigen Zimmer alles in ein bläuliches Licht tauchte. Der Raum war nicht groß, aber es stand auch nicht viel drin, und alle Sitzgelegenheiten waren auf den Fernseher ausgerichtet.

»Hast du die Schuhe ausgezogen? Dann räum die Sporttasche bitte weg. Und denk daran, dass die Katze noch nichts gekriegt hat. Jo hat angerufen. Du kannst ihn zurückrufen, wenn du willst. Ihr habt morgen erst zur zweiten Stunde. Ich weiß gar nicht, wann ihr überhaupt noch Unterricht habt. – Ach ja, und denkst du bitte morgen endlich mal daran, dein Zimmer aufzuräumen? Ich bin es leid, immer erst alles aufheben zu müssen, ehe ich da saugen kann!«

Er drückte sich schnell an ihr vorbei, ehe sie noch mehr sagen konnte. Sie hatte beim Reden den Blick nicht von dem Bildschirm gewandt, und sie erwartete auch keine Antwort von ihm. Aber wenn er stehenblieb, würde ihr noch alles Mögliche einfallen, mit dem sie ihn nerven konnte.

Im Zimmer begutachtete er sein Gesicht im Spiegel. Der Schädel schmerzte, aber er sah nicht so schlimm aus, wie er es erwartet hatte. Ein paar Schrammen neben dem Auge, das konnte auch beim Sport passiert sein. Die Hose war versaut. Er fuhr sich über die Haare und wechselte die Jeans. Dann ließ er sich auf das Bett fallen und untersuchte die Mappe. Er hatte eben nur einen kurzen Blick reingeworfen, den Ausweis mit diesem Foto gesehen und das Ding in seiner Hosentasche verschwinden lassen.

Jetzt hatte er dieses Arschloch in der Hand, wenigstens einen von ihnen. Es war eine Clubkarte für das Hanky Panky. Außerdem fand er Gutscheine für ein Sonnenstudio, eine Adresseinlage – und in dem Seitenfach eine Scheckkarte der Commerzbank. Seine Adresse hatte er ja jetzt. Aber die Karte war das Größte.

Es gab nur eine Commerzbank im Ort, mit dem Fahrrad waren es ein paar Minuten. Er untersuchte das Adressheft. Ein paar Namen und Telefonnummern, meist nur Vornamen. Auf der letzten Seite stand die Nummer. Er hatte es gewusst. Eine vierstellige Nummer ohne Namen dabei, das musste es sein. Der war zu blöd, sich seine Geheimnummer zu merken, der Idiot!

Er musste sofort los. Zog sich eine Baseball-Kappe an, die er sich tief ins Gesicht zog. Es war eh nicht viel zu sehen. Diesmal musste er andersrum an ihr vorbei.

Als er durch das Zimmer hastete, zog er die Schultern hoch.

»Ich bin noch mal weg.«

Sie ließ den Blick nicht von ihrer dämlichen Game-Show. »Knall die Haustür bitte nicht so. Und nimm den Müll mit runter – Hörst du?«

»Okay, okay.« Er schnappte sich die Jacke und verschwand.

Vor der Commerzbank-Filiale war er doch scheiß nervös. Er musste die Karte anschließend verbrennen, da waren schließlich seine Fingerabdrücke drauf. Gab es da nicht eine Überwachungskamera? Er schlug den Kragen von seiner Jacke hoch, zog die Kappe noch ein bisschen tiefer und schob die Karte in den Einlassschlitz. Die Tür war offen. Er ging zunächst auf den Geldautomaten zu, zögerte und peilte den Kontoauszugsdrucker an. Die Kamera musste irgendwo oben sein, also bloß nicht hochgucken. Sein Herz wummerte, als er die Nummer eingab.

Eine elend lange Zeit passierte gar nicht. Dann fing der Automat an zu arbeiten. Er hatte recht gehabt! Gott, was war das ein blödes Arschloch!

Die Säule schnarrte und vibrierte, dass es ihm durch Mark und Bein ging. Plopp – der Auszug schob sich heraus. Neunhundertsiebenundachtzig Mark dreiundvierzig, nicht schlecht für den Anfang. Mehr konnte er sowieso nicht abheben, oder? So genau kannte er sich gar nicht aus. Seine Mutter hatte ihn mal geschickt, für sie etwas abzuheben. Eintausend Mark war der höchste vorgesehene Betrag auf der Tastatur. Aber hatte der Kerl einen Überziehungskredit? Das wär's noch. Aber er konnte nichts riskieren.

Er schob die Karte in den Geldautomaten, gab die Nummer ein und drückte die Taste »anderen Betrag«. Dann gab er ein: Neun – acht – sieben. Panik ergriff ihn, und er drückte auf »Abbruch«. Die Maschine schnarrte. Die nahm ja wohl nur Beträge an, die sie in Scheinen auszahlen konnte, oder? Jetzt brach ihm doch der Schweiß aus. Er musste sich zusammennehmen, um nicht einfach abzuhauen. Zum Glück kam keiner.

Die Karte flutschte wieder raus – rein damit! Zu schnell, der Automat nahm die Karte nicht an. Er wurde total fickerig. Beim dritten Versuch klappte es. Vierstellige Nummer, anderer Betrag, neunhundertsiebzig, okay. Kam das Pochen an seiner Schläfe noch von eben, oder knallte er jetzt gleich durch?

Die Karte schob sich wieder raus. Er musste sie sofort verbrennen, am besten gleich mit der ganzen Mappe, auf dem Nachhauseweg.

Sssupp – das Geldfach öffnete sich. Er schnappte sich die Scheine – nichts wie raus.

Erst als er die Kokelreste seiner Beute in dem Gebüsch am Sportplatz verscharrt hatte, ging es ihm allmählich besser. Dass es so schwierig sein würde, diese blöde Mappe ans Brennen zu kriegen, hatte er unterschätzt. Das Geld musste er gut verstecken und nur peu a peu ausgeben, damit seine Mutter nichts merkte. Die kriegte eh nichts mit! Das geschah ihr ganz recht.

Nach zwei Tagen fand er dann den Zeitungsartikel unter »Lokales«. Sie hatten den Besitzer der Karte festgenommen. Bis sie seinen Kumpel ausfindig machen würden, das konnte nicht lange dauern.

Als die zwei ihn an dem Tag überfallen hatten, war er anscheinend nicht der Erste gewesen, der da vorbeigekommen war. Richtig, ihm fiel die Jacke ein, die auf der Bank gelegen hatte. Ein Gymnasiast hatte einen Überfall gemeldet, stand in der Zeitung. Die zwei hatten dem Typ alles abgenommen, was sie gebrauchen konnten. Offensichtlich trug dieser Schüler andere Klamotten, als seine Mutter bereit war, für ihn zu kaufen. Jacke und Uhr war weg, und dessen Eltern waren natürlich gleich zur Polizei.

Und dieser Hirni hatte nichts Besseres zu tun, als seinerseits seine Scheckkarte als gestohlen zu melden. Die Bullen waren gleich misstrauisch geworden, die Täterbeschreibung passte, Gegenüberstellung, das war's. Zum Bepinkeln blöd war der. Ihm würde der nie wieder was.

Warum hatte dieses Muttersöhnchen von einem Gymnasiasten sich auch nicht gewehrt? Okay, das war nicht rühmlich, wie sie ihn zusammengeschlagen hatten. Aber als die alte Dame sich näherte, waren die beiden abgehauen. Und als er seine Knochen wieder eingesammelt hatte, hatte da etwas Schwarzes neben ihm auf dem Boden gelegen, das war vorher nicht dagewesen.

So eine Jacke, das wär's überhaupt. Seine Mutter würde den Unterschied zwischen einer echten Designerklamotte und ihrem Flohmarktschrott nie erkennen ...

5. Preis Short Story-Wettbewerb der VHS Leverkusen 1999 für erste Kurzgeschichte meines Lebens unter dem Titel *Die Scheckkarte*
Erstveröffentlicht in: *Literarischer Krimi-Kalender 2023* in Kurzversion mit dem Titel VIER ZIFFERN, ars vivendi Verlag Cadolzburg 2022

HAMSE MA ’NEN EURO?

Als Beatrice mit dem Absatz im Rost des Lüftungsschachts hängen blieb, war ihr eigentlich schon klar gewesen, dass jetzt genau das passieren musste. Heute war der Tag, an dem Andersen und Evertz kommen würden. Der Tag, auf den sie alle seit Wochen fieberhaft hingearbeitet hatten. Der Tag, der über Wohl und Wehe von dreiundzwanzig hoch motivierten Mitarbeitern entschied. Der Tag, nach dem nichts mehr so sein würde wie vorher, wie Epstein ihr versichert hatte. Einige würden sicher ihre Koffer packen dürfen, aber andere würden einen Schritt weiterkommen. Epstein hatte diesem Tag schon lange entgegengefiebert. Ihr Tag war es offensichtlich nicht.

Es stand eigentlich schon am Abend vorher fest, als sie ihren Laptoprucksack prallvoll mit den Entwürfen, die sie zu Hause noch für den großen Tag überarbeiten wollte, in ihrem Arbeitszimmer ausgepackt hatte. Sie hatte ihn so vollgestopft, dass der Reißverschluss nicht mehr zugegangen war. Und da musste ihr die Brieftasche unterwegs wohl herausgefallen sein. Irgendwo zwischen dem Reichenspergerplatz und dem Klettenberggürtel waren nicht nur ihr ganzes Bargeld, sondern ihre Kreditkarte, ihre Identität, ihr Jobticket, ihre Berechtigung zum Führen eines Fahrzeugs der Klasse 3, ihr Firmenausweis, ihre Eismann-Kundenkarte, ihr Pohlmann-Fitnessclub-Ausweis, ein Einkaufswagen-Märkchen und eine auf eine Banknote gekritzelte Telefonnummer verloren gegangen. Mehr als den Verlust verfluchte sie die verlorene Zeit, die sie rumtelefonieren, die Karte sperren lassen musste, ehe sie sich endlich auf die Arbeit stürzen konnte.

Aber erst in dem Moment, in dem ihr Absatz mit einem scharfen Knacken abbrach, wusste sie, dass sie verloren hatte, noch ehe es losgegangen war.

Schuld war dieser Penner. Er hatte sich ihr dreist in den Weg gestellt, als sie mit ihrem Rucksack voller überarbeiteter Unterlagen, die sie nun mit beiden Armen umklammert hielt, im Begriff war, dem Haupteingang von Andersen & Evertz zuzustreben.

»Hamse ma 'nen Euro?«

Epstein wäre geradeaus weitergegangen. Der Mann wäre für ihn Luft gewesen, und er hätte sich in Luft aufgelöst. Aber sie, Beatrice Pottenstein, wich diesem Penner aus und brach sich den Absatz.

Der Mann betrachtete sie, während sie auf einem Bein balancierte, mit dem linken Arm weiter die Rucksack umklammernd, der ihr langsam entglitt, weil sie mit der rechten Hand nach dem geknickten Absatz tastete.

»Ihr Gesicht kenn' ich«, stellte er fest und bot ihr seine Hand an. Für einen peinlichen Moment musste sie das Angebot annehmen, aber der Alkoholdunst, der ihr entgegenschlug, brachte sie schnell wieder ins Gleichgewicht.

Sie hatte sich eben mit einem knappen »Danke!« wieder Andersen & Evertz zugewendet, als er sie am Ellbogen festhielt.

»Ich hab was für Sie«, sagte er grinsend. »Sie ham wohl was verloren.«

Und dann hielt er ihr die Brieftasche unter die Nase. »Da sin Ihre Ausweise drin!«

Beatrice ließ die Aktentasche mit einem Aufschrei zwischen die beiden ungleich langen Beine plumpsen und griff nach der Brieftasche.

»Wo haben Sie die gefunden?«

»In der U-Bahn.« Er grinste breit, während sie fieberhaft die Fächer der Mappe durchwühlte. Gott sei Dank, die Karte, die Ausweise steckten noch drin. Aber die Geldscheine waren weg, nur noch die Münzen und die Einkaufswagenmarke fanden sich in der Innentasche. Beatrice war trotzdem erleichtert.

»Das ist ja unglaublich! Wie kann ich Ihnen bloß danken!«

»Is doch selbsverständlich.« Der Mann legte eine Reihe von Zahnstumpen frei. »Ich hätt's auch gleich zum Fundbüro gebracht. Aber da liefen Sie mir grad übern Weg.«

»Das Geld ist weg«, sagte Beatrice und blickte den Mann scharf an. »Über hundertfünfzig Euro.«

»Wollnse mir damit sagen, dasse mir kein Finderlohn geben wolln?« Der Penner bekam einen lauernden Blick.

»Natürlich haben Sie sich Ihren Finderlohn verdient«, versicherte Beatrice. »Ich muss nur erst zur Bank.«

»Sie müssen erstma zu Mister Minit«, korrigierte sie der Mann. »Kommense, ich trag Ihnen die Tasche.«

Es war ziemlich gleichgültig, ob sie Andersen und Evertz ohne Absatz oder zu spät entgegentreten würde, aber die Tasche trug Beatrice doch lieber selbst, während sie neben dem Penner her humpelte.

Erst als der Mister Minit-Mitarbeiter ihr den Betrag für die Reparatur nannte, fiel Beatrice ein, dass sie besser erst zur Bank gehumpelt wäre.

Der Penner grinste wieder, und Beatrice meinte jetzt deutlich, Häme in seiner Stimme zu hören.

»Soll ich Ihnen was vorstrecken?«, fragte er. Er zog ein Plastiketui aus der Tasche, aus dem er einen Zwanzigeuroschein fischte.

»Sie bekommen das Geld auch sofort zurück«, versicherte Beatrice verlegen, während sie ihm den Schein aus der Hand nahm. Doch als sie ihn über die Theke reichte, fiel ihr Blick auf die Nummer, die jemand mit einem Kuli auf den Rand des Scheins notiert hatte: »0221/3765213 Robert« stand da. Epsteins Nummer, die er ihr gestern noch gönnerhaft auf den Schein gekritzelt hatte, damit sie ihn jederzeit anrufen konnte, falls sie mit den Unterlagen nicht allein fertig würde.

Einen Moment verschlug die aufsteigende Wut Beatrice den Atem. Aber dann hatte sie alles im Griff. Das hatte sie nicht nötig. Nicht Epsteins schmieriges Hilfsangebot und nicht diesen hinterfotzigen Betrüger.

»Ich kenne diesen Schein«, versicherte sie dem Penner, der mit einem Schlag stocknüchtern wurde. »Und wenn Sie den Rest auspacken, dann ist der Ihr Finderlohn. Aber erst geben Sie mir die Fünfziger, sonst lasse ich Sie sofort abholen.«

Während Beatrice die Absatzreparatur mit einem Fünfziger beglich, verschwand der Mann ohne ein weiteres Wort mit dem Zwanzigeuroschein.

Beatrice sah auf die Uhr. Sie hatte noch zehn Minuten Zeit. Dann würde sie Epstein in Grund und Boden spielen. Sie würde heute nicht ihren Koffer packen.

Erstveröffentlicht in: *Klappe zu – Balg tot*, Bitterböse Geschichten, Wurdack Verlag Nittendorf 2009

HALLO TAXI!

Wilma hat schon einen ganz schönen Knall. Man kann ihr ja einiges nachsagen, nur nicht, dass sie wüsste, wie man sich benimmt. Und das war schon immer so. Schon als kleines Kind. Da hat sie auch schon immer alles auseinandergenommen und all die merkwürdigen Dinge getan, die sonst höchstens Jungs tun. Es nützte auch nichts, dass sie streng bestraft wurde. Manchmal denke ich, dadurch hat sie sich erst recht herausgefordert gefühlt, ihren Neigungen nachzugehen. Jedenfalls wenn sie sich unbeobachtet glaubte. Aber vor mir konnte sie natürlich nichts verbergen. Ich bin Wilmas Schwester. Und zwei Jahre älter als sie.

Ich weiß noch genau, wie mein Vater eines Tages mit diesem Staubsauger nach Hause kam. So ein Gerät, das war damals was ganz Besonders. Das hatte nicht jeder. Ein Wunderding. Meine Mutter achtete streng darauf, dass die Teppiche gut abgebürstet waren, ehe sie sie mit dem Staubsauger befuhr. Sie behandelte den Apparat stets mit der größten Ehrfurcht. Aber Wilma hat ihn sofort auseinandergenommen. Natürlich hat sie ihn auch wieder zusammengeschraubt. Doch er gab keinen Mucks mehr von sich. Ich hab damals Mutti nichts davon erzählt. Dafür hat Wilma mir dann auch den Gefallen getan und die blöde Anni Vogler verhauen. Die hatte mir einen scheußlichen Tintenfleck in mein schönes

Rechenheft gemacht, nur weil sie so rumgezappelt hat, als sie ihre Feder hat abtropfen lassen.

Also so gesehen ist Wilma schon ganz gut zu gebrauchen. Und nachdem sie den Staubsauger noch zwei-, dreimal auseinandergeschraubt hatte, tat er es auch wieder. Mutter hatte seitdem noch größeren Respekt vor dem Gerät als vorher und holte ihn nur noch vor großen Feiertagen raus.

Ja, und so ist das mit Wilma bis heute.

Heute war wieder so ein Tag, wo ich sie zu jeder Tageszeit auf den Mond hätte schießen können. Und dabei war es wirklich ein besonderer Tag gewesen, mein Namenstag nämlich. Meine Eltern haben mich nach meiner Großmutter väterlicherseits Maria genannt. Und da kann man sich ja aussuchen, wann man seinen Namenstag feiern will, weil es so viele Marias im Kalender gibt. Jedenfalls mache ich das jetzt schon seit vielen Jahren so. Dieses Jahr hatte ich mir den zwölften September ausgesucht. Das passte so gut, weil ich im Herbst sowieso immer nach Muttis Grab gucke. Dann fahren wir immer mit dem Taxi zum Friedhof, und nachher gehen wir schön essen, das ist ja dann immer was Besonderes. Weil es nun auch noch mein Namenstag war, wollte ich abends mit Wilma ins Spielcasino fahren, so richtig vornehm. Aber das ist mit Wilma immer so eine Sache.

Es fing schon am frühen Morgen mit ihrem Namenstagsgeschenk an. Sie hatte auf irgendeinem Flohmarkt wohl günstig ein gebrauchtes Handy erstanden, das sie mir freudestrahlend auf den Frühstückstisch legte.

»Kannst du mir mal sagen, was ich mit einem Handy soll?«, hab ich sie gefragt.

»Na, wo doch unser Telefon seit Jahren kaputt ist … und mit dem kann man sogar vom Friedhof aus ein Taxi rufen …«

Im Nachhinein betrachtet, muss ich sagen, hatte sie gar nicht so Unrecht. Was wir an dem Tag mit dem Taxi erlebt haben, das wäre nicht passiert, wenn wir telefonisch eins geordert hätten.

Wir kamen gerade aus dem kleinen Restaurant am Friedhof und wollten zurück zur Wohnung fahren, um Geld fürs Casino zu holen. Und wir haben einfach kein Taxi gekriegt. Alle, die vorbeifuhren, waren schon besetzt.

Ich wurde allmählich ziemlich ungehalten. Man ist ja nicht mehr die Jüngste. In den Venen staut sich mit der Zeit einiges an. Und dann steht man sich da die Beine in den Bauch! Wilma dagegen wurde immer aufgeregter. Ich wette, ihr hat das richtig Spaß gemacht, dass wir dastanden wie bestellt und nicht abgeholt. Das war ein Abenteuer nach ihrem Geschmack! Sie sprang wie aufgedreht auf der Straße herum und ruderte mit den Armen, wie die jungen Leute das tun, wenn sie mit Autostopp fahren wollen. Ich hab mich richtig geschämt.

Schließlich kam nach langer Zeit ein Taxi vorbei, und da saß keiner außer dem Fahrer drin. Wilma ist ihm doch fast auf die Kühlerhaube gesprungen. Aber er schüttelte nur den Kopf und fuhr weiter.

»Wilma«, flehte ich sie an. »Hör bitte auf, dich so aufzuführen! Da mag uns doch keiner mitnehmen! Die denken doch, du bist verrückt!«

Wilma ließ sich natürlich überhaupt nicht beirren. Das war klar. Jetzt erst recht!

Dem nächsten Taxi, das vorbeikam und keinerlei Anstalten machte zu bremsen, sprang sie einfach mitten in den Weg, so dass der junge Mann, der darinsaß, den Wagen nur mit quietschenden Reifen gerade noch rechtzeitig kurz vor ihr zum Stehen brachte. Im Nullkommanichts hatte meine Schwester die Beifahrertür aufgerissen und sich auf den Sitz fallen lassen, von wo aus sie mir aufgeregt zuwinkte.

»Ich hab eins!«, schrie sie triumphierend.

Der junge Mann fing sofort wild an zu gestikulieren und zu schimpfen, wie es schien. Aber Wilma frohlockte und blieb sitzen. Als ich die hintere Tür öffnete, hörte ich noch, wie er sagte: »... hau bloß ab, du olle Schnepfe!«

Ich muss sagen, das war nun nicht gerade höflich. Auch wenn Wilma sich nicht sehr damenhaft betragen hatte, so verdient eine Frau ihres

Alters doch ein wenig mehr Respekt von so einem jungen Schnösel. Er machte überhaupt einen recht abgerissenen Eindruck. Trug so eine komische rote Montur, die ganz schön dreckig war. Und seine braunen Haare waren lang und fettig.

»Wilma«, sagte ich. »Das müssen wir uns nicht bieten lassen. Da muss der junge Mann schon zusehen, wie er sich anderweitig Fahrgäste verschafft.«

Aber Wilma strahlte ihn an. »Einmal nach Lützenkirchen, bitte«, sagte sie. »Wir müssen dort einen größeren Geldbetrag abholen, und dann zum Casino.«

Der junge Mann stutzte. Man konnte richtig sehen, wie es in ihm arbeitete. Das hätte er wohl nicht gedacht, dass er an uns gleich zwei Touren verdienen konnte. Und dann lenkte er ein.

»Okay, wenn's sein muss«, sagte er immer noch sehr unhöflich. Dann fuhr er los.

Ich hab ja keine Ahnung vom Autofahren, aber dass er die falsche Richtung einschlug, das war klar. Erst dachte ich, er fährt vielleicht einen Umweg, weil es einen Unfall gegeben hat. So Taxifahrer sind ja manchmal ganz schlaue Füchse. Die wissen immer ganz genau, wie man am schnellsten wo hinkommt. Auch wenn sie einen Riesenumweg fahren. Schließlich muss man die Staus und Baustellen ganz genau kennen.

Als ich ihn aber nach einer Zeit vorsichtig darauf ansprach, hatte ich doch den Eindruck, dass er sich einfach vertan hatte. Jedenfalls grummelte er nur so was Unfeines in den Bart und ließ sich dann von mir die Richtung sagen.

»Man kann ja nicht alles behalten!«, war seine einzige Entschuldigung. »Besser, Sie sagen mir gleich, wo ich herfahren muss!«

Das war ja schon ein bisschen komisch. Aber Wilma war begeistert. Sie lotste ihn quer durch die ganz Stadt, nur um ihm zu zeigen, wie gut sie sich auskannte. Und sie quatschte ohne Punkt und Komma.

»Sie müssen wissen, meine Schwester hat nämlich heute Namenstag«, plauderte sie. »Da hauen wir immer mächtig auf den Putz und gehen ganz groß aus.«

Ich weiß nicht, wo sie immer diese schrecklichen Ausdrücke herhat. Ich war froh, dass wir schon weit genug vom Friedhof weg waren. Mutti hätte sich im Grabe herumgedreht. Aber offensichtlich wollte sie dem jungen Mann imponieren. Der ließ sie auch ruhig quasseln und konzentrierte sich jetzt auf die Strecke.

Wilma war natürlich begeistert über den Lautsprecher vorne, der dauernd knackte und rauschte: »Hallo, Wagen Siebenunddreißig, bitte kommen! Wagen Siebenunddreißig, melden Sie sich bitte!«

»Hach!«, schrie Wilma. »Das ist doch unser Taxi!«

Tatsächlich stand da dick die 37 auf der Plakette am Armaturenbrett. »Darf ich sagen, dass Sie uns fahren? Nach Lützenkirchen?« Und schon fing sie an, an allen Knöpfen zu drehen, die da vorne waren.

Der junge Mann konnte gar nicht so schnell eingreifen, schließlich musste er ja auch noch das Lenkrad festhalten und schalten. Zum Glück fand sie nicht den richtigen Knopf, kam stattdessen ans Radio, und wir hörten etwas von den Nachrichten: »... in der Nähe des Friedhofs um erhöhte Aufmerksamkeit gebeten. Der Flüchtige hat halblange braune Haare und trägt seinen roten Anstaltsanzug. Auf der Hand trägt er ein kleines ... « Aber da hatte der Fahrer schon Wilmas Hand weggerissen und den Knopf umgedreht.

Er hat ihr richtig auf die Hand geschlagen, so wütend war er! Wirklich ein ganz grobschlächtiger Mensch mit behaarten Armen, und auf der einen Hand trug er sogar eine kleine Tätowierung. Oder er hatte sich angemalt. Auf jeden Fall sehr ungepflegt.

Ich muss schon sagen, Wilma hatte sich ja schlecht benommen, aber bei ihr sieht ja nun jeder, dass sie nicht ganz richtig im Kopf ist. Normalerweise sind die Leute dann eigentlich ein bisschen rücksichtsvoll. Aber der hier nicht. Ich war eigentlich schon drauf und dran, ihn wegzuschicken, wenn wir zu Hause angekommen wären. Aber dann hätten wir uns wieder ein neues Taxi suchen müssen, und dazu hatte ich nun wirklich keine Lust mehr.

Wilma hat es überhaupt nichts ausgemacht. Sie ist eigentlich ein ganz sonniges Gemüt. Und in der Behindertenwerkstatt war sie auch immer sehr beliebt. Nicht zuletzt, weil sie in der Betriebssportgruppe einige Auszeichnungen errungen hat.

Na, jedenfalls hat der junge Mann mir dann doch ganz höflich die Tür geöffnet, als wir zu Hause angekommen waren, und ist auch bis zur Haustür mitgekommen. Wilma hat so lange im Auto gewartet. Er hatte offensichtlich gar keine Angst, dass sie da irgendwelchen Blödsinn anrichten konnte.

Aber dann hab ich auf einmal ein Messer im Rücken gespürt. »Los, keine Mätzchen! Hol das Geld!«, hat er gezischt.

Wirklich überhaupt gar keine Manieren!

So beschränkt Wilma auch ist, für alles Außergewöhnliche hat sie einen ganz besonderen Riecher. Und dann muss sie dabei sei, da gibt's kein Halten. Jedenfalls hatte ich die Haustür noch nicht ganz aufgeschlossen, da flog der junge Mann mit einem Salto rückwärts durch die Luft und landete krachend auf dem Bürgersteig. Der hat eine ganze Zeitlang erst mal kein Wort gesagt. Und ich hab auch kein bisschen mit Wilma geschimpft, als sie auf ihm saß und ihn verhaute, bis die Polizei kam.

Eigentlich war ich sogar ein bisschen stolz auf meine Schwester, so peinlich, wie das alles war. Da hat es sich doch gelohnt, dass sie es in ihrer Kampfsportgruppe bis zum Schwarzen Gürtel gebracht hat.

Und das mit dem Handy, das überlege ich mir vielleicht noch.

Erstveröffentlicht in: *Klappe zu – Balg tot*, Bitterböse Geschichten, Wurdack Verlag Nittendorf 2009

HAHN IM KORB

Willkommen im Club der einsamen Herzen«, sagte Rudi bloß, und damit war alles gesagt. Eigentlich hatten wir schon darauf gewartet und waren auch ganz froh, dass wir jetzt nicht mehr so einsam waren. ‚Dreisam' genau genommen. Rudi, Walter und ich. Jetzt, wo Manes dazugehörte, konnten wir auch wieder prima Doppelkopf spielen. Ich hasse Skat.

Aber für Manes war noch gar nicht alles gesagt. Der musste erst mal Müll abladen. Ein paar Wochen brauchte das, klar, musste ja erst mal sacken.

»Kölsch?«, fragte Walter und legte Manes den Arm um die Schulter. Manes nickte, und dann schwammen seine Augen, und er konnte gar nicht so viel Kölsch in sich reinkippen, wie die Suppe oben wieder rauslief.

Weiber!

Ruth war die Erste gewesen. Kaum dass die Kinder aus dem Haus waren. Erst die Walking-Treffen an der Dhünn. Nix mehr mit gemütlichen Fernsehabenden. Sie wär zu dick. Rudi hatte gar nichts zu meckern gehabt und guckte trotzdem in die Röhre. Dann der AWO-Literaturkreis und schließlich die Selbsterfahrungsgruppe. Als sie genug über sich erfahren hatte, fing sie beim Kaufpark am Overfeldweg an der Fleischtheke an und nahm sich eine Wohnung in der Heinrich-von-Ketteler-Straße gleich am Dorfplatz. Nach Feierabend ist sie mit ihren Walking-Literatur-Selbsterfahrungs-Frauen dann meist bei der Moni eingekehrt. War ja direkt nebenan. Also hat Rudi den ‚Dampfkessel' gleich gegenüber zu seinem zweiten Wohnzimmer erkoren, und wir haben ihm von Zeit zu Zeit Gesellschaft geleistet. Eigentlich waren wir ja sonst immer bei der Moni gewesen, weil wir da im Hinterzimmer auch immer unser Hahneköppen machten. Aber besondere Umstände erforderten besondere Maßnahmen. Den Hübi hat's gefreut, und das Kölsch kostet bei ihm auch nur eins fünfzig, da sollte die Moni doch sehen, was sie davon hatte.

Waltraud war die Nächste. Mit Bewegen hatte sie es nicht so, und mit Lesen schon gar nicht. Da hat sie gleich mit der Selbsterfahrung angefangen. Und was ist dabei rausgekommen? Sie ist zwei Etagen über der Ruth eingezogen, im Dachstübchen. So ganz richtig im Koppe sind die ja wohl nicht, die Weiber.

Walter und Rudi haben aber aus der Not eine Tugend gemacht und eine Männer-WG gegründet, damit der Walter sein Häuschen im Entenpfuhl nicht verkaufen brauchte. Die Waltraud hat schließlich darauf bestanden, dass er sie auszahlt. Dabei hatten sie das Häuschen gerade erst von Walters Eltern geerbt. Rudi hat seine Umzugskartons also in dem ehemaligen Bügelzimmer gestapelt und Walters Tiefkühlpizzen-Sortiment um Spiegeleier als Frühstücks-Alternative erweitert. So wie es bei den beiden zusteht, ist der ‚Dampfkessel' auf jeden Fall die bessere Alternative. Klar, dass ich da gelegentlich mal nach denen geguckt hab, die Jungs brauchten schließlich jemand, bei dem sie Dampf ablassen konnten. Und Adel schweißt zusammen. Wir haben das unsere ‚Dreikönigs-Treffen' genannt. Eigentlich ‚Ex-Königs-Treffen'. Amtierender König war da schon Manes. Natürlich haben wir auch hin und wieder darüber Witze gemacht, dass die Königinnenwürde den Frauen wahrscheinlich zu Kopf gestiegen war. Aber ich hab im Traum nicht damit gerechnet, dass ich der Nächste wäre. Also was Regina anging: Ich will mich ja nicht über den grünen Klee loben, aber ich hatte mir unseren Hochzeitstag sogar in meinen Kalender mit einem Extra-Klingelton eingerichtet, so dass ich schon um Mitternacht wusste, was die Glocke geschlagen hatte. Ich weiß bis heute nicht, was sie geritten hat. Wahrscheinlich war sie eifersüchtig. Jedenfalls fing sie auf einmal an rumzuquengeln: »Statt dass ihr euch bei Hübi dauernd die Köppe voll sauft, könntest du doch eigentlich mal mit mir in die Oper gehn!«

Hallo? Oper ist was für Opas! So alt waren wir doch noch gar nicht! Ein bisschen wollte ich schon noch vom Leben haben. Dass ich ihr dann geraten hab, sie könnte ja mal einen Kochkurs bei der Volkshochschule besuchen, wenn sie sich langweilte, war sicherlich ein Fehler, so im Nachhinein gesehen. Sie hat es aber auch gleich übertrieben. Mit makrobiotischem Essen, links- und rechtsdrehenden Joghurts und Feng Shui im Kühlschrank. Schnitzel und Pommes kamen ihr nicht mehr in die Tüte. Zum Glück hatte der Hübi einen heißen Draht zu dem Imbiss auf der Heinrich-von-Ketteler-Straße. Die lieferten bald alles, was wir haben wollten, in den ‚Dampfkessel' So gesehen war das ja auch gewissermaßen Notwehr, dass ich immer häufiger da verkehrte.

Ich will das gar nicht weiter vertiefen. Scheußliche Geschichte. Bei uns war es schließlich so, dass Regina mich quasi rauskomplimentiert hat. Ich meine, alles lässt man sich ja nun auch nicht bieten. Spät nachts, als ich von unserem ‚Dreikönigs-Treffen' nach Hause kam, fand ich die Annonce auf meinem Kopfkissen. Ausgeschnitten aus dem ‚Leverkusener Wochenende'. Sie selbst schlief da schon in dem ehemaligen Kinderzimmer.

»Wohnküche mit Bad in Handtuchformat in der Myliusstraße gleich gegenüber von der Bushaltestelle.« Da hatte ich auch meinen Stolz und hab gleich angerufen. Nach ein paar Wochen stand sie dann bei mir vor der Tür, aber nicht etwa auf Knien, sondern mit einem Termin beim Scheidungsanwalt.

Maria war die Krönung. Das hatte es in Bürrig noch nie gegeben. Das amtierende Regentenpaar. Und warum? Weil der Manes am elften

Elften mit der Falschen rumgeknutscht hatte! Lieber Himmel, wer konnte das ahnen, dass die Helga just eine von Marias Kundinnen war, mit der sie sich auch noch gerade überworfen hatte! Die Maria war seit ein paar Jahren in Sachen Fußpflege mit Hausbesuchen unterwegs, und da muss irgendwas Unappetitliches zwischen den beiden Frauen gewesen sein – wer will das denn schon so genau wissen? Maria nahm es jedenfalls auf einmal sehr genau mit den Ehepflichten und – zack – war der Manes wohnungssuchend, weil sein Häuschen im Rüttersweg idiotischerweise auf Marias Namen lief.

»Das Fass ist voll!«, sagte Manes irgendwann nach Mitternacht, und das traf den Nagel zwar auf den Kopf, aber doch wiederum überhaupt nicht zu, weil der Hübi gerade das dritte Pittermännchen wegschaffte. Immerhin hatte der Manes mit dem Heulen aufgehört und schäumte stattdessen Gift und Galle über sein Noch-Eheweib. Und als der Hübi das nächste Fass anstieß, schäumten alle mit, von der Zapfanlage, den Kölschstangen, über den Rudi, den Walter und mich, und die Stimmung schäumte auch über, aber wir haben am Ende selten so gelacht. Schließlich hatten wir uns fest vorgenommen, beschlossen und verkündet, dass wir diejenigen sein würden, die am Ende am lautesten lachten. Auf dem Heimweg stellten wir uns nebeneinander auf dem Bürriger Dorfplatz vor den beiden Bronzeschweinen auf und ließen es aus vier Hähnen im hohen Bogen darüber sprudeln. In Richtung Moni. Ich schwöre, kein Tropfen versaute das Borstenvieh. Es war wie ein gemeinsamer Schwur. Nur dass wir dazu nicht die Finger hoben, sondern das, was Männer halt so auszeichnet.

Gemeinsam wollten wir stark sein. In Treue zueinanderstehen. Wir luden die Fidelio-Vereinsmitglieder zum Männerstammtisch am ersten Adventssonntag in unser Vereinszimmer bei der Moni ein. Logisch, nur die Männer! Alles auf Anfang! Am 19. Mai 1929 waren unsere Gründungsmitglieder zusammengekommen, um eine Vereinigung zu bilden, die sich zur Aufgabe gestellt hat, Tradition und Brauchtum aufrechtzuerhalten. Neun Junggesellen. Was war daraus geworden? Wir waren samt und sonders unter den Pantoffel geraten. Junggesellen! Ein aussterbendes Lebensmodell! Erst kamen Frauen dazu, dann Kinder, klar. Bis die ersten – schwupps – wieder zu Junggesellen degradiert wurden und auf einmal nicht mehr recht dazuzugehören schienen. Es war allerhöchste Zeit! Die Frauen gluckten immer zusammen. Ob in Krabbelgruppen, in Kaffeekränzchen, Katechetenunterweisungen oder in den Kursen der Katholischen Familienbildungsstätten – selbst aufs Klo gingen sie doch nie allein! Was sollte angesichts dessen schon dabei sein, wenn wir unser angestammtes Recht auf Unter-uns-Sein wieder in Erinnerung riefen?

Aber da hatten wir uns schwer verkalkuliert. Die Weiber haben heutzutage ja nicht nur alle Rechte, sondern die Linken haben mittlerweile dafür gesorgt, dass sie auf jeden Fall noch viel rechter haben, wenn es um ihre Rechte geht, insbesondere das Recht auf Diskriminierung.

Im Nachhinein denke ich, wir hätten unser Treffen einfach nur ‚Adventsfrühschoppen' nennen sollen. Dann hätte sich kein Schwein dafür interessiert, die Frauen wären sowieso alle zu Hause geblieben, weil die sonntagmorgens nie etwas trinken, und wir hätten unsere Ruhe gehabt. Aber Manes hatte darauf bestanden, dass es ‚Männerstammtisch' hieß, und weil er nun mal der König war, stand auf der Einladung eben ‚Männerstammtisch'.

Er hatte die Rechnung ohne die noch amtierende Königin gemacht – den Titel hatte man Maria natürlich nicht offiziell aberkannt, zumal die beiden ja noch lange nicht geschieden waren. Dass Zoff auch vor Königs nicht haltmacht, hatten die europäischen Fürstenhäuser uns schon vorgemacht, aber da sah man auch zu, wie man alles unterm Deckel hielt.

Nicht so Maria.

Als wir am Sonntag um zehn bei der Moni aufliefen, hatte sie schon so ein verräterisches Grinsen in den Augenwinkeln, während sie mit dem Daumen über die Schulter in den Hinterraum wies.

»Nur hereinspaziert! Ich hoffe, ihr findet noch Platz.«

Wir Idioten haben uns noch gefreut, dass so viele Männer unserem Aufruf gefolgt zu sein schienen. Aber als Rudi die Tür aufstieß, da hörte ich ihn kurz und scharf die Luft einziehen und »Ach, du Scheiße!« sagen. Und dann sahen wir es auch. Der Raum war rappelvoll. Moni musste sämtliche Klappstühle aus dem Keller geholt haben, damit die Weiber überhaupt Platz fanden. Wir haben vermutlich ziemlich bescheuert geguckt. Der ganze Saal gackerte los. Maria hielt triumphierend ein Glas Sekt in die Höhe und schrie: »Prost, die Herren!« Und Helga, die falsche Schlange, sich an den Busen ihrer ehemaligen Rivalin schmiegend, kreischte: »Willkommen zum Männchenstammtisch!« Ruth, Waltraud, Regina, alle Frauen aus Bürrig schienen sich versammelt zu haben, katholisch, evangelisch, ganz egal. Sie prosteten uns zu, kreischten und johlten.

Wir machten auf dem Absatz kehrt und suchten Zuflucht im ‚Dampfkessel', wo noch einige versprengte Männer zu uns stießen. Aber von dem Feuer, das uns vor zwei Wochen noch beseelt und zu diesem unseligen Treffen veranlasst hatte, war nichts mehr zu spüren. Gedemütigt, verhöhnt, vereimert und ziemlich verkatert schlichen wir nach Hause.

»Man muss nackten Tatsachen ins Auge sehen«, sagte Rudi abends im ‚Dampfkessel' düster. »Das ist eine Belastungsprobe für den ganzen Verein.«

Auch wenn mir bei »nackten Tatsachen« eher kontraproduktive Bilder kamen, war ich doch froh, dass Rudi als der Älteste es so deutlich aussprach. Es war höchste Zeit für die Gretchenfrage – wieso überhaupt Gretchenfrage? Hier war die eiserne Faust gefragt! »Der Junggesellenklub J.G.K. Fidelio Leverkusen-Bürrig 1929 steht Spitz auf Knopf«, pflichtete ich ihm düster bei.

»Nomen est nicht mehr Omen«, ergänzte Walter spitzfindig. »Mit der Aufnahme der Frauen haben wir uns doch selbst abgeschafft – Junggesellen, bah!« Die letzten Worte spuckte er so verächtlich über die Theke, dass Hübi unwillkürlich mit dem Spüllappen hinterher feudelte.

Wir fühlten uns wie die letzten Musketiere, als wir uns am Ende zu viert zuprosteten und beschlossen, auf einer gemeinsamen Weihnachtsfeier Pläne für einen Neuanfang zu schmieden. Nur wir vier. Keine Zeugen. Die anderen würden sowieso mit ihren Familien feiern. Wir wollten uns noch einmal in unserem Vereinszimmer bei Moni zusammensetzen und alles in Ruhe bedenken. Auch wenn wir Moni nicht mehr über den Weg trauten. Aber in ihrem Hinterzimmer stand nun mal unsere Standarte und der Korb mit dem Hahn. Manes wollte gleich am nächsten Tag den Raum für Heiligabend reservieren. Nur für uns.

Anderntags traf ich Rudi zufällig im Kaufpark. Er winkte mich in den Gang mit den Cerealien. »René, du musst mir einen Gefallen tun! Ich hatte mich so auf Flönz gefreut, die gibt's im Angebot! Aber wer steht prompt hinter der Theke?«

Ich schlenderte also zur Fleischtheke und ließ mir von Ruth ein Stück Blutwurst einpacken.

»Ganz allein, schöner Mann?«, grinste sie.

»Sollte ich einen neben mir gehen haben?«, knurrte ich.

»Der ist beim Müsli besser aufgehoben«, gab sie zurück. »Aber richte ihm einen schönen Gruß aus. Moni hat gesagt, ihr hättet Weihnachten was vor – wir auch.«

»Ah ja. Und in China fällt ein Sack Reis um.« Ich wandte mich zum Gehen.

»Blöder Sack!«, sagte Ruth. »Ihr könnt aber gerne mit uns feiern. Wir sind Heiligabend auf jeden Fall auch da.«

So weit war es also gekommen.

Nach eingehender Beratung beschlossen wir unsere Weihnachtsfeier in den ‚Dampfkessel' zu verlegen. Den Hahn wollten wir den Weibern trotzdem nicht überlassen. Jedenfalls nicht kampflos. Auf jeden Fall mit Denkzettel. Das Fest würden wir ihnen auch versauen. Das stand mal fest. Wozu war der Manes schließlich bei der Freiwilligen Feuerwehr?

Manes kümmerte sich um alles Weitere. Er war es auch, der sich kurz vor Heiligabend noch einmal in die Höhle des Löwen schlich und den Hahn präparierte. Mit einem Zigarillo. Zumindest sah er so aus. Manes hatte uns den Zünder gezeigt. Eine Art verkappter Silvesterböller. Aber Manes schwor, dass man damit den ganzen Kreml in die Luft jagen könnte. »Großartig!«, sagte Walter, und Rudi fragte misstrauisch: »Was soll das heißen? Hast du etwa was gegen meinen Krempel im Bügelzimmer?«

»Wir lassen uns nicht mehr abbügeln!«, schrie Walter. »Wenn schon ein Ende, dann mit Schrecken!«

Darin waren wir uns auf jeden Fall einig.

Der Heiligabend kam. Wir fanden uns bei Hübi ein. Gedämpfte Stimmung. Point of no Return.

»Doppelkopf?«, fragte ich. Wir versuchten es. Vergebens. Unsere Gedanken waren gegenüber. Bei Moni. Bei unserem Hahn, der bald seinen letzten Krächzer tun würde. Bei unseren weihnachtsfeiernden Ex-Frauen, die bald ihren letzten Schnaufer tun würden.

Kurz vor Mitternacht orderte Hübi Pekingente für uns und ließ ‚Ihr Kinderlein, kommet' laufen.

Kaum war der letzte Ton verklungen, sprang die Tür auf. Da waren sie. Ruth, Waltraud, Maria und Regina. Im Gänsemarsch hintereinander. Und der Hahn im Korb. Maria war die Letzte. Sie hielt ihn hoch wie eine Opfergabe.

»Frohes Fest!«, riefen die Weiber.

Maria ergänzte: »Friede auf Erden!«

Regina kicherte: »Allen ein Wohlgelallen!« Ganz offensichtlich hatten die Mädels deutlich über den Durst getrunken.

»Frieden, Frieden!«, schrie Maria wieder.

»Nehmt sie hin, unsere Geste der Versöhnung!«, kicherte Waltraud, und dann fingen sie auf einmal im Kanon an zu singen. »Der Hahn ist tot, der Hahn ist tot!«

Ich vermute, dass ich mit offenem Mund dastand, sonst hätte Manes mich nicht so heftig am Ellbogen gepackt. »Raus!«, schrie er. »Nichts wie raus!«

Walter und Rudi stürzten zur Tür, während Manes sich bemühte mich aus meiner Trance zu befreien, indem er mich hinter sich herzerrte.

»René, nix wie raus!«

Es war eine Minute vor zwölf.

Als wir vor dem ‚Dampfkessel' standen, war der Mond hinter einer Wolke aufgetaucht und blinzelte uns zu.

»Scheiße!«, sagte Rudi mit zittriger Stimme und fingerte nach den Gauloises in der Brusttasche seines Hemds. Dreimal riss er ein Streichholz an, ehe er die Fluppe ankriegte.

»Was ist denn das für ein Zigarillo?«, fragte Rudi. Ich folgte seinem Blick und sah etwas Längliches. Es lag da auf dem Abfallbehälter mit Ascher, den Hübi vor dem ‚Dampfkessel' für die Raucher aufgestellt hatte. Lag da, sah aus wie eine Stange Dynamit mit Fernzünder und grinste mich an. Das Teil, das Manes im Schnabel unseres Hahns deponiert hatte. Die blöden Weiber mussten den Hahn vor der Übergabe –

Als ich wieder zu mir kam, war ich komplett in Weiß. Gips und Wickel. Die anderen lagen zum Glück auf der gleichen Station.

Wir haben teuer bezahlt. Ein Arm, zwei Beine, drei Hände vier Finger. Mischen impossible. Aber was soll's. Doppelkopf geht sowieso nicht mehr, und ich hasse Skat.

Erstveröffentlicht in: *Wenn der Tod lachen könnte,* Hrsg.: Sophie Sumburane, fhl Verlag Leipzig 2013

SUSANNA GEHT BADEN

Es war eine äußerst illustre Gesellschaft, die sich an jenem Sommerabend im Jahre 1963 bei dem Burscheider Möbelfabrikanten Joachim Pohl einfand. Alles, was sich in den Wiederaufbaujahren nicht nur bekrabbelt, sondern maßgeblich zum Wirtschaftswunder beigetragen hatte, war vertreten: die ökonomische Crème de la Crème von Burscheid. Joachim Pohl selbst war allerbester Laune. Konnte er doch nicht nur auf fantastische Wachstumsraten in seiner Stühlefabrikation zurückblicken, nein, er schmiedete längst Pläne, sich dem neuen Trend anzuschließen, der durch den von Verner Panton 1960 entworfenen Stuhl aus Polyurethan eingeleitet wurde: stapelbare Kunststoffstühle, unverwüstlich, praktisch und farbenfroh. Die deutsche Eiche hatte ausgedient. Deutschland hatte gelitten und gekämpft, nun wollte es sich wieder hinsetzen können, und zwar modern.

Nicht von ungefähr zählte daher Professor Doktor Otto Bayer zu Pohls Gästen, Erfinder des Polyurethan, der mit seiner Bahn brechenden Erfindung der Firma Bayer zu großen Erfolgen verholfen hatte – mit dem gleichnamigen Gründer im Übrigen weder verwandt noch verschwägert.

Pohl hatte Susanna auf ihn angesetzt, und es erfüllte ihn mit Stolz, als er sich mit einem beiläufigen Blick auf die Terrasse vergewissern konnte, dass sie ihr Geld wert war. Sie trug eine lässig geknöpfte rüschige

Blusen-Kreation im Napoléon-Stil, die dem Kostüm-Fundus eines Alträuchers entnommen schien, aber vermutlich der Preisklasse eines Käfers Baujahr 1960 entsprach. Ja, seine Gemahlin setzte in modischer Hinsicht Maßstäbe. Der im Allgemeinen eher steife und soignierte Bayer ließ seinen Blick mit einem geradezu blöden Gesichtsausdruck zwischen den Litzen und ihren Lippen hin und her wandern, von denen das Lachen nur so perlte, während sie in einem ganzen Kreis von Verehrern badete. Auch ohne dass Pohl verstehen konnte, was die lustige Gesellschaft beschäftigte, war ihm klar, dass Susanna einmal mehr alle in ihren Bann geschlagen hatte – insbesondere den, den sie mit ihrem Mann ins Geschäft bringen sollte.

Pohls Hochzeit mit der attraktiven Schloss-Salem-Abiturientin war ein wunderbarer Coup gewesen, mit dem er seinen Übersee-Vertragsabschluss im letzten Jahr gekrönt hatte. Gut, die Abfindung für Luise nach zwanzig Ehejahren hatte ihn eine schöne Stange Geld gekostet. Und Susannas Gesangsunterricht, ihre Leidenschaft für Haute Couture, ihr Friseur, die Kosmetikerin, das Reitpferd und die kleine Villa am Lago Maggiore, sein Hochzeitsgeschenk, waren auch nicht ohne. Aber sie war es wert. Sie war das Sahnehäubchen seines Erfolgs, seine Eintrittskarte in die High Society. Solides Handwerk, Innovationsgeist, kaufmännisches Geschick, all das hatte Joachim Pohls wirtschaftlichen Erfolg begründet. Aber ohne das Schmiermittel des gesellschaftlichen Erfolgs würde er immer ein mittelständischer Kleinunternehmer bleiben. Die Heirat mit Susanna sollte seinen Aufstieg in die erste Garde der nachkriegsdeutschen Unternehmerpersönlichkeiten besiegeln.

Als Pohl schließlich Herrn Doktor Keitel verabschiedete, der aus Rücksicht auf seine gichtige Gattin frühzeitig aufbrach, scholl aus dem Kaminzimmer Klavierklimpern und Gelächter. Pohl stieß zu der Gruppe von Gästen, die mittlerweile deutlich angewachsen war und in einem Halbkreis um den Bechstein stand. Bayer haute mit geröteten Wangen, sichtlich angeheitert in die Tasten, sein Blick klebte am Dekolleté der

Gastgeberin, während Susanna einen Schlager der Dreißiger-Jahre zum Besten gab:

»Amalie geht mit nem Gummikavalier, mit nem Gummikavalier ins Bad
Und sie pustet und sie bläst ihn auf geschwinde
An der Nordsee, Ostsee, Wannsee, Swinemünde
Amalie hat immer nen Mann sich ersehnt
Sie wollt nicht mal der Ältste
Jetzt hat sie einen aus Gummis gedehnt
Und denkt sich: den behältste!
Amalie geht mit nem Gummikavalier, mit nem Gummikavalier ins Bad!«

Die ganze Gesellschaft fiel in den Refrain ein, man lachte und applaudierte. Susanna hob ihr Champagnerglas in Richtung des Pianisten und rief laut: »Ich liebe meinen Gummikavalier!« Sie sah Bayer tief in die Augen. Dieser prostete ihr ebenfalls zu und entgegnete: »Auf den Gummikavalier! Auf den Kunststoff als die größte Erfindung des zwanzigsten Jahrhunderts!«

Nur ein Gast schien überhaupt nicht amüsiert. Er stand direkt hinter Bayer, Susanna fest im Blick, und sagte unvermittelt scharf: »‚Gummikavalier' ist eine äußerst euphemistische Umschreibung eines lebensgefährlichen Tinnef, der polizeilich verboten gehört!«

Eine plötzliche Stille trat ein. Aller Augen wandten sich dem Mann zu, der hoch aufgerichtet und ernst über Professor Doktor Bayers Kopf hinweg fortfuhr: »Ein Gummiring verführt Nichtschwimmer, sich in Wassertiefen zu begeben, denen sie sich ohne das Teufelsding niemals aussetzen würden. Dabei bietet er selbst keinerlei Halt, solange man sich nicht an ihm festhält. Ein wunderbares Beispiel dafür, dass die deutsche Industrie nicht in der Lage ist, mit dem Einsatz von Kunststoffen verantwortlich umzugehen!«

Die eben noch so fröhliche Gesellschaft sah teils irritiert, teils verärgert auf den Mann. Bayer schien mit einem Schlag nüchtern. Er drehte sich um und entgegnete empört: »Kunststoffe sind doch nun gerade geeignet, Leben zu retten!«

»Wenn Sie mir richtig zugehört haben, werter Freund«, versetzte der Unbekannte schneidend, »sollten Sie verstanden haben, dass sich meine Kritik nicht gegen den Kunststoff selbst richtet, sondern gegen solche Erfinder und Produzenten, die Gewinnmaximierung und Modediktat über den Dienst an der Menschheit stellen.«

Bayer hatte sich bei den letzten Worten erhoben und dem Unbekannten zugewandt. Sie standen einander nun Brust an Brust mit erhobenem Kinn gegenüber und wirkten wie zwei ältliche Gockel in Revierstreitigkeiten.

Pohl bahnte sich einen Weg durch die betretene Menge. »Meine verehrten Gäste! Es ist mir eine große Freude, gerade Sie beide miteinander bekannt zu machen!«, rief er und deutete auf die Kontrahenten. »Darf ich vorstellen: Herr Professor Doktor Otto Bayer, Erfinder des Polyurethan, und Herr Bernhard Markwitz aus Hamburg, der ebenfalls in Sachen Kunststoff unterwegs ist.«

Nach einem Moment des Zögerns schüttelten die beiden Herren einander die Hände.

»Was, wenn ich fragen darf«, erkundigte sich Bayer kalt lächelnd, »ist Ihr Gebiet?«

Markwitz ignorierte Bayers Frage und wandte sich an die Dame des Hauses: »Gnädige Frau«, sagte er mit einer angedeuteten Verbeugung. »Gestatten Sie mir eine indiskrete Frage: Sind Sie Schwimmerin?«

Susanna fand ihren gurrenden Unterton wieder. »Sie wollen wissen, ob ich auch ohne einen Kavalier die Oberhand behalte?«, fragte sie zurück.

Markwitz blieb ernst: »So in etwa lautete meine Frage.«

Susanna lachte: »Ich komme noch aus einem Elternhaus, in dem es immer hieß: »Du kommst mir nicht ins Wasser, ehe du schwimmen kannst!« Alles lachte, und sie fuhr fort, indem sie ihren Blick neckisch zwischen Bayer und Markwart hin und her schickte: »Auch wenn Sie ihn für einen aufgeblasenen Kerl halten: Ohne einen Schwimmreifen würde ich jämmerlich untergehen! Er ist mein Stecken und Stab!«

»Glauben Sie mir, Gnädigste«, entgegnete Markwitz, der keine Miene verzog. »Wer auf ihn vertraut, begibt sich in Lebensgefahr! Ich weiß, wovon ich rede. Mein eigenes Kind ist einmal beinahe ertrunken. Seitdem bin ich auf der Suche nach einer Schwimmhilfe, die ein Ertrinken todsicher verhindern kann. Sieben Jahre habe ich geforscht und ein Vermögen in die Entwicklung eines Produkts gesteckt, das darüber hinaus auch eine Schwimmlernhilfe darstellt – ganz im Gegensatz zu Ihrem hoch gepriesenen Gummikavalier, der Sie doch in Unmündigkeit verharren lässt und nur so lange in vermeintlicher Sicherheit wiegt, wie Sie ihm nicht entgleiten.«

»Lieber Markwitz«, mischte sich Pohl wieder in das Gespräch und drohte seinem Gast scherzhaft mit dem Finger. »Sie wollen meine Frau doch nicht zu irgendwelchen emanzipatorischen Dummheiten verführen?«

»Nichts liegt mir ferner«, entgegnete der Angesprochene. »Aber ich möchte Ihre Gattin gerne verführen, meine Erfindung am morgigen Sonntag im hiesigen Schwimmbad auszuprobieren.«

Professor Bayer hob sein Glas: »Verehrter Kollege«, sagte er gehässig. »Sie gestatten, dass ich Zeugnis ablegen darf, wenn Sie das Leben unserer entzückenden Gastgeberin aufs Spiel setzen!«

Markwitz machte eine ausholende Bewegung: »Sie alle, werte Anwesende«, sagte er nachdrücklich, »sind herzlich eingeladen, der Vorführung beizuwohnen!«

An dem diesem Wochenende folgenden Montag fand sich in dem Bergischen Volksboten folgender Beitrag:

»Burscheid. *Im städtischen Freibad kam es am Sonntagnachmittag zu einem Zwischenfall, der eine Nichtschwimmerin beinahe das Leben gekostet hätte, wenn ein angesehener Burscheider Bürger sie nicht durch sein beherztes Eingreifen gerettet hätte. Das Opfer, bei dem es sich um die junge Gattin des Möbelfabrikanten Pohl handelt, hatte sich darauf eingelassen, die Erfindung eines Hamburger Tüftlers, so genannte »Schwimmflügel«, zwei aufblasbare Gummiringe, die an den Oberarmen befestigt werden und den Schwimmer so über Wasser halten sollen, zu testen. Unter dem Beifall der übrigen Schwimmgäste hatte sie das Becken bereits halb durchquert, als die Luftkammern der so genannten »Schwimmflügel« erschlafften, so dass die Frau winkend, rufend und wild um sich schlagend unter Wasser sank, ehe die Umstehenden ihre lebensbedrohliche Lage begriffen hatten. Lediglich der zufällig anwesende Professor Doktor Bayer, hoch geschätzter Erfinder und Bürger unseres Städtchens, reagierte sofort: Er stürzte sich ins Wasser und zog die Erschöpfte an den Beckenrand, wo er sie durch Mund-zu-Mund-Beatmung reanimieren konnte.*

Der schreckliche Vorfall hatte ein unangenehmes Nachspiel: Der »Erfinder«, Herr Bernhard Markwitz, beschuldigte den Retter der Frau nach eingehender Untersuchung der so genannten »Schwimmflügel« der Sabotage: Professor Doktor Bayer hätte die Gummikammern mit einer Nadel perforiert, so dass die Frau untergehen musste, Professor Bayer sich als Retter aufspielen konnte und seine, Markwitzens, Erfindung desavouiert worden sei. Der mit derartigen Beschuldigungen konfrontierte Retter kündigte umgehend Klage wegen Rufmords an. Die Perforierung der so genannten »Schwimmflügel« sei auf minderwertigen Kunststoff zurückzuführen, der durch Kontakt mit auf dem Rasen des Schwimmbades herumliegende Zedernnadeln geschädigt worden sein müsse.

Die so genannten »Schwimmflügel« wurden beschlagnahmt. Die polizeilichen Ermittlungen dauern an. Anlässlich des Vorfalls warnt die Burscheider Polizei Nichtschwimmer eindringlich vor jeder Art von Schwimmhilfen und lobt das Verhalten des Herrn Professor Bayer als hervorragendes Beispiel von Zivilcourage.«

Erstveröffentlicht in: *Haller, Literaturzeitschrift Version 14, Schwimmbad 1967*, Hrsg.: Corinna Griesbach, Verlag p.machinery Michael Haitel Murnau 2017

MAUER-SCHAU

Wir gehen die Adalbertstraße entlang, lassen das Altersheim hinter uns. Die Frühsommersonne scheint warm, spiegelt sich in den Gesichtern der Passanten, die ihrem Feierabend entgegeneilen. Der Alte schlurft vor mir her. Er trägt einen grau melierten Wollmantel und einen weinroten Strickschal um den Hals. An der Köpenicker Straße wendet er sich nach rechts. Er geht wie aufgezogen stetig weiter, aber wie immer an dieser Stelle wird er langsamer. In Höhe des Engeldamms bleibt er stehen. Sein Blick wandert in Richtung Schilling-Brücke, wo der Turm gestanden hat.

Ich lehne mich mit verschränkten Armen an die Hauswand und betrachte ihn von der Seite. Er hält die Hände in Brusthöhe vor sich, die Finger leicht gespreizt, als wollte er irgendeinen Widerstand tasten, aber da ist nichts, rein gar nichts mehr. Eine Weile verharrt er fast regungslos. Dann werden die Finger unruhig, machen fahrige, wischende Bewegungen, er wackelt mit dem Kopf und gibt krächzende Laute von sich.

»Alles weg, was?«, frage ich. »Wie geht's jetzt weiter, Herr Fuchs?«

Statt einer Antwort setzt er sich langsam wieder in Bewegung. Ich bleibe dicht hinter ihm. Er geht den Engeldamm entlang, sein Blick wandert nach links zum parallel verlaufenden Bethaniendamm, wo der nächste Turm gestanden hat. Den ganzen Bogen schlurft er entlang, bis er am Heinrich-Heine-Platz angekommen ist, am übernächsten Turm. Jetzt ist da ein kleiner See. Entenmütter üben mit ihren Küken Patrouillenschwimmen in Reih und Glied.

»Kommen Sie, Herr Fuchs, setzen Sie sich«, sage ich. Ich habe ihn am Ellbogen gefasst und dirigiere ihn zu einer Bank am Wasser. Heftig mit dem Kopf wackelnd, lässt er sich auf der äußersten Kante der Bank nieder und schaut vor sich auf die schlierige Wasseroberfläche.

Ich setze mich daneben, die Arme auf der Rückenlehne ausgebreitet. Fixiere ihn. »Na, was sehen wir da?«, frage ich.

Als er nicht reagiert, klopfe ich ihm aufmunternd auf die Schulter. »Ein bisschen trüb, nicht wahr? Dunkle Wasser lassen nicht tief blicken, was?«

Er krächzt etwas Unverständliches.

»Sie müssen schon deutlicher werden«, sage ich. »Sonst kann der Richter Sie nicht verstehen.«

Er wehrt meinen Arm ab, der sich fürsorglich um seine Schultern gelegt hat.

»Nur immer zu«, sage ich. »Wir leben jetzt in einem freiheitlichen Staat. Hier darf man alles sagen. Keinem wird das Maul verboten.«

»Maul«, wiederholt er und runzelt die Stirn. Nach einer Pause noch einmal: »Maul.«

»Halts Maul!«, sage ich. »Du kennst das ganz gut! So hieß es doch immer damals.«

Er dreht einen seiner Mantelknöpfe hin und her.

»Hast doch mit deinen Kindern wahrscheinlich genauso geredet, oder?«, bohre ich weiter. Und lauter: »Halts Maul! Halts Maul! Das war das Einzige, was meine Mutter dazu gesagt hat, wenn ich nach meinem Vater gefragt habe.«

Leiser: »Geweint hat sie.«

Zum ersten Mal blickt er mich an, schaut mir mitten in die Augen. Er hat einen grauen Blick, genauso grau wie sein Mantel, seine Haare, seine Vergangenheit. »Wein«, sagt er. »Der Wein ist gut. Ein guter Jahrgang.«

Da reißt es mich vom Sitz. Ich packe ihn an seinem Mantelaufschlag, ziehe ihn hoch, sein Gesicht ganz dicht an meins, und schreie ihn an: »Genau! Guter Wein! Ein guter Jahrgang, nicht wahr? Den habt ihr euch gegönnt, was? Wenn ihr wieder einen abgeknallt hattet! Peng, Bumm, Halali und hoch die Tassen, was? Während der arme Teufel zwischen Stacheldrähten krepierte, habt ihr gefeiert! Und jetzt willst du nichts mehr davon wissen!«

Ich sehe seine leeren grauen Augen vor mir und schubse ihn weg. Er taumelt, dreht sich einmal um die eigene Achse und fällt mit einem lauten Platschen in den Teich, dessen Wasser sich über ihm schließt, wilde Wellen schlagend, die sich zu exzentrischen Ringen zusammenfinden und das Weite suchen, während Herr Fuchs im Unergründlichen verschwindet. Nur ein Ende des roten Schals schwimmt noch an der Oberfläche. Er scheint überhaupt keinen Widerstand zu leisten, taucht unter, als wäre da nie etwas gewesen.

Die Pförtnerin schlägt die Hände überm Kopf zusammen, als sie uns kommen sieht. Die breite Wasserspur hinter uns. »Wenn das keine Lungenentzündung gibt!«, ruft sie. Sie reißt eine Wolldecke aus dem Schrank, in die ich Herrn Fuchs wickle. Ein Schüttelfrost hat ihn gepackt, sodass er, selbst wenn er etwas sagen wollte, keinen Laut mehr hervorbrächte. So heftig schlagen die Kiefer aufeinander. Während sie mir die zweite Decke zuwirft, hat sie den Hörer bereits am Ohr, über den sie die Pflegestation verständigt. Ich reiße mir den durchnässten Zivi-Kittel vom Leib und schlage die Decke um mich. Eine beruhigende Wärme, ein Gefühl der Geborgenheit breitet sich aus. Dem Alten scheint es ähnlich zu gehen. Sein Zähneklappern geht in ein sanfteres Knirschen über, und als er mich anblickt, huscht ein zaghaftes Lächeln über sein Gesicht, das tatsächlich etwas Zerknirschtes hat.

»Schon gut, Herr Fuchs«, sage ich. »Nächste Woche hole ich Sie wieder ab. Dann drehen wir wieder die Runde an der Mauer.«

Erstveröffentlicht in: *Klappe zu – Balg tot*, Bitterböse Geschichten, Wurdack Verlag Nittendorf 2009

DER BETONKLOTZ

Erst dachte er: Was für eine schlampige Arbeit! Dass da kein Fachmann am Werke gewesen war, sah ein Blinder mit dem Krückstock. Was für einen Sinn sollte das Beton-Podest in dieser Ecke überhaupt machen? Christine wusste es auch nicht, aber fand gleich am ersten Tag eine prima Verwendung dafür.

Sie hatten das ganze Haus durchstöbert, alle Fenster aufgerissen und Pläne geschmiedet, wie sie es einrichten wollten. Rolf war eher bedächtig. Aber Christines Begeisterung steckte an. Sie malte ihr zukünftiges Heim – ihr ehemaliges Elternhaus – in den schönsten Farben. Das Kinderzimmer sollte da sein, wo sie als Kind gewohnt hatte. »Was meinst du, wie viele Kinder kriegen wir da rein?« Sie hüpfte durch das Zimmer und hielt sich den stattlichen Bauch.

Zuletzt waren sie in den großen schummrigen Kellerraum gekommen, und Christine hatte gejuchzt: »Hier feiern wir die Einweihungsfete!« Sie war quer durch den Raum gelaufen und auf das Podest geklettert. »Hier kommt das Fässchen drauf!« Hatte ihn zu sich herangewinkt, Rolf hatte die Arme um ihren Leib geschlungen, den Kopf auf ihren Bauch gelegt, während sie ihm von oben die Haare zauste. In diesem Moment hatte er zum ersten Mal einen Tritt in ihr gespürt. In dieser dunklen Höhle steckte etwas Lebendiges, sein Fleisch und Blut! Der Gedanke hatte ihn berauscht, er verharrte eine ganze Weile in dieser Haltung und gab sich Glücksgefühlen hin.

Als die oberen Räume fertig waren, hatten sie tatsächlich hier gefeiert. Das Bier floss in Strömen, und Christine hatte den ganzen Abend getanzt, bis er Angst um das Kind bekam. Aber das hatte sich reichlich Zeit gelassen. Erst als der errechnete Termin zwei Wochen überschritten war, waren die Wehen gekommen, und da Ann-Kristin ihren eigenen Kopf hatte, musste der Arzt sie schließlich mit dem Skalpell aus der Steißlage befreien.

Zwei Jahre lang hatten sie den Keller kaum beachtet. Er war ein prima Abstellraum, und oben gab es genug zu tun. Erst als die letzte Umzugskiste hochgeholt worden war, begannen sie, sich Gedanken zu machen, wie sie ihn nutzen wollten. Rolf bestand auf einer Ecke für seinen Handwerkskram, Christine brauchte Stauraum. Also musste eine Rigipswand her, der Betonsockel sollte weg. Rolfs Job, klar. Er ahnte, was das für eine Drecksarbeit war. Verstand nicht, wieso sie mit dem Speicher nicht auskam. Aber es war völlig sinnlos, mit ihr über irgendetwas zu streiten. Sie setzte sowieso durch, was sie wollte, und wehe, wenn er andere Vorstellungen hatte.

Ann-Kristin, so klein sie war, hatte denselben Dickkopf. Es musste in der Familie liegen. Sein Schwiegervater in spe hatte ihn gewarnt. »Überleg es dir gut«, hatte er gesagt. »Deine Zukünftige ist wie ihre Mutter. Eine launische Zicke, die immer mit dem Kopf durch die Wand muss und dich noch in den Wahnsinn treiben wird.« Es war das einzige Mal gewesen, dass er seine Frau erwähnt hatte.

Rolf hatte die Mutter nie kennengelernt. Sie war verschwunden, als Christine schon aus dem Haus war. Aus ihren Erzählungen wusste er, dass sie ein schwieriger Mensch gewesen sein musste, der sich nicht in das kleinbürgerliche Vorstadt-Leben hatte einfinden können. Sie war öfter für mehrere Wochen durchgebrannt, immer wieder zu Mann und Kind zurückgekehrt, bis Christine schließlich groß war. Da war sie auf

Nimmerwiedersehen verschwunden, hatte sich selbst bei der Tochter nie wieder gemeldet. Der Schwiegervater hatte danach nie wieder ein Wort über seine Frau verloren, bis er vor zweieinhalb Jahren gestorben war.

Rolf lief der Schweiß in Strömen, als er sich mit Schlaghammer und Spitzhacke abmühte. Zum Glück war der Beton porös, schlampig angerührt, es waren Sachen reingerührt, die da nicht reingehörten. Als er merkte, dass er ein Kopftuch freilegte, packte ihn das Grausen. Christine hatte sich mit der Kleinen bei einer Freundin eingeladen, um dem Krach zu entgehen. Sollte er sie anrufen?

Besser gleich die Polizei verständigen?

Wegen eines Stücks Stoff?

Mit Hammer und Meißel machte er weiter. Erst nach Stunden war alles freigelegt. Konnte es nicht fassen. Wie mochte es in dem Alten ausgesehen haben? Er musste alles, was sie im Haus hinterlassen hatte, in die Betonverschalung geworfen haben, von Miederhosen bis zur Zahnbürste, – alles, was von seiner Frau geblieben war: Lockenwickler, Duschhaube, Brennstab, ein Haarteil, Färbemittel, Nagellack, Kosmetika – Zeugnisse des Bemühens, die eigene Durchschnittlichkeit aufzuwerten. Statt den Krempel einfach in den Müll zu schmeißen, musste es ihm ein dringendes Bedürfnis gewesen sein, ihr dieses klobiges Mahnmal zu errichten. Weil er sie in den gemeinsamen vier Mauern nicht hatte halten können?

Durch das Gitterfenster fiel ein Lichtstrahl auf tanzende Zementstaubschwaden.

Rolf rieb sich die Oberarme. ‚Raus hier', dachte er. ‚Bloß raus.'

bisher unveröffentlicht

SOPHOKLES IST TOT

Als Sophokles Papadopulos am elften Juli 2003 im Alter von zehn Jahren unter den Lkw geriet, ahnte niemand, dass der eigene Vater für seinen Tod verantwortlich war.

Zwar hatte Alberto Conti, der Inhaber des Ristorante Conti an der Bonner Straße 228, vor dem das Unglück sich ereignete, noch gebrüllt: »Padre! Padre!« Er war gerade damit beschäftigt gewesen, die Tische abzuwischen, die auf dem schmalen Streifen Bürgersteig standen, den er der Stadt Köln wider alle Bescheide der zuständigen Ordnungsbehörden abgetrotzt hatte. Seit drei Jahren hatte er jeden Sommer die Blumenkästenreihe auf den grünen Holzlattengerüsten, mit denen er sein Außengastronomie-Territorium gegen die Passanten abschirmte, einen halben Waschbetonstein weiter in Richtung Straße geschoben. Böse Zungen behaupteten später, er habe durch diese Übergriffe zum Tod des Jungen beigetragen. Zumindest war ein ordentliches Ordnungsgeld fällig. Bedeutete die Barriere nicht geradezu eine Einladung an Passanten, die vielbefahrene Bonner Straße bereits an dieser Stelle zu überqueren, obwohl der Fußgängerüberweg nur zwanzig Meter weiter stadtauswärts lag, also die sichere Furt bereits in Sichtweite war?

Tadeusz Görlitz, der polnische Fahrer des Unglückswagens, sagte später aus, er habe den Jungen nicht von der rechten Seite kommen sehen, weil seine Aufmerksamkeit völlig von der gerade von Grün auf Orange umgesprungenen Ampel in Anspruch genommen war, die ihn zu einem, angesichts seiner überhöhten Geschwindigkeit erforderlichen, scharfen Bremsmanöver nötigte. Das mit der Geschwindigkeit bestritt er natürlich später. Tadeusz Görlitz lebte erst seit einem halben Jahr in Deutschland und hatte vor vier Monaten bei dieser Spedition angefangen, die die Strecke zwischen Polen und Spanien fest im Griff hatte. Es war die einzige Tätigkeit, die der ehemalige Lehrer, der seinen Jugendtraum vom Auswandern ins Wirtschaftswunderland Deutschland verwirklicht hatte, bekommen konnte. So viel hatte Tadeusz von den Deutschen bereits begriffen: Die Straßenverkehrsordnung war heilig. Aber eine genaue Bremsspurenanalyse ließ keinen Zweifel an der Rechtswidrigkeit seiner Fahrweise. Damit war er seinen Job bei der Spedition los.

Keiner hatte den Moment genau gesehen, in dem Sophokles mit seinem Mountainbike den Bordstein hinunter auf die Straße fuhr und auf dem linken Fahrstreifen stadtauswärts unter die Räder geriet, auch wenn alle sich nachher daran zu erinnern vermeinten.

Der Gastronom Alberto Conti hatte seine Augen auf dem Tisch Nummer vier, von dem er gerade in dem Moment festgetrocknete Ketchup-Reste abkratzte. Ketchup zu Pizza, das musste man sich einmal vorstellen!

Die Zwillinge Dennis und Robin Stock, die kurz zuvor noch an dem Tisch gesessen hatten und ihrer Mutter bis zur Ampel vorausgelaufen waren, hätten Sophokles noch am ehesten sehen können, weil ihr Augenmerk auf den herannahenden Lkw hätte gerichtet sein müssen. War doch für ihn – was die Zwillinge nicht sehen konnten – die Ampel bereits auf Rot umgesprungen, während das Signal für die Fußgänger noch nicht Grün zeigte. Aber die Zwillinge waren vollauf damit beschäftigt gewesen, darum zu rangeln, wer den Knopf an der Fußgängerampel als Erster drücken durfte. In Wirklichkeit hatte Dennis ihn schon gedrückt, als Robin ihm gerade die Hand wegschlug, ja, durch das Wegschlagen der Hand war erst der Druck zustandegekommen, der die Ampel umspringen ließ. Und wäre sie nicht just in dem Moment umgesprungen, in dem Sophokles sein Mountainbike über den Bordstein auf die Bonner Straße hüpfen ließ, hätte der Lkw vielleicht gar nicht so heftig abbremsen müssen und wäre vielleicht noch an ihm vorbeigerauscht, als der Junge gerade auf die zweite Fahrspur fuhr.

Die Mutter der Zwillinge, Tina Stock, war unmittelbar vorher aus dem durch die grünen Holzlattengerüste abgegrenzten Außengastronomie-Bereich der Gaststätte Conti getreten, die Augen auf die vorausgeeilten Zwillinge geheftet, die in gefährlicher Nähe der Straße miteinander rangelten. Ihr unvermitteltes Betreten des Bürgersteigs hatte sicherlich dazu beigetragen, dass Sophokles sein Fahrrad so abrupt auf die Straße gelenkt hatte, wo er doch eigentlich bis zur Fußgängerampel auf dem Bürgersteig hätte bleiben müssen. Der Schock, den die Frau erlitt, führte zwei Wochen später nach heftigen Blutungen zum Abort ihres dritten Kindes, eines Mädchens. Die Zwillinge sollten nie mehr eine Schwester bekommen und mussten daher ihre familiären Zwistigkeiten für alle Zukunft aneinander auslassen.

Das Sachverständigengutachten, welches das Gericht später zum Zustand des Fahrrads angefordert hatte, stellte fest, dass beide Handbremsen locker und daher für das Bremsmanöver, das Sophokles sicherlich im letzten Moment noch versucht haben musste, völlig unbrauchbar waren. Die Bremsen hatte ihm sein Vater Archimedes am Abend vorher an das Mountainbike montiert, weil die alten ausgetauscht werden mussten. Warum Archimedes Papadopulos die Bremsen nicht festgezogen hatte, konnte er selbst nicht sagen. Er bestritt auch, dass es überhaupt so gewesen sein konnte.

Nun war Archimedes Papadopulos nach achtzehn Uhr in der Regel sowieso nicht mehr nüchtern und daher nicht sehr zuverlässig in seinen Aussagen – und sicherlich auch nicht in dem, was er tat. An die Montage der Bremsen hatte er sich gegen zwanzig Uhr begeben. Erschwerend kam hinzu, dass er an gerade jenem Tag einen besonderen Grund gehabt haben musste, sich dem Wein zuzuwenden. Er hatte von seiner Frau, die ihren vierten Versuch machte, ihn zu verlassen, indem sie zu ihrer Schwester in das Belgische Viertel zog, einen Brief bekommen.

»Archimedes Papadopulos«, hieß es in dem Brief, denn sie sprach ihren Mann immer sehr förmlich an. »Ich werde dich verlassen und mir eine eigene Wohnung nehmen. Wenn ich eine Wohnung habe, werde ich dafür sorgen, dass Sophokles zu mir ziehen kann. Sophia«. Mit diesem Brief versuchte Sophia Papadopulos einen Schlussstrich unter ihre fast elfjährige Ehe zu ziehen, die sie von vornherein ohne Überzeugung, eher notgedrungen, eingegangen war. Schon als kleines Kind, als sie mit ihren Eltern aus Thessaloniki nach Köln gekommen war, hatte sie davon geträumt, einmal ganz Europa kennenzulernen. 1991 war sie dann kurz nach dem Zusammenbruch des Ostblocks für ein Jahr nach Lodz gegangen, wo sie als Au Pair gearbeitet hatte. Als sie zurückkam, hatte Archimedes, den sie schon von der Grundschule her kannte, bei ihren Eltern um Sophias Hand angehalten. Die Hochzeit war das schönste Erlebnis in ihrem Leben, aber mit dem Traum von Europa war es damit vorbei gewesen.

Und dann hatte sie noch dieses »P.S.« unter den Brief geschrieben: »Komm bloß nicht auf die Idee, Sophokles bei dir zu behalten. Er ist sowieso nicht dein Kind.«

Der Richter würdigte diesen Brief später als mögliches Motiv des Vaters, die Bremsen seines potenziellen Bankerts in vollem Bewusstsein nicht angezogen zu haben. Da das aber pure Spekulation war, reichte es nicht für einen Straftatbestand. Verurteilt wurde der Fahrer des Lkw. Er bekam eine Bewährungsstrafe. Weiter ließ sich kein schuldhaftes Verhalten feststellen, das zum Tod des Jungen geführt haben mochte.

Sophokles' Mutter hatte mit der Nachricht von dem Unfall einen Zusammenbruch erlitten, der ihr auch später ein Erscheinen vor Gericht unmöglich machte. Erst bei der Beerdigung trafen sich die Eheleute wieder. Dabei kam es zu einem Zwischenfall, der für einiges Aufsehen sorgte.

Der Sarg des Jungen war gerade in die Grube gelassen worden und die Trauergäste defilierten vor den Eltern, die gemeinsam, wenn auch mit etwa zwei Metern Abstand voneinander, am offenen Grab standen. Da stieß ein später Gast zu der Versammlung, der mit zögerlichen Schritten näherkam. Es war Tadeusz Görlitz, der Fahrer des Unglückswagens, der mit einem großen Strauß blutroter Rosen vor Sophia Papadopulos trat. Schon die Farbe und Fülle des Gebindes wirkten unpassend. Dennoch waren sich alle einig, dass Sophias' Reaktion zu weit ging. Sie schrie den Mann an: »Du wagst es tatsächlich, hierher zu kommen?« Dann nahm sie den dargebotenen Rosenstrauß und warf ihn ins Grab, dass er auf dem Sarg aufklatschte. Gleichzeitig versetzte sie Tadeusz Görlitz mit der linken Hand einen so heftigen Stoß, dass der Attackierte kurz aufstöhnte, ins Taumeln geriet und dem Rosenstrauß hinterher in die Grube fiel. Ein dumpfes Krachen übertönte den vielstimmigen Aufschrei der Umstehenden.

Nachdem der polnische Fahrer mit Archimedes' Hilfe und der einiger anderer Trauergäste wieder aus dem Loch geklettert war, konnte man deutlich sehen, dass der Sargdeckel einen Riss abbekommen hatte. Tadeusz Görlitz warf verzweifelte Blicke zur Mutter des Toten, und während die Helfer ihn noch abklopften, rief er laut: »Sophia! Ich wusste das nicht! Ich habe dich gesucht! Warum hast du mir nicht geantwortet?«

Aber Sophia Papadopulos überschrie ihn: »Mörder! Mörder! Mörder! Den eigenen Sohn!« Dabei gebärdete sie sich wie eine Wahnsinnige. Die übrigen Trauergäste hatten Mühe, sie zu bändigen und von dem Unglücksfahrer fernzuhalten. Dann schrie Sophia ihren Mann an: »Archimedes Papadopulos«, rief sie, und diesmal schien in ihrer Stimme neben der Verzweiflung etwas wie Triumph mitzuschwingen. »Ich hab's dir gesagt!«

Mit diesen Worten lief sie schluchzend weg von Sophokles' Grab, weg aus dem Leben ihres Mannes und aus dem ihres ehemaligen Geliebten, so schnell, dass ihre Schwester und ihr Schwager ihr kaum folgen konnten.

Erstveröffentlicht in: *Klappe zu – Balg tot*, Bitterböse Geschichten, Wurdack Verlag Nittendorf 2009

Letale Lösung 12

C&A

Wieso hast du deinen Eltern nichts gesagt?«

»Bist du bekloppt? Wenn ich denen stecke, dass ich im »Hades« war, schreien die nach einem Exorzisten!«

Chris konnte sich herrlich doof stellen, wenn ihr mal ausnahmsweise nichts einfiel. An und für sich war sie neben meiner besten Freundin die coolste Nummer in unserer Klasse, seit sie im letzten Jahr aus dem Internat geflogen und zu meiner Tischnachbarin in dieser fünftäglichen Ätzveranstaltung namens Realschule geworden war. Sie hatte mich in die Geheimnisse des Kiffens und in die verschärftesten Diskotheken eingeführt. Chris machte, was sie wollte, und was sie machte, war garantiert crazy und angesagt.

Und: Sie hatte Eltern, die hinter ihr standen, statt ihr die Hölle heißzumachen. Als unser Klassenlehrer uns neulich nötigen wollte, in der Raucherecke vor dem Schultor nach der sechsten Stunde zum Fegen anzutreten, stand Chris' Vater noch in der zweiten großen Pause auf der Matte. Ob der gute Mann sich schon mal das Geburtsdatum seiner Tochter zu Gemüte geführt habe? Einer Sechzehnjährigen könnte keiner das Rauchen verbieten, und wofür sei der Hausmeister eigentlich da, den er mit seinen Steuergeldern bezahlte! Da konnte dieser Idiot zusehen, wer beim Fegen half! Er verlor keinen Ton mehr zu diesem Thema.

Nur meine spießigen Alten konnten es nicht lassen, an meinen Klamotten zu schnüffeln und mich mit blöden Fragen zu nerven, wo und mit wem ich denn hinwollte und wann ich heimkäme. Und mit Konsequenzen zu drohen, wenn ich nicht hörte.

Gewissermaßen war Chris ja auch schuld an. Warum war sie nicht mitgekommen? Weil sie bleiben konnte, solange sie wollte. Natürlich hatte sie keinen Bock, mit mir um elf nach Hause zu trotten. »Du glaubst doch nicht im Ernst, dass ich meinen Ladykiller stehen lasse, um deine Anstandsdame zu spielen?«, lautete ihre Abfuhr, als ich meinen Abgang einläutete.

Hundert Meter weiter, bei C&A unterm Vordach, hatte mich dieser Kotzbrocken abgepasst: »He, Süße, was heißt C&A noch gleich?«

Ich hatte einen Bogen geschlagen, meine Schritte beschleunigt und geradeaus geguckt, aber er war in ein paar Sätzen bei mir, hatte mich festgehalten, gegen die Schaufensterscheibe gepresst und mit seinen widerlichen Fingern unter meinen Klamotten rumgefummelt, ohne sich von meinem »Lass mich los!«-Gequieke irritieren zu lassen. Am Ende hab ich ihn angefleht, er könnte alles haben, wenn er mich nur gehen ließe. Da hatte er gnädig meine dreißig Euro und das Handy eingesteckt und mir hinterhergerufen: »Cool und abgefuckt – Merk's dir!«

Hätte ich zu meinen Eltern rennen sollen? Die hätten mich für den Rest meines Lebens eingesperrt!

Chris war nicht lange ratlos. Sie ist wirklich die Größte. Drei Dinge vielleicht vorneweg: Ich kannte den Typ vom Sehen. Er hing öfter im »Hades« ab. Und: Chris' Eltern hatten eine Apotheke und waren wirklich völlig entspannt. Und: Chris war nun mal die heißeste Nummer. Nicht nur in unserer Klasse. Sie kriegte jeden um den Finger gewickelt, wenn es drauf ankam.

Abend für Abend kämmten wir die Schuppen ab. Ausgerechnet im »Hades« sah ich ihn schließlich wieder und schickte Chris an die Front. Sie überließ mir ihren Asscooler. »Schluck für Schluck genießen, Alice.

Du gehst erst los, wenn das Glas leer ist, klar?« Nach allen Regeln der Kunst machte sie sich an ihn ran und ich mich unsichtbar. Schlückchen für Schlückchen beförderte ich das Zeugs bin mich rein, mit geschlossenen Augen. Cool und abgefuckt. Genauso schmeckte es.

Gegenüber von C&A, in einem Lieferanteneingang, sah ich die beiden stehen. Sie klebten aneinander. Die Schaufensterbeleuchtung gab einen romantischen Hintergrund für ihre Silhouette ab, die vor allem aus seiner Rückenfront gebildet wurde. Die Puppen glotzten diskret ins Leere. Chris ließ sich gegen die Scheibe pressen und keuchte ihm ins Ohr, während ich mich näher schlich, die schwarze Flasche in der einen Hand, in der anderen mein Halstuch, das ich im Gehen vollschüttete. Ein süßlicher Geruch stieg auf. Ich ließ die Flasche wieder in meine Jackentasche gleiten, sprang ihn von hinten an und presste ihm das Tuch vors Maul, das sich eben noch so schön an Chris festgesaugt hatte. Sie hielt ihn von vorn und ich von hinten umschlungen. Er zappelte wie ein Fisch im Trockenen.

Als er schließlich mit heruntergezogener Hose, mit einer Wäscheleine fest gewickelt, um zweihundertzwanzig Euro ärmer und selig schlummernd vor der Schaufensterscheibe lag, hielt ich Chris am Arm fest.

»Deinen Lippenstift!«

»Alice, mach hinne!«

In großen Buchstaben schrieb ich zwei Worte auf seine rosigen Arschbacken: »Chloroformiert« und »Abgepackt«!

bisher unveröffentlicht

WEICHEI

Barny Schött ist der älteste von den Jungs im Viertel. Der Name Barnabas spricht schon für sich. Die anderen Jungs heißen Thomas und Walter, nur Guido ist noch etwas Besonderes. Aber Guido ist klein, und sein Gesicht ist vor Akne ganz rot und aufgequollen. Selbst Walter macht da noch mehr her, schließlich ist sein Vater Schreinermeister, und wenn die Gesellen ihn Bier holen schicken, dann fällt immer eine Flasche für die Jungs ab.

Juttas beste Freundin Rita ist hinter Barny her. Rita hat jede Menge Brust und immer die neueste Bravo. Keine kann wie Rita: »Was wollt ihr denn hier?«, sagen, wenn die Jungs auf den Spielplatz kommen, wo die Mädchen den Todessprung an den Reckstangen üben.

»Gucken«, sagt Barny lässig, und dann hocken sie sich auf das Geländer, das den Spielplatz zur Straße hin abgrenzt, und reichen die Bierflasche rum.

Jutta ist im Turnverein und ziemlich gut. Ansonsten ist sie mit Eintritt der Pubertät aufs Maul gefallen, und so rotiert sie ums Reck, bis ihr auch ohne Bier ganz schwindelig ist. Rita steht daneben und guckt. Noch bevor Jutta ihren dritten Felgumschwung beendet hat, sieht sie Rita die Bierflasche ansetzen, während Barny ihr etwas ins Ohr flüstert. Rita kichert und sieht zu Jutta hin. Nach dem Todessprung zieht sie sie beiseite.

»Geh lieber nach Hause«, raunt sie ihr zu. »Man sieht, dass du blutest!«

Jutta hasst ihre Tage. Ihre Mutter hat kein Wort dazu verloren außer: »Nimm das!«, und ihr eine Packung Binden in die Hand gedrückt. Jutta tut sich mittags eine Binde in die Unterhose und geht nicht eher nach Hause, bis ihr die rote Suppe überläuft. Das tut sie jetzt.

Rita bleibt da.

Die Mutter schickt Jutta einkaufen, Eier und Brot, und zur Post. Jutta ist ein gehorsames Kind. Aber eigentlich ist sie kein Kind mehr. Sie ist irgendwo dazwischen, wo es kein Zuhause mehr gibt. Und man weiß noch nicht einmal, ob es eine beste Freundin noch gibt.

Am Spielplatz ist jetzt nur noch Paul, der Penner, der immer gegen Abend aus der Ruine krabbelt. Er schnäuzt sich ins Gebüsch und köpft an der Reckstange ein Ei. Den Glibber schlürft er zum Frühstück und spült ihn mit einer Dose Bier runter.

Jutta schlüpft durch das Loch im Lattenzaun auf das angrenzende Trümmergrundstück, wo die Jugendlichen sich treffen.

Man kann die Jungs schon riechen. Sie haben auf dem Hinterhof der Ruine ein Feuer gemacht. Jutta klettert durch das kaputte Parterrefenster und schleicht über die mit Schutt übersäte Treppe in die erste Etage, von wo aus man auf den Hof gucken kann.

»Fertig, los!«, sagt Barny, und dann zischen Dampfwolken aus dem Feuer. In der Dämmerung kann man das weiße Hinterteil von Guido erkennen, der mit dem Rücken zum Haus steht. Auch die anderen haben die Hosen runtergelassen und pinkeln das Feuer aus.

Ein beißender Urin-Rauch steigt auf. Jutta zieht den kaputten Fensterladen zu, dass der Dampf nicht in den Raum zieht. Barny guckt hoch, und sie geht einen Schritt zur Seite.

»Genug!«, schreit Barny.

Die Jungs ziehen die Hosen hoch und stecken die Köpfe über der qualmenden Feuerstelle zusammen. Dann kommen sie auf die Hinterhoftür zu und die Treppe hinauf. Jutta drückt sich hinter das Gelsenkirchener Barock-Küchenmöbel, das an der einen Wand stehen geblieben ist, und hält die Luft an.

Thomas und Guido zerren sie hinter dem Schrank hervor und zu Barny, der mit Walter mitten im Zimmer steht.

»Weißt du, was mit kleinen Mädchen passiert, die großen Jungs nachlaufen?«, fragt er.

Jutta versucht ein verächtliches Lächeln.

»Guckst du gerne Pimmel?« Barny grinst, die anderen lachen. Guido und Thomas umklammern Juttas Oberarme fester, sodass sie quiekt.

»Dir sollte man besser das Maul stopfen«, meint Barny. Er geht einen Schritt auf sie zu, reißt ihr das T-Shirt bis über die Brust hoch und presst ihr den Stoff in den Mund. Jutta lässt sich fallen, um sich freizuwinden, aber das führt nur dazu, dass Guido und Thomas ihre Schultern auf den Boden drücken und sich auf ihre Arme knien, während Barny stolpert und Walter sich auf ihre strampelnden Beine schmeißt. Juttas Hinterkopf schmerzt. Barny, der halb auf ihrem Rumpf liegt, hält ihr mit ihrem T-Shirt den Mund zu und grinst sie an. Dann fängt er mit der einen Hand an, ihre Brüste zu quetschen.

Guido, dessen rotes Gesicht dicht über Juttas hängt, japst, den Blick auf Barnys Hand gerichtet. Jutta keucht auch. Sie kriegt keine Luft.

»Willst du mal fühlen?«, fragt Barny. Jutta dreht den Kopf zur Seite und schließt die Augen. Barny rutscht höher und zerrt mit einer Hand an seiner Hose herum. Es fühlt sich an wie ein Wiener Würstchen, was er auf ihrem Bauch hin und her reibt. Seine Eier sind zwei wabbelige Kugeln. Der Reißverschluss seiner Hose schneidet in die Haut. Er rubbelt sein Ding auf Juttas Bauch, bis er auf einmal zusammenzuckt. Seine Eier werden hart und rau. Etwas Feuchtes kleckert auf ihre Haut. Die anderen sind ganz still.

Jutta rührt sich nicht.

Barny richtet sich auf. Er fingert sich die Hose wieder zu.

»Na«, meint er mit belegter Stimme. »Tut das gut?«

Jutta sieht ihn an, den Mund immer noch voller Shirt. Über den feuchten Fleck auf ihrem Bauch streicht ein Wind, der vom Fenster zur Tür zieht. Im Rücken spürt sie Schutt.

Barny zieht ihr den Baumwollpfropfen aus dem Mund.

»Na«, sagt er noch einmal. Er sieht ihr nicht in die Augen, reibt mit dem Stoff ihres T-Shirts seinen Erguss weg. Die anderen lassen sie los.

Jutta rappelt sich auf und klopft sich den Rücken sauber. Barny will ihr helfen, doch sie schubst ihn mit dem Ellbogen weg und geht einen Schritt auf die Tür zu.

Die Jungs weichen beiseite.

Sie dreht sich um.

»Du bist ein Weichei, Barny Schött«, sagt sie.

Paul hat eben seine Morgentoilette beendet, als Jutta durch den Lattenzaun klettert.

»Na, Mädchen, dann wollen wir mal, was?«, sagt er.

Jutta spuckt ihm mitten in sein Grinsen.

Erstveröffentlicht in: *Klappe zu – Balg tot*, Bitterböse Geschichten, Wurdack Verlag Nittendorf 2009

SCHLUCKBESCHWERDEN

Obwohl ich den Kopf wegdrehe, als er an mir vorbeigeht, reicht der kurze Moment, die Visage gestochen scharf zu erkennen: Tränensäcke unter den geröteten Äuglein, eingefallene Backen, die Fettpolster darunter geschmolzen, schlaff herunterhängende Haut, mutlos, als habe sie jegliche Hoffnung fahren gelassen, dass die Wangen noch einmal prall werden könnten. Dafür quillt sein Einkaufswagen über. Von Klopapier. Ja, raus kommt am Ende immer was. Nur rein nicht mehr viel. Er hat den Zenker, und er soll dran krepieren.

Ich bin extra in der Mittagspause zum Supermarkt gefahren. Habe mich draußen angestellt. Vorschriftsmäßig Abstand eingehalten. Als er seinen Wagen vorbeischiebt – mich keines Blickes würdigt, hinter der Maske mit Sicherheit auch nicht erkennt – wenden alle die Köpfe. Wie ein Seufzen geht es durch die Wartenden. Er belädt den SUV und macht sich aus dem Staub. Kurz darauf hängt der Filialleiter das Schild neben den Eingang, das seit einer Woche dort hängt, wenn ich komme: »Aufgrund der aktuellen Situation sind Desinfektionsmittel und Toilettenpapier leider ausverkauft. Versuchen Sie es bitte morgen. Wir werden täglich beliefert.«

Einige murren. Die Hälfte schiebt die Wagen zurück in den Unterstand und eilt zum Auto. Ich überlege kurz, ob es lohnt, für Joghurt und

Frischmilch anzustehen. Etwas H-Milch müsste ich zu Hause noch haben. Und Müsli. Bis morgen reicht das Papier. Für den Notfall habe ich Taschentücher. Aus der Praxis will ich nichts mitgehen lassen. Da können wir auf Hygiene schon gar nicht verzichten. Aber ich werde es ihm heimzahlen für seine Hamsterei. Ich habe noch eine Rechnung offen. Zum Glück hat er längst vergessen, wer ich bin.

Ich vergesse nie.

Wie könnte ich? Er hat Paula umgebracht.

Warum ich nicht vergessen kann? Es mag daran liegen, dass ich falsch sozialisiert wurde. Dass ich den Anforderungen des Lebens in der Metropole nicht gewachsen bin. Dem Konkurrenzkampf um begehrte Güter, Jobs, Lebensraum. Der Maxime Friss oder stirb, dem Hauen und Stechen. Egal, worum es geht: Grabschen und Grabbeln in Supermärkten, Stress in Straßenbahnen, Staus auf Straßen, winzige Wohnungen und ganz aktuell: Viren in Wartezimmern und weltweit – weil Enge Epidemien fördert. Die Evolution schlägt zurück. Die vermeintliche Krone der Schöpfung hat ihr eigenes Grab geschaufelt. Menschen sind zur Plage geworden, fallen übereinander her – oder ducken sich und werden geopfert.

In der Großstadt-Grundschule musste ich mich an etwas gewöhnen, das in der Oberstufe einen Namen bekam: »Mobbing«. Kinder können nichts dafür. Zusammengepfercht werden sie aggressiv. Es entschuldigt trotzdem nichts.

Auf dem Bauernhof meiner Großeltern hatte ich Freiheit kennengelernt: Felder, Wälder, Auslauf in der Natur, Bewegungsmöglichkeiten zum Klettern, Buddeln, Buden und Baumhäuser bauen – und Tiere. Nein, meine Großeltern bewirtschafteten keinen Gnadenhof. Sie hielten Nutztiere. Für den eigenen Bedarf und einen kleinen Hofverkauf. Aber nachdem ich die entsprechenden Begriffe dafür gefunden hatte, kann ich sagen: Sie achteten Flora und Fauna, betrieben schon immer artgerechte Haltung und hielten Naturschutzbestimmungen ein, ohne sie zu kennen.

Sie taten, was ihre Eltern und deren Eltern und deren Vorfahren ihnen vorgelebt hatten – in Einklang mit der Natur, geprägt durch Religiosität, Bauernverstand und eine gehörige Portion Gelassenheit.

Als sie feststellten, dass Kleintierbaue auf den Feldern drastisch zurückgingen, stellten sie die Bewirtschaftung um, ließen die Getreidestoppeln länger stehen, verzichteten auf Pflügen, ernteten ganze Äckerstreifen nicht mehr ab – lange bevor die zuständigen Ministerien entsprechende Programme entwickelten. Den Einsatz von Pestiziden hatten sie ohnehin immer vermieden.

Omi ging mit mir über die Felder. Wir legten uns in der Nähe eines Baus auf die Lauer. Nach langem Warten sahen wir tatsächlich einen Hamster, der die Nase herausstreckte, witterte und auf Futtersuche ging.

»Sind das nicht Nachttiere?«, wisperte ich.

Omi kniepte mir zu. »Das ist ein Weibchen. Die muss den Nachwuchs satt kriegen. Da muss man schon mal was riskieren«

»Und der Vater?«

»Den hat sie rausgeschmissen, nachdem er ihr Kinder gemacht hat«, flüsterte sie zurück. »Hamster halten nichts von zu viel Nähe.«

»Wie Papa?«

Sie gab mir einen Nasenstüber. »Heute halten die Menschen es auch nicht mehr gut miteinander aus.« Seufzte. »Es sind zu viele. Eine Plage. Wie die Hamster noch vor einigen Jahren. Gesa wäre besser hiergeblieben, statt deinem Vater die Stadt zu folgen. Da rückt man sich zu eng auf den Pelz.«

In dem Sommer hat Opi mit mir im Schuppen ein Hamsterhaus gebaut. Mehrstöckig. Mit Aus- und Aufgängen, einer Kammer zum Zurückziehen, einer für die Toilette, einem großen Rad für den Auslauf und einem Dach, das man abnehmen konnte. Glaswände drumherum, dass der Nager sich nicht am Gitter die Zähne ausbiss. Außerdem einen großen Kasten für den Auslauf, mit Labyrinth, Tunnel, Balancierbalken und Brücken.

»Ich hab Gesa gesagt, dass sie dir keinen Hamster in einer Tierhandlung holen darf«, sagte Opa.

»Warum?«

»Weil die aus den Zoogeschäften früher oder später im Heim landen. Im Laden ist denen doch egal, wie es den Tieren geht und wer die kauft. Im Tierheim achten sie darauf, was sie brauchen. Da musst du erst mal beweisen, dass du eine anständige Hamstermutter bist.«

Pia nannte ich meine erste Hamsterin. Sie half mir, die Grundschule zu überstehen. Wenn ich nach Hause kam, war immer jemand da. Auch wenn Pia natürlich die meiste Zeit schlief oder irgendwo in ihren Höhlengängen rummachte. Aber sobald sie mich mittags rumoren hörte, streckte sie die Nase aus dem Häuschen, guckte mich mit Knopfaugen an, schnupperte an meinen Fingern, schmiegte sich in die Handinnenfläche und hörte zu. Wenn ich über ihr seidiges Fell strich, hatte ich das Gefühl, als ob ich mir den ganzen Ballast aus der Schule aus den Wangen streichen konnte, sodass ich es nicht herunterschlucken musste. Dann durfte sie sich in der Kiste austoben, bis Mama von der Arbeit kam. Wir aßen zusammen zu Abend, Mutter fragte: »Wie war es in der Schule?«, und ich sagte: »Gut.« Weil es ja auch wieder gut war. Weil ich den ganzen Müll bei Pia gelassen hatte.

Ich hab mich durchgebissen. Durch Grundschule und Gymnasium. Auf Pia folgte Philine und schließlich Paula. Da waren wir schon umgezogen. Weil Mama jemanden gefunden hatte, bei dem Platz genug war für sie und mich und einen neuen Hamster. Michael hatte nichts gegen Kinder und Kleintiere. Er war selbständig, irgendwas mit Computern und viel unterwegs. Von Zeit zu Zeit machte er Home-Office. Dann war da noch wer außer Paula, wenn ich nach Hause kam.

Zum Kuscheln.

Was ich bis dahin gelernt hatte: Wegducken, wenn Verkriechen nicht ging. Draußen zumindest. Aber im heimischen Bau? Als ich mit Pia im Transportkäfig beim Tierarzt wartete und ein großer Hund an ihrem

Behältnis schnüffelte, war sie stocksteif geworden, einfach umgefallen und liegengeblieben. Genauso fühlte es sich an. Wer tot ist, kann nichts spüren. Er kann auch nicht denken oder sich wehren. Wenn er aus der Schockstarre erwacht, ist die Gefahr vorbei.

Michael machte Fotos von mir. Er habe einen Kundentermin, sagte er, und ich sollte mitkommen. Ich stand da mit Paula in der Hand, er legte den Arm um meine Schulter, sagte »Komm!«, und ich machte mich steif. Da nahm er mir Paula aus der Hand, setzte sie in den Transportkäfig, ging mit ihr zur Tür und sagte: »Na, los.«

Der Mann öffnete die Tür, winkte uns ins Wohnzimmer, wo ich mich aufs Sofa setzen sollte. Paulas Käfig wurde auf dem Tischchen vor mir abgestellt, während die beiden Männer im Nebenzimmer verschwanden. Ich holte Paula aus dem Transportbehältnis. Hielt sie in der Hand. Spürte ihre Wärme. Wie sie sich duckte. Stocksteif. Nur das Herz wummerte.

Warum habe ich sie festgehalten?

Weil ich nichts anderes hatte?

Der Mann kam zurück, setzte sich neben mich. Legte seine Hand auf mein Bein. Schob sie zwischen die Schenkel. Ich roch Körperausdünstungen, die sich mit einer Note After Shave mischten. Fühlte ein Würgen aufsteigen. Hielt die andere Hand schützend über den Hamster auf meinem Schoß. Als er sie beiseiteschob, reichte meine Kraft nicht. Aus Angst, das Tier zu zerquetschen, gab ich es frei. Paulas Köpfchen schnellte vor, der Mann stieß einen Schrei aus, sprang auf, die Hand umklammernd, von der Blut auf den Teppich tropfte. Bevor ich reagieren konnte, griff er mit der unverletzten Hand erneut zwischen meine Beine, und dann sah ich Paula zwischen seinen Fingern zappeln. Er hatte sie im Nackenfell gepackt.

»Nein!«, schrie ich.

Er stockte, sah zu mir herunter, das wutverzerrte Gesicht fror ein, der Mund verzog sich zu einem Grinsen. Sein Blick wanderte zwischen mir und Paula hin und her. »Du magst dieses kleine Biest, nicht wahr?«

Er setzte sich neben mich auf das Sofa, hielt Paula mit gestrecktem Arm von mir weg und fuchtelte mit der anderen Hand vor meinem Gesicht herum. »Guck! Die Ratte hat mir weh getan. Deshalb musst du jetzt ganz lieb zu mir sein.«

Ich sah Paula an und sie mich. Sie hing wie ein kleines Säckchen bewegungslos in der Luft. Ich hockte genauso bewegungslos auf dem Sofa und hielt mich an ihrem Blick fest, fixierte die Knopfaugen.

Einfach totstellen.

In die Hand des Mannes kam Bewegung. Sie legte sich schwer und warm auf meinen Oberschenkel und schob sich Richtung Schritt. Im Nachhinein weiß ich nicht, was der Auslöser war. Hatte ich aufgehört zu atmen? Sie muss gewusst haben, worum es ging. Sie oder ich. Er hätte alles mit mir machen können. Ihr kleiner Körper schnellte herum, und der Mann schrie zum zweiten Mal auf, so laut, dass Michael aus dem Nebenzimmer hereinstürzte. Was dann passierte, ging unter in meinem Schrei.

Alles ging darin unter. Ich erinnere mich, dass Michael mich aus dem Zimmer trug, ins Auto, mich auf den Rücksitz warf und Gas gab. Wo war Paula? Ich hörte erst auf zu schreien, als meine Mutter mich in meinem Zimmer in die Arme schloss.

Eine Weile blieben wir in einem Schutzhaus. Drei Wochen? Vier? Sechs? Bis meine Mutter eine neue Wohnung gefunden hatte und ich auf eine andere Schule kam.

Nie wieder wollte ich einen Hamster haben.

Stattdessen kam ich aus meinem Bau. Zum Schuljahresende übersprang ich eine Klasse, schloss das Abitur drei Jahre später mit einem Einser-Schnitt ab, studierte Medizin und machte mich nach einigen Jahren am Klinikum selbständig.

Als er das erste Mal in meiner Praxis auftauchte, brauchte ich eine Weile, ehe ich verstand, woher der Würgereiz kam.

Es war zwanzig Jahre her. Aber der Geruch – nein, der Ekel davor – war frisch.

Als HNO-Ärztin kann man Gesichter studieren. Krankenakten. Man kann Fragen stellen. Man lernt die neuralgischen Punkte kennen. Weiß, wo man nachhelfen kann und wann man eingreifen muss.

Schluckbeschwerden. Was hätte der Himmel Passenderes senden können? Ich habe rein gar nichts machen müssen. Den Zenker werde ich ihm schon so verkaufen, dass er eine OP nicht riskieren wird. Eigentlich eine harmlose Ausstülpung des Schlunds, typisch für Männer seines Alters. Oberhalb der Speiseröhre, bevor das Essen in den Verdauungstrakt gerät, bleibt bei ihm immer ein bisschen hängen. Eine Art Hamsterbacke, nur dass er es nicht kontrollieren kann. Es verengt den Zugang zur Speiseröhre. Der Patient spürt einen »Kloß« im Hals, er stößt Unverdautes auf, das sich in der Aussackung gesammelt hat, er wird appetitlos, kriegt Speisen kaum noch heruntergewürgt. Nach eigenen Angaben hat er schon tüchtig abgenommen, leidet unter gelegentlichem Erbrechen. Der Mundgeruch spricht für sich. Nachts kriegt er schlecht Luft, hat Hustenanfälle ... Wenn ihm Speisereste in die Luftwege geraten, könnte er sich eine Lungenentzündung einfangen.

Eine OP würde das Problem beheben. Aber eine OP birgt ja immer Risiken. Und er ist nicht mehr der Jüngste ... Das werde ich ihm schon nahelegen bei seinem morgigen Termin, wenn ich ihm den Befund mitteile, Therapiemöglichkeiten abwäge und ihn um einen neuen Abstrich bitte. Nur um alles auszuschließen. Vorher werde ich noch einen Hausbesuch bei einer Patientin machen, die positiv auf Corona getestet wurde. Das Gesundheitsamt hat sie unter Quarantäne gestellt. Ich habe sie angerufen und um eine weitere Probe gebeten. Die ich meinem Zenker-Patienten anschließend auch entnehmen werde. Nein, ich hamstere nicht. Aber ich bin sparsam mit den Wattestäbchen. Die werden gegebenenfalls zweimal eingesetzt. Die Kombi ist einfach großartig. Ich bin sicher, der Hals wird ihm derartig zuschwellen, dass er langsam ersticken wird. Ich weiß nicht, was er Paula angetan hat. Aber dass er deutlich länger leiden wird. Ich werde ihn zu häuslicher Quarantäne verdonnern, bis er entweder krepiert oder den Notarzt alarmiert. Klopapier hat er ja reichlich. Die Notaufnahmen füllen sich. Beatmungsgeräte sind knapp. Ob jemand mit so einer Vorerkrankung noch vorrangig in den Genuss lebenserhaltender Maßnahmen kommt …

Wenn alles vorbei ist, werde ich mir wieder einen Hamster anschaffen. Endlich Frieden machen.

»Guten Tag, Frau Kröner«, begrüße ich die Dame, die durch den Türspalt linst, nachdem der Spion sich kurz verdunkelt hat. Von Kopf bis Fuß in Schutzkleidung bin ich im dämmerigen Hausflur von einem Paketboten gut zu unterscheiden.

»Kommen Sie herein«, sagt sie und öffnet die Tür weit.

»Wir können das gleich hier –«

Sie packt meinen Ärmel, zieht mich in die Diele und schließt die Tür hinter mir. Da ich das Tablett mit dem Entnahmeset trage, kann ich keinen nennenswerten Widerstand leisten. Stelle es auf dem Sideboard ab und stutze. Darüber hängt ein Foto, das mir irgendwie bekannt vorkommt.

Ich zücke das Wattestäbchen: »Bitte öffnen Sie den Mund.«

»Ja«, sagt sie. »Höchste Zeit, dass ich den Mund aufmache. Ich bin alt, und diese Diagnose mag mein Todesurteil sein.«

»Aber nein«, versuche ich sie zu beruhigen. »In Rimini hat ein 101-Jähriger die Infektion überlebt. Trotz Lungenentzündung und hohem Fieber.«

»Wer den Lebenswillen hat …« Sie seufzt und deutet auf das Bild. »Mein Sohn hatte ihn nicht.«

»Oh, mein herzliches Beileid«, sage ich und halte die Hand mit dem Stäbchen vor ihren Mund. »Bitte.« Das fehlt mir gerade noch. Die Alte zu seelendoktern, mir ihre Lebensbeichte anzuhören …

Aber sie packt das Bild mit beiden Händen und hält es mir vor die Augen. »Umgebracht hat er sich«, sagt sie, dreht es um und drückt einen Kuss auf das Glas. »Wissen Sie auch, warum?«

»Nein.« Und ich will es auch nicht wissen. Ich will einfach nur deinen Virus bunkern. Um jemandem damit einen Fahrschein in die Hölle zu verpassen.

»Bitte lassen Sie mich den Abstrich nehmen«, sage ich und fuchtele mit dem Stäbchen. »Ich muss wieder in die Praxis.«

»Weil ein dummes kleines eifersüchtiges Gör dafür gesorgt hat, dass er angezeigt wurde«, sagt sie. »Weil es über meinen Michael das Blaue vom Himmel gelogen hat.« Dann hebt sie die Hand, reißt mir Schutzbrille und Maske herunter und spuckt mir mitten ins Gesicht. Während ich mich im ersten Schockmoment abwende, um mit dem Gummihandschuh den Speichel wegzuwischen, lacht sie schrill, packt meinen Kragen und feuert eine ganze Spuckesalve ab, trifft Handschuh, Nase, Kinn, Ohr.

Ich schubse sie beiseite, wende mich zur Tür, reiße sie auf, renne die Treppe runter, raus auf die Straße, finde das Auto, schnell, schnell!

Erst als ich keuchend hinter dem Steuer sitze, wird mir klar, dass die Alte mir nicht gefolgt ist.

Und dass ich das Wattestäbchen gar nicht mehr brauche.

Und dass ich mir möglicherweise nie wieder einen Hamster anschaffen werde.

Erstveröffentlicht in: *Hunde, die bellen, morden nicht*, Hrsg.: Anette Schwohl, KBV Verlag Hillesheim 2020

Letale Lösung 15

PIPPIS PAPA

Lotta?«, sagt die Frau am Telefon. »Wie süß ist das denn!«

Sie habe selbst nur vier Söhne – Nur? Ja, nur! –, aber wenn eins ein Mädchen geworden wäre, dann hätte sie es auch Lotta genannt. Die Söhne hießen Rasmus, Lasse, Birk und Jonathan, und die Villa Schokominza habe sie eigentlich nur für ihre Tochter eingerichtet, und dann hätte es doch nie geklappt –

Ich habe Mühe, das Gespräch höflich zu beenden. Ich will ein Ferienhaus mieten, keine Freundlichkeiten austauschen. Meine Ruhe hören.

O-Ton Lotta. Die nachts im Türrahmen stand, als ich mit Astrid telefonierte. Warum habe ich auch immer wieder abgehoben? Es führte zu nichts!

Das Kind im Türrahmen, Augen halb geschlossen, Kissenfalte quer über die Wange, Haare zu Berge, piepsige Stimme und ein Tonfall, den sie nur von mir haben konnte: »Ich will endlich meine Ruhe hören!«

Meine Ruhe hören. Geflügeltes Wort. Es flattert mir durch den Kopf seitdem. Im Gespräch mit Astrid ist es mir einmal rausgerutscht. Aber sie hat sowieso nie zugehört.

»Hör endlich auf, dich zu verstecken«, hat sie gefordert. »Sei stark!«

Oder: »Hör auf, dich zu verbiegen!«

Einmal, als sie gesagt hat: »Du lässt dich kaputtmachen!«, habe ich das Handy an die Wand geschmissen. Es ist nicht kaputtgegangen. Ihr habe ich nachher erklärt, es sei mir heruntergefallen. Aber vielleicht hat sie gehört, wie ich »Leck mich!« geschrien habe. Sie will, dass ich die Nerven verliere. Sie meint, man werde stark, wenn man mit dem Rücken zur Wand steht. Sie wurde immer an die Wand gestellt.

Ich will nicht an die Wand.

Stattdessen fahre ich jetzt in die Villa. Wind, Wellen, Wohlergehen lautet die Devise. Ganz egoistisch. Eine Woche Lotta und ich.

Und Christian und Lukas.

Auf der Fahrt kapiere ich, dass Alleinreisen mit Kind ein blödes Konzept ist. Autofahrten sehen bei Google so einfach aus. Klare Linien, Europastraßen, Kilometerstrecken, Zeitangaben. Die Wirklichkeit heißt: Baustellen, Umleitungen, Staus, Quengelei, Drängler und doppelte Fahrzeit wie angegeben.

Als ich im Dunkeln das Haus erreiche, ist Lotta eingeschlafen, aber als ich sie aus ihrem Sitz zerre, plärrt sie und lässt sich nicht mehr beruhigen. Kein Wunder. Es ist kalt. Sie ist müde. Ich klaube hastig und blind Dinge aus dem Auto. Als ich mit ihr auf dem Arm und bepackt den Schlüssel unter dem Pflanzkübel ertaste, strampelt sie trotzig, der Topf fällt um, Taschen rutschen mir aus der Hand, Blumenerde verteilt sich auf der Terrasse, über das Gepäck, ich treffe das Schlüsselloch in der Dunkelheit nicht, Lotta schreit wie am Spieß, gegenüber geht auf der ersten Etage ein Licht an. Endlich öffnet sich die Tür, ich werfe Taschen und Tüten in den Flur, schiebe das Kind ins Haus, wo es über ein flaches Schuhregal stolpert. Ehe ich den Lichtschalter ertastet habe, ist das Schreien zum hysterischen Kreischen mutiert. Ich wanke ins Wohnzimmer, lasse mich auf eine Couchlandschaft fallen, ziehe Lotta auf den Schoß, wiege sie, summe ihr ein Lied ins Ohr: »Schlaf, Lotta, schlaf nur ein, bald kommt die Nacht ...«

Dabei ist die Nacht längst da. Lotta greint, ich singe, mein Mund ist trocken, die Blase voll, und als meine Tochter endlich Ruhe gibt, lasse ich mich rücklings in den Kissenberg fallen, schließe die Augen und komme erst wieder zu mir, als Lotta mich in die Wange zwickt.

Am Tage sieht die Welt vollkommen anders aus. Draußen rapsgelb. Drinnen terrakotta, mint, weiß, rosafarben und vor allem licht und hell. Ein riesiges Wohnzimmer mit Kamin, nach hinten ein Esszimmer-Küchenbereich mit Zugang zur Terrasse. Als wir das Haus erkunden, stößt Lotta bei jedem Türöffnen Entzückensschreie aus: »Da will ich wohnen!«

Ich sage: »Du musst dich schon entscheiden!«, dabei geht es mir nicht anders.

Parterre ist ein großes Elternschlafzimmer mit Himmelbett und Bad, ein zweites Bad in maurischem Stil befindet sich am Fuß der Treppe, die in die erste Etage führt, wo noch ein großes Kinderzimmer mit zwei Betten und ein kleines mit Kojenbett unter kuscheligen Dachschrägen ist. Wir haben die Wahl. Christian und Lukas kommen erst in einer Woche.

Nachdem ich die Koffer ins Elternschlafzimmer, dann ins Kinderzimmer und wieder ins Elternschlafzimmer geschleppt habe, sondieren wir die Küche und machen eine Einkaufsliste, die wir in Grömitz im Supermarkt wieder über den Haufen schmeißen, weil wir Lust auf ganz andere Dinge bekommen.

Wir lassen das Auto am Supermarkt stehen und laufen zum Strand. Und da ist es: das Meer. Weit und blau und wellig und unendlich. Lotta jubelt, rennt durch den Sand Richtung Wasser, kommt nicht weit, entdeckt Muscheln und Steine, hockt sich hin, hebt sie auf, flitzt zurück, drückt mir etwas in die Hand, ruft: »Guck!«, und: »Gut festhalten!«, und als ich es tue, kreischt sie: »Nicht mich!«, strampelt sich frei, rennt hin und her, juchzt, und ich merke, wie ich hinter ihr her laufe, mich bücke, Schreie ausstoße, mit ihr lache, wie wir um die Wette durch den Sand rennen, kleine Fontänen stieben lassen, bis wir uns atemlos auf den warmen weichen weißen Boden fallen lassen, Schätze in meinem Schoß sondieren, die Sonne unsere Nase küssen, den Wind unsere Haare zausen lassen, den Blick in die Weite richten und wohlig seufzen.

Den Nachmittag verbringen wir im Haus. Lotta hat »Pippi-Langstrumpf«-Bücher im Kinderzimmerregal gefunden, die ich ihr vorlesen soll. Als es dunkelt, schmieren wir Butterbrote, werfen den Kamin an und kuscheln uns mit Buch aufs Sofa. »Pippilotta Viktualia Rollgardina Pfefferminz Efraimstochter Langstrumpf«, sagt Lotta. Sie wiederholt den Namen.

»Pippi heißt wie ich!«, stellt sie entzückt fest.

»Andersrum. Du heißt wie sie«, sage ich. Es stimmt. Astrid hat den Namen ausgesucht. Sie wollte eine starke Tochter, ein Mädchen, das autark ist, sich von keinem Vorschriften machen lässt, wie es zu leben hat. Ich habe nachgegeben. Von mir hat sie immerhin die Gene – die eine Hälfte zumindest. In meinem Bauch ist sie gewachsen. Bin ich schwach, wenn ich meiner Freundin das Recht einräume, dem Kind, das sie sich genauso gewünscht hat wie ich, einen Namen zu geben?

Wäre es nach mir gegangen, hätte es Virginia geheißen. Aber das war natürlich Blödsinn.

»Stell dir mal vor, wie die im Kindergarten über sie hergefallen wären«, hat Astrid schaudernd gesagt.

Ich habe mir verkniffen zu sagen: »Wäre das nicht eine gute Gelegenheit, dass sie lernt, stark zu sein?« Habe mir ja selbst Gedanken gemacht.

Immerhin hat Astrid auf den »Pippi«-Vorsatz verzichtet. Schweren Herzens.

Lotta hat meine roten Haare und Astrids Zöpfe. Sie trägt auf meiner sommersprossigen Haut von Astrid ausgesuchte Kleidchen, auf meinen grünen Augen von Astrid gekaufte Sonnenbrillen. Hätte ich es ihr verweigern sollen? Ich habe Lotta gestillt. Astrid durfte die Scheiße wegmachen.

Meine größte Schwäche war mein einziger Widerstand. Mein Verrat. Ich habe mich nicht bekannt. Habe die Frau verleugnet, mit der ich die Wohnung und oft genug das Bett teilte. Habe getan, als hätte ich ein Zimmer für mich allein, genau wie sie. Habe sie nicht geheiratet, sie das Kind nicht adoptieren lassen. Mir Bedenkzeit erbeten. Meiner Tochter nicht gesagt, dass sie zwei Mütter hatte. Weil es sich falsch anfühlte. Alles fühlte sich falsch an, seit Lotta da war.

Wie Astrid um sie herumhampelte! Dieses Getue! Diese anmaßende Art, wie sie Richtlinien für den Lebensweg des Kindes vorgab. Die ersten Warnzeichen gab es während der Schwangerschaft, als ich auf einmal mit Mozart beschallt wurde. Während ich mir die Ohren zuhielt und überlegte, wo ich dem Bauch die Ohren zuhalten konnte, und beim Nachdenken über meinen kugeligen Leib subversive Sehnsüchte entwickelte. Mozartkugeln, hmm!

Drei Jahre später bin ich ausgezogen. Dachte erst, es seien die Hormone. Der Säugling an meiner Brust, sein Saugen, das Ziehen, das mich mit Endorphinen flutete. Keine Lust auf Sex sei vollkommen normal, hieß es in den Broschüren. Das lege sich. Einfühlungsvermögen sei gefragt. Der Partner müsse Geduld haben. Meine Partnerin hatte keine. Wäre das Kind nicht gewesen, wäre ich schon früher weggewesen. Ich war zu weich. Während sie verlangte, ich solle stark sein, zu mir stehen, und in Wirklichkeit meinte, ich solle zu ihr stehen, war ich schwach, habe zu ihr gestanden statt zu mir. Bis ich ihr endlich gestand, dass ich sie nicht mehr ausstehen konnte. Und auszog.

Natürlich haben wir uns getrennt wie vernünftige Menschen. Als Freunde. Sie konnte Lotta sehen, sooft sie es wünschte und sooft das Kind zu ihr wollte. Was konnte ich dafür, dass Lotta sich in der neuen Wohnung so bald einlebte, dass sie bei Astrid nicht mehr bleiben mochte?

Astrid wollte es nicht glauben. Meinte, auch nach sechs Jahren meine wahre Natur besser zu kennen als ich. Wollte ihre zu meiner machen. Mein Kind zu ihrem.

Von dem Urlaub hatte ich ihr erzählt. Von dem Mitbewohner nicht.

Als Christian vorfährt, sind wir auf der Wiese hinterm Haus und beim dritten Band, »Pippi in Taka-Tuka-Land«.

Die ganze Zeit hat Lotta es hingenommen, dass Pippis Papa weg ist. Sie kennt das. Jetzt, wo Pippilotta sich auf den Weg übers Meer macht, fragt sie: »Und wann kann ich zu meinem Papa?«

Sie weiß, dass alle Kinder einen Papa haben. Dass Männer gegen Geld in Röhrchen ejakulieren, ihr Samen eingefroren und injiziert wird, war mir zu kompliziert zu erklären. Also hieß es: Er lebt weit weg. Und: Wenn du groß bist, kannst du ihn kennenlernen.

Lotta wird jeden Tag größer. Sie ist in den Kindergarten gegangen, in die Schule, sie kann Schuhe zubinden, allein die Straße überqueren. Sogar schwimmen kann sie. So groß ist sie. Aber immer noch nicht groß genug.

Genau in dem Moment, als sie die Frage stellt, höre ich das Auto vor dem Haus, und schon flitzt Lukas um die Ecke. Christian kommt hinterher und winkt. Lukas rennt den Hang hinauf zu dem kleinen Trampolin. Christian steuert auf uns zu.

Ich habe Lotta gesagt, dass wir Besuch kriegen. Der die zweite Woche mit uns hier verbringt. Ich habe es erst gesagt, als wir angekommen waren. Weil ich nicht wollte, dass sie es Astrid erzählt. »Er kommt von weit her«, habe ich gesagt. »Er bringt seinen Sohn mit. Der ist so alt wie du.«

Lotta sieht Christian kommen und ruft begeistert: »Papa!« Sie stürmt auf ihn zu und fällt ihm um den Hals.

Ich bin froh, dass Lukas nicht danebensteht, als ich Christian begrüße und meiner Tochter erkläre, dass das nicht ihr Papa ist. Sage, dass ihr Papa ganz woanders wohnt.

»In der Südsee!«, erinnert Lotta. »Und hier ist Norden, nicht wahr? Und Süden und Norden ist im Gegenteil!«

»So ungefähr«, bestätige ich.

»Man muss über das ganze Meer schwimmen«, stellt sie fest. »Bis zu den ...«

Ich erkläre ihr nicht, dass es die nicht mehr gibt, schon gar nicht, dass es sie natürlich doch gibt, aber dass sie jetzt ‚Südseeinsulaner' heißen oder ‚Afroamerikaner' oder ‚ethnische Mehr- oder Minderheiten'. Pippis Papa ist weiß und weit weg. Lottas auch. Das muss reichen.

Christian und Lukas räumen ihr Gepäck ins Kinderzimmer. Sie sondieren die Küche und machen eine Einkaufsliste. Wir fahren mit

Christians Auto zum Supermarkt in Grömitz, kaufen, was auf der Liste steht und was nicht dort steht, verstauen die Einkäufe in der Kühlbox im Auto und gehen zum Meer. Die Kinder flitzen am Strand entlang, wir Erwachsenen schlendern hinterher. Christian erzählt von der anstrengenden Fahrt und wie froh er ist, hier zu sein.

Die Kinder laufen zu dem Steg, der in gerader Fluchtlinie vom Stadtzentrum ins Meer gebaut wurde. Wir bummeln hinterher, reden über die Villa Schokominza in Schashagen, die Ostsee-Therme in Scharbeutz, den Timmendorfer Strand, den Hansa-Park in Sierksdorf, das Meereszentrum Fehmarn, über Zoo und Kletterpark in Grömitz und über die Tauchgondel, auf die wir zusteuern. »Ein andermal«, sagen wir. Bloß keinen Stress. Erst mal ankommen. Die Kinder sind längst am Ende des Stegs, wo der Eingang zur Tauchglocke ist. Sie klettern auf die Bohlen der Einfassung, beugen sich vor und beobachten irgendwas im Wasser.

Auf einmal ist Lotta weg. Die Tatsache, dass ich sie nicht mehr sehe, alarmiert mich weniger, als dass die Menschen am Ende des Stegs zu schreien beginnen. Ich renne los, wie von der Tarantel gestochen. Als ich ankomme, wo eben noch meine Tochter war, hechte ich über die Reling, lande kopfüber im eiskalten Wasser, tauche gleich neben Lotta wieder auf, die sich bibbernd an meinen Hals hängt. »W-wollte zu P-pap-pa schwimmen«, sagt sie.

Nicht lange darauf sitze ich in eine Wolldecke gehüllt in Christians Auto auf der Rückbank und fühle mich schuldig. Lotta kuschelt sich neben mir in den Kindersitz, so dick eingemummelt, dass nur noch die Nasenspitze aus der Decke lugt. Das Kind braucht ein männliches Gegenüber. Eine Woche Mann als Mitbewohner ist vielleicht schlimmer als lebenslänglich Vater in der Ferne. Weil es Wünsche weckt.

Beim flüchtigen Blick aus dem Seitenfenster glaube ich, im Vorbeifahren, Astrids Gesicht aufblitzen zu sehen. Große Augen, ein aufgerissener Mund, der vielleicht meinen Namen ruft. Ich kann nichts hören, weil Christian Gas gibt und der Motor aufjault. Er will uns schnell nach Hause und ins Warme bringen.

Zwei Tage später steht sie vor der Tür. Sie hat zu Hause nicht nur Blumen gegossen, sondern meinen Schreibtisch durchsucht. Sie hat ein Zimmer in Grömitz und einen Leihwagen gemietet, uns beobachtet und gewartet, bis Christian mit den Kindern zum Einkaufen weggefahren ist. Nun will sie ihren Frust rauslassen, und weil ich nicht will, dass die Nachbarn es mitkriegen, lasse ich sie rein.

Sie schreit allerhand dummes Zeug. Zwei Begriffe bringen die Anwürfe auf den Punkt. ‚Fremdgehen' und ‚Kindesentzug'.

Ich erkläre ihr, dass weder das eine noch das andere zutrifft. Dass ich Christian von der Selbsthilfegruppe kenne, dass er stockschwul ist, dass ich hätte ausprobieren wollen, wie es sich für Lotta anfühlte, mit einem Mann zusammenzuwohnen. Ein Versuch. Es laufe gut. Ich erzähle ihr nichts von Lottas Versuch, zur Südsee zu schwimmen. Sage, sie sei zwar enttäuscht gewesen, dass Christian nicht ihr Vater sei, aber die beiden kämen klar, und es schade gewiss nicht, wenn sie Erfahrung mit einem gleichaltrigen Jungen –

Astrid wird hysterisch. Das Kind brauche keinen Bruder und schon gar keinen Ersatzvater, es habe schließlich bereits einen, nämlich sie.

»Willst du nun ihr Vater oder ihre Mutter sein?«, erkundige ich mich.

»Beides!«, kreischt sie. Ganz offensichtlich steht sie mit dem Rücken zur Wand.

Ich nicht. Ich bin im Flow. Ebbe und Flut haben Wirkung gezeitigt. Ich fühle mich entspannt und ganz bei mir. Ich weiß, dass ich nichts Falsches tue, weiß, dass Astrid verzweifelt ist und schwach, dass sie Hilfe braucht, aber dass ich ihr nicht geben kann, was sie will.

Was ich ihr auch nicht sage: Dass ich die letzte Nacht in dem Kojenbett verbracht habe. Mit Christian. Er mag schwul sein, aber er weiß, wie man eine Frau anfasst, streichelt, glücklich macht. Und er hat sich von mir anfassen, streicheln, glücklich machen lassen. Ich habe Astrids

Berührungen keine Sekunde vermisst. Kurz bevor er eingeschlafen ist, hat er mir ins Ohr geflüstert: »Bleib. Bitte!« Ich bin bei ihm geblieben, bis Lotta am anderen Morgen nach mir gerufen hat, habe getan, als sei ich auf der Toilette gewesen, und mich nach der nächsten Nacht gesehnt.

Ich biete Astrid an, dass wir zusammen Minigolf-Spielen gehen, Lotta freue sich gewiss, sie zu sehen. Sie müsse nur versprechen, nicht auszurasten.

»Ich raste nicht aus«, brüllt Astrid, stürmt aus dem Haus und knallt die Tür zu. Gleich darauf höre ich ihr Auto, fühle mich erleichtert und doch beunruhigt.

Um die blöden Gedanken zu verscheuchen, beschließe ich, nach Grömitz zu fahren. Christians Auto steht auf dem Edeka-Stellplatz. Ich parke daneben, suche ihn im Laden, finde ihn nicht. Will ihn anrufen, stelle fest, dass mein Handy-Akku leer ist, laufe die Seestraße entlang Richtung Meer.

Von fern meine, ich Christian zu erkennen, er hat ein Kind an der Hand, das rote T-Shirt gehört zu Lukas. Wo ist Lotta?

»Christian!«, rufe ich, renne los.

Er sieht mich, läuft mir entgegen, zieht Lukas hinter sich her.

Lotta sei im Edeka plötzlich weggewesen. Er habe durch die Scheibe auf der Straße eine Frau stehen sehen, Lotta sei ihr entgegengelaufen, sie habe sie umarmt, und dann sei die Frau mit dem Kind an der Hand weggegangen. Er habe sich mit Lukas durch die Kassenschlange gedrängelt, aber ehe er vor der Tür des Ladens angekommen sei, waren die Frau und Lotta verschwunden.

»Wir müssen zur Polizei!«, schreie ich. »Ruf an!«

Aber er hat sein Handy im Auto gelassen. Während er dorthin zurückläuft, frage ich Passanten nach dem Weg, renne durch den Schüttengang in Richtung der Polizeidienststelle in der Gildestraße.

An der Wicheldorfstraße sehe ich sie. Auf dem gegenüberliegenden Bürgersteig. Astrid mit meiner Tochter an der Hand. »Lotta!«, brülle ich.

Lottas Kopf fährt herum. »Mama!«, ruft sie. Sie reißt sich von Astrids Hand los und rennt über die Straße. Ich laufe ihr entgegen, schreiend, weil ich rechts in meinem Blickwinkel ein Auto wahrnehme, es fährt viel zu schnell. Dann passiert alles Schlag auf Schlag. Astrid ist hinter Lotta her auf die Straße gesprungen und hat sie am Rockzipfel erwischt. Ich packe meine Tochter von vorne an beiden Händen und reiße sie zu mir. Lotta hebt ab, schwebt in dem antagonistischen Energiefeld zweier Frauen, die mit aller Kraft an ihr ziehen. Einen Sekundenbruchteil lang nehme ich alles so deutlich wahr, dass es wie in Slow Motion erscheint, sehe mich selbst, als stünde ich neben, ja über mir. Das biblische Bild der beiden Frauen, die sich vor Salomo um ein Kind zanken, der befiehlt, es durchzuschneiden, aber die wahre Mutter lässt ihr eigen Fleisch lieber los, als ihm Schmerz zuzufügen.

Ich lasse nicht los. Fühle Lottas Atem dicht vor mir, sehe ihre weit aufgerissenen Augen, höre das Quietschen der Bremsen, rieche den Angstschweiß der Person, die an meiner Tochter zerrt. Vernehme das erlösende Knirschen, das Reißen von Stoff, falle, pralle rücklings auf Asphalt, spüre den kleinen warmen Körper auf meinem, höre den dumpfen Schlag und den schrillen Schrei. Der Ruck, mit dem ich Lotta auf meine Seite gebracht habe, hat das Kleidchen zerrissen und Astrid aus dem Gleichgewicht gebracht. Sie ist vornüber auf die Straße gestürzt, direkt vor den Hirschfänger des Rover, der sie niedermäht und mit beiden Vorderreifen überrollt, ehe das Fahrzeug steht.

Als Polizei und Notarzt Minuten später eintreffen, ist Astrid tot.

Lotta weint. Ihr kleiner Körper wird von Schluchzern geschüttelt. Sie will etwas sagen, kriegt aber kein verständliches Wort heraus. Ich streichle über ihren Kopf, über den Rücken, bis ihr Atem sich ein wenig beruhigt.

»Astrid hat so be-bekloppt geredet«, sagt sie und schüttelt den Kopf. Und plötzlich überfällt sie ein Kichern. Sie kommt mit dem Mund dicht an mein Ohr, flüstert: »Sie hat gesagt, sie wäre meine Mutter. Aber das bist doch du! Dann hat sie gesagt, sie wäre mein Vater.« Lotta weint und kichert zugleich.

Aus dem Augenwinkel sehe ich einen Mann, der mit einem Jungen auf dem Arm auf uns zuläuft.

Lotta flüstert: »Können wir nicht einfach Christian nehmen?«

Shortlist der Kriminordica 2015

Erstveröffentlicht in: *Die besten Kurzkrimis von der Waterkant*, Ellert & Richter Verlag Hamburg 2015

DOPPELKOPF

Doppelkopf!« Niko spielte seine letzte Karte aus. Zwei Zehnen auf Kreuz As, übertrumpft von dem Fuchs. Er wischte die Karten auf, warf sie auf den Stapel vor sich, fragte: »Zählen?«

»Keine dreißig«, grunzte Rolf und schmiss seinen Stich obendrauf.

Niko und Elmar klatschten sich ab.

Ich stand auf. »Ich guck mal nach der Keramik.«

Als ich zurückkam, hatte Rolf seine Strickjacke geschnappt. Er klopfte auf den Tisch. »Mein Wecker klingelt um sechs.«

Ich kam mit zur Tür. »Muss der ein Pech in der Liebe haben!«, knurrte er und polterte die Treppe runter. Noch bevor ich die Tür zugezogen hatte, knallte seine eine Etage tiefer zu.

Elmar kam mir im Flur entgegen. »Bis die Tage!«

»Jau.«

»Dann aber wieder Skat!«

»Du hast immerhin Platz zwei gemacht.«

»Mit weitem Abstand. Wir waren doch alle auf der Verliererseite.«

Niko hatte sich nachgeschenkt. Er hob die Kölschstange und prostete mir zu, ehe er sie in einem Zug leerte.

»Schöner Name!«

»Hä?«

»Klaus!« Er wischte sich mit dem Ärmel den Schaum vom Mund.

»Ach, Göttchen.« Ich räumte zwei Gläser weg. Als ich mich umdrehte, hielt er mir sein Smartphone unter die Nase. »Guck mal.«

Er kam schon von einem anderen Stern. Ich verfügte immerhin über einen alten Nokia-Knochen, mit dem man außer telefonieren Bierflaschen öffnen konnte. Elmar besaß mit Sicherheit kein Handy, und Rolf hätte nicht mal gewusst, wie man so ein Teil buchstabierte. Niko hatte den ganzen Abend damit rumgefummelt, sobald die Karten neu gemischt wurden. Nein. Der heutige Abend war ein netter Versuch gewesen. Hausgemeinschaft ist wichtig, klar, solange man sich nicht zu nahekommt. Mit ihm waren wir jetzt vier. Männlich, geschieden, Macker mit Macken. *Levve un levve losse,* heißt es hier. Aber er war halt eine andere Generation. Doppelkopf und Handy. In der Ehe den Namen der Frau angenommen. Was für ein Softie!

Auf dem Display war ein Zeitungsartikel.

»*Bruder Klaus: Statue den Kopf abgeschlagen*!«, las ich. Darüber das Bild einer enthaupteten Bronzefigur. In einer Kirche vermutlich. Ganz oben stand was von *Heilig Kreuz.*

Weia. Gehörte der Kerl einer fundamentalistischen Sekte an?

Er schien meine Ratlosigkeit zu bemerken. »Na, dein Name!«

Wollte der sich über mich lustig machen? Was war *das* denn für eine Art Humor? Ich täuschte Gähnen vor. Stellte meine Stange in die Spüle. Der Zaunpfahl war nicht zu übersehen. Er verabschiedete sich.

Ein paar Tage ließ er sich nicht blicken. Zumindest liefen wir uns nicht über den Weg. Mit den Jungs verabredete ich für die Woche darauf einen gepflegten Skat. *Same procedure as every week.* Zu dem neuen Nachbarn verloren wir kein Wort. Das ist nun mal das Angenehme an Männern.

Trotzdem wurde ich das Gefühl nicht los, dass er eine Art Narren an mir gefressen hatte. Weil ich es war, der die Einladung ausgesprochen hatte?

Ich meine, bei uns dreien war es ja nicht anders gelaufen. Im Rheinland lädt man sich halt auf ein Bierchen ein.

Am Freitagnachmittag traf ich ihn am Briefkasten. Vielmehr kam er raus, als ich noch dastand. Er war in die Parterrewohnung eingezogen. Vielleicht hatte er durch den Spion geguckt.

»Und?«

Was für eine bescheuerte Anrede! »Tach auch.« Ich tat, als wäre ich in meine Post vertieft. Hielt die Umschläge so, dass er keine Absender erkennen konnte. Wandte mich Richtung Treppe.

»Sachma?«

»Ja?« Ich tat immer noch beschäftigt.

»Lust auf einen Spaziergang?«

Also wenn jemand im vorgezogenen Ruhestand sich langweilt, das kann man ja verstehen. Aber er konnte kaum dreißig sein. Arbeitssuchend, hatte er gesagt. Klang nach Hartz Vier. Da fragt man ja besser nicht nach. Zum ersten Mal kam mir der Gedanke, dass er vielleicht etwas Bestimmtes suchte. Ich meine, Köln ist nicht weit. Und da ist ja allerhand gebacken in der Richtung – so vom anderen Ufer. Linksrheinisch, meine ich, Mechernich ist ja nicht die Schäl Sick, sondern die Kölner Seite, wo das Leben pulsiert. Man musste sich doch fragen, wieso so ein Jungspund einen alten Mann anbaggerte? In den besten Jahren selbstverständlich. Voll im Saft. Hier in der Gegend gibt es eine ganze Reihe wunderbare Etablissements. Für ein Leben mit allen Annehmlichkeiten ohne Verpflichtung.

Trotzdem war ich neugierig. Klar. Man hatte sich eingerichtet, fuhr seinen Stiefel. Spannung kam nur noch bei der Ziehung der Lottozahlen auf. Und auch da nicht wirklich. Schließlich tendierte die Wahrscheinlichkeit gegen null. Was sollte ich auch mit dem Geld? Meinen Lebensabend auf Bali bestreiten. Mich von einem Haufen süßer Mädchen zu Tode pflegen lassen. Elmar, Rolf und ich hatten uns mal geschworen, wenn es bei einem von uns klappen sollte, würden wir zu dritt rübermachen. Das sollte dann schon für alle reichen.

Wie auch immer. Eine halbe Stunde später stapfte ich neben Niko raus aufs Feld. Zur Bruder-Klaus-Kapelle.

Unnötig zu sagen, dass mir sowas normalerweise am Arsch vorbeigeht. Ich war mit achtzehn aus dem Verein ausgetreten. Um diesen Betonklotz auf freiem Feld wurde in der Region ein Riesenbohei gemacht. Ich war da noch nie drin gewesen. Wozu auch? Sah von außen schon grottenhässlich aus. Ein weltberühmter Architekt hatte sich gottgefällig ausgetobt. Für lau. Weil der heilige Nikolaus von Flüe, der sich später Bruder Klaus nannte, der Lieblingsheilige seiner Mutter gewesen sei, erzählte Niko auf dem Weg. Also nicht von seiner, sondern von der von dem Zumthor, dem Architekten. Wer so reich ist, kann sich Spleens leisten. *Lieblingsheiliger der Mutter*. Manche Leute werden halt nie erwachsen. Niko schien zu der Sorte zu gehören. Es klang bewundernd.

Die Tür war dreieckig. Chromstahl. Scheußlich. Aber Niko hielt sie mir auf, als wollte er mich in sein Allerheiligstes bitten. »Nach dir.«

Ich muss sagen, ich war platt, als ich drinnen stand. Das war schon eindrucksvoll. Wie eine Höhle und trotzdem ganz licht. *Licht*. Merkwürdiges Wort. Aber das traf es irgendwie. Es gab keine Fenster. Aber eine Öffnung in der Decke, durch das Sonnenstrahlen reinfielen. Auf eine kleine Holzbank. Die Helligkeit wurde von den Wänden reflektiert, als wenn da tausend Sterne blinkten. Waren das reflektierende Spiegelscherben? Dabei schien die Hütte innen mit groben Baumstämmen ausgekleidet, ganz rußig, wie eine Köhlerhütte würde ich sagen, obwohl ich nie im Leben in so was drin gewesen war.

»Komm«, sagte Niko. Er ging zu der Bank, setzte sich und klopfte mit der flachen Hand auf das Holz neben sich. Es wäre gar nicht nötig gewesen. Das Sonnenlicht war einladend genug. Ich hockte mich neben ihn, hob das Gesicht zu dem Loch in der Decke und schloss die Augen. Dachte noch, wie das eigentlich funktionieren sollte, wenn es regnete. Stand die Kapelle dann unter Wasser? Auf der anderen Seite war da auch nichts drin, was hätte schimmeln können. Na, und eigentlich war es mir auch scheißegal. Ich genoss die Sonne auf meinem Gesicht und diese merkwürdige Stille. Alle Außengeräusche waren abgeschaltet. Nur Nikos Stimme. Weich, fast einschläfernd.

»Wusstest du, dass dieser Bruder Klaus ursprünglich gar kein Mönch gewesen war?«, fragte er. Erwartete aber anscheinend keine Antwort, denn er erzählte gleich weiter. »Der war ein richtig reicher Bauer. Außerdem Offizier, Ratsherr und Richter in seinem Dorf in der Schweiz oder was.«

Das *oder was* gab mir das beruhigende Gefühl, dass mein neuer Nachbar kein religiöser Fanatiker sein konnte. Sonst hätte er es bestimmt genauer gewusst. So ganz wichtig schien ihm die Geschichte von diesem komischen Heiligen, der meinen Namen trug, *doch* nicht zu sein.

»Der hatte sogar Kinder. Zehn Stück!«

Er ließ eine kleine Kunstpause, als wollte er die Zahl zehn so richtig wirken lassen. Hallo? Zehn Blagen. Wen interessierte das?

»Wann war denn das?«, fragte ich. Nur um zu zeigen, dass ich noch nicht eingeschlafen war.

»1467 hat der sich vom Acker gemacht«, sagte Niko. Das ließ mich aufhorchen. Dieses präzise Datum. Es schien meinem jungen Begleiter irgendwie wichtig zu sein. Und der bittere Unterton, mit dem er *vom Acker gemacht* sagte. »Da war sein ältester Sohn gerade mal zwanzig!«, setzte er nach. »Der jüngste ein Jahr alt. *Ein Jahr*!«

Er spuckte mir das *eine Jahr* fast vor die Füße. »Neun Geschwister. Die Mutter. Der große Hof. Die volle Verantwortung! So was kaspert der mit seiner Frau ab und sattelt um auf Einsiedler. Glaubt, er müsste auf einmal ein *gottgefälliges Leben* beginnen!«

Irgendwie wurde mir das zu stressig. Ich hatte genauso wenig Bock auf christliche Fundamentalisten wie auf Geiferer gegen Gott. Ich stand auf.

»Kennst du das vierte Gebot?«, fragte Niko in meinen Rücken.

»Nö.« Ich wandte mich in Richtung Ausgang.

»Du sollst Vater und Mutter ehren.« Niko hatte sich ebenfalls erhoben und kam hinter mir her. »Aber wo steht eigentlich, dass du auch Kinder ehren sollst?«

Ich brummte: »Tscha, da ist wohl was dran.«

Ich meine, ich bin eigentlich ein umgänglicher Mensch. Ich lache, wenn jemand Witze macht, mögen sie noch so albern sein. Ich grüße zurück, wenn wer mich grüßt, auch wenn es noch so ein Idiot ist. Und ich halte eine Konversation normalerweise aufrecht. Sofern ich mich nicht allzu sehr verbiegen muss dabei. Mein Gott, er hatte ja nicht Unrecht. Ich hatte lange genug Steuern gezahlt. Der Staat sollte viel mehr in Hinsicht auf Kinder tun, fand ich. Irgendwer musste schließlich für die Rente sorgen. Aber Kinder waren nun mal nicht mehr mein Thema. Aus dem Alter war ich raus.

In der Woche darauf fiel beim Skat irgendwann im Laufe des Abends der Satz: »Wo ist der Junge eigentlich geblieben?« Ich glaube, Elmar war es, der die Frage stellte. Gemeint war natürlich der Bube. In dem Fall der Kreuz Bube. Weshalb Rolf prompt seufzte: »Ja, ja, es ist ein Kreuz!«, und ich auf einmal kichern musste. Weil ich an Niko dachte. Daran, dass er mich nach einer gefühlten Ewigkeit in so was wie eine Kirche geschleppt hatte. Um mit mir ein Gespräch über einen seltsamen Heiligen zu beginnen, dessen Sinn sich mir nicht wirklich erschlossen hatte. Des Gesprächs, nicht des Heiligen. *Bruder* Klaus. Irgendwie spukte der Kerl in meinem Kopf herum. Dabei verband mich weder was mit Heiligen noch mit einem profanen Bruder. Ich hatte keinen. Überhaupt keine Familie. Meine Mutter war seit einer gefühlten Ewigkeit tot, ich seit einem Vierteljahrhundert geschieden. Versuch macht kluch. Manche Menschen taugen nun mal nicht zur Mehrsamkeit.

Als es am Sonntagnachmittag bei mir klopfte, war ich trotzdem irgendwie angenehm überrascht, als mein neuer Nachbar vor der Tür stand. Ich kann das nicht erklären. Mit Sicherheit hatte es mit der Eintönigkeit meines Rentnerlebens zu tun. Selbst die Frage: »Magst du spazieren gehen?«, kam mir nicht wirklich unwillkommen.

Wir liefen in einem großen Bogen um den Ort, einfach drauflos, ich achtete nicht auf den Weg. Stellte die Fragen, die mir im Kopf herumspukten.

Ob mein Begleiter eigentlich religiös sei?

Nö.

Wieso er auf diese Kapelle gekommen sei?

Na, er hätte sich halt im Internet schlau gemacht zu dem Ort, und diese Kapelle wär anscheinend die größte Sensation hier.

Wieso ihn die Sache mit diesem Bruder Klaus so interessiert hätte?

Er schwieg.

Dann fragte er: »Wie kommt jemand dazu, so einer Figur den Kopf abzuschlagen? Was meinst du? Ich meine, der Typ ist über fünfhundert Jahre tot.«

»Na ja. Warum baut man dem nach über fünfhundert Jahren noch Kapellen?«, fragte ich zurück.

»Weil die Leute bekloppt sind«, entfuhr es ihm.

»Na, und wer so einer Statue den Kopf abhaut, ist wohl auch bekloppt.«

Er schwieg.

»Nimm die muslimischen Fundamentalisten. Die hauen auch alles kaputt, was vor Tausenden von Jahren wem auch immer heilig gewesen war.«

»Findest du nicht, dass es was anderes ist, ob man eine Religion scheiße findet oder eine bestimmte Person?«

»Aber was fragst du mich? Ich hab weder mit dem einen noch mit dem anderen was am Hut.«

Er lachte, aber es klang unfroh. »Immerhin bist du auch ein Klaus.«

»Aber Frömmigkeit kann man mir nun wirklich nicht vorwerfen.«

»Macht es das nicht eher noch schlimmer?«, gab er zurück.

Und nach einer weiteren Pause: »Komm!«

Wir waren wieder an der Feldkapelle angelangt.

Er hielt mir die Tür auf, und wir gingen hinein. Von Neuem war ich gefangen von der Atmosphäre in der Klause. Von dem geheimnisvollen Strahlen. Jetzt erkannte ich auch, woher die anderen Lichtpunkte kamen, die der Düsternis der Klause dieses unwirkliche Leuchten verliehen. Der Architekt hatte unzählige kleine Glaspfropfen in die Wände eingebracht, durch die das Tageslicht von außen hereinschien, das durch die Brechung womöglich noch gebündelt, intensiviert wurde.

Wie bei unserem letzten Besuch steuerte ich die Bank an, ließ mich nieder, schloss die Augen, das Gesicht gen Sonne gerichtet, die meine Haut wärmte, hinter meinen Lidern bunte Lichtpunkte erzeugte, und genoss die Ruhe. *Andächtig*, schoss es mir durch den Kopf.

Die Lichtpunkte verschwanden. Ein kühler Schatten schob sich vor die Deckenöffnung. Wolken? Ich öffnete die Augen. Es blitzte. Ein grelles, zuckendes Licht, das von etwas Metallenem herrührte. Eine zitternde Hand. Ein Messer. Nikos Gesicht dicht vor meinem. Sein flackernder Blick.

Ich stierte zurück. Versuchte die Zeit anzuhalten. Zu begreifen, was da abging. In ihm vorging. Starrte ihn an wie das Kaninchen die Schlange – oder war es umgekehrt? Es kam mir vor, als rängen wir wortlos darum, wer wer war. Ich spürte, solange ich seinen Blick bannen konnte, würde nichts passieren. Wagte mich nicht zu bewegen, nicht zu atmen. Eine kleine Ewigkeit.

Das Blitzen verschwand. Unmittelbar darauf spürte ich etwas Kühles an der Kehle. Nikos Blick hatte sich gesenkt. Der Bann war gebrochen. Mein Kopf wich zurück, der Körperschwerpunkt verlagerte sich, ein Bein schnellte vor, traf etwas Weiches, Niko gab ein gurgelndes Geräusch von sich, das Messer klirrte auf dem Boden, er klappte zusammen, fiel, krümmte sich, lag wie ein überdimensionierter Embryo mit geschlossenen Augen zu meinen Füßen, das Gesicht schmerzverzerrt, angestrahlt von dem hereinfallenden Licht, das ihm eine Art Aura verlieh, die eines Heiligen, eines Märtyrers.

Ich sprang auf, fasste an meinen Hals, spürte Feuchtigkeit, führte die Hand vor meine Augen, sah Blut, trat erneut zu. Mehrfach. Niko zuckte zusammen, wand sich, gab keinen Laut von sich.

Endlich beugte ich mich vor, packte ihn am Schlafittchen, riss ihn hoch, zwang ihn aufzustehen, hielt ihn, schrie: »Bist du eigentlich vollkommen bekloppt?«

»Selbs schuld«, nuschelte er. Blut rann ihm aus der Nase, mischte sich mit Tränen, lief ihm in den Mund, tropfte vom Kinn.

Ich schüttelte ihn. »Was, bitte schön?«

Seine Haltung straffte sich. Er entgegnete meinen Blick.

»Du bist abgehauen. Hast uns im Stich gelassen.«

Der Moment, in dem es licht wird in dir.

Ich ließ ihn fallen. Er plumpste auf die Bank.

»Wie heißt dein Bruder?«, fragte ich.

Niko glotzte. Wischte sich mit dem Ärmel über das Gesicht. Sagte: »Hans. Wie Klaus' Ältester.«

»Er war ein Jahr alt.«

»Wie Klaus' Jüngster.« Er zog Rotz und Blut hoch. »Ich war fünf! Ich durfte die Scheiße ausbaden!«

Himmel. Es war eine *einvernehmliche Trennung* gewesen! Dorothee hatte die Jungs und die Wohnung gekriegt.

»Deine Mutter –«

»Lass mich mit Mutter in Ruhe!«, schrie Niko. »Es geht um dich und mich!«

Seine Stimme versagte. Er flüsterte. »Um Hans.«

Ich schwieg.

»Ich habs nicht hingekriegt«, wisperte er.

»Was?«

Die Suppe lief ihm über. Lief und lief. Ich wartete.

»Er hat sich erhängt«, sagte er schließlich. »Letztes Jahr.«

Da spürte ich es erst. Das Messer an meinem Hals.

Ich kann es nicht anders beschreiben. Es war ein Schnitt. Ein radikaler. Der alles, was bis dahin gewesen war, in sein Gegenteil verkehrte.

Fast alles.

Ich meine, ich spiele immer noch Karten. Gelegentlich auch Lotto. In Wirklichkeit lebe ich ein Leben nach dem Tod. Nach sechzig Jahren Leere hat jemand mein Leben gerettet, indem er ihm ein Ende setzen wollte.

Ich weiß, es wird mir nicht gelingen, mein Vor-Leben wiedergutzumachen. Hans ist tot. Aber ich will ihn und meinen Ältesten ehren. Er hat mir eine Wertschätzung erwiesen, die ich nicht verdient hatte.

Da muss man den Einsatz halt erhöhen.

Schluss mit Solo. Im Doppel leben ist doppelt leben.

Erstveröffentlicht in: *Zwischen Godorf und Gomorrha*, Hrsg.: Gitta Edelmann, CMZ-Verlag Rheinbach bei Bonn 2016

CARAWAHNSINN

Frauen!

Es ist ja jedem erlaubt, Urlaub zu machen, wie er lustig ist. Aber in einem Punkt sollte Mann sich nichts vormachen: Frauen und Campen, das funktionöckelt nicht. Es muss etwas mit den Genen zu tun haben, glaube ich. Da steht bei den Frauen irgendwo drauf geschrieben, dass Natur auf Kitschpostkarten gehört, aber im Schlafzimmer bitte schön nichts verloren hat. Ich meine, nicht dass Sie mich falsch verstehen, von wegen Schlafzimmer. Ich spreche hier nicht von Trieben. Jedenfalls nicht von denen, an die Sie vielleicht denken. Frauen haben da einfach ganz andere Prioritäten. Hat wohl mit Nestpflege zu tun. Da ist ja auch nichts gegen einzuwenden, solange einmal täglich ein leckeres Essen dabei abfällt. Aber wenn man quasi an der Haustür geschuhriegelt wird – also dass man gezwungen wird, die Schuhe auszuziehen, bevor man das Allerheiligste betreten darf, dann läuft da nicht mehr etwas schräg, sondern es ist schon eine Schieflage eingetreten, wo man eigentlich nicht mehr Fünfe gerade sein lassen kann. Was soll das erst geben, wenn man seine Zelte in der Botanik aufbaut?

Dass ich Erika mit einem Zelt gar nicht zu kommen brauchte, war klar wie Kloßbrühe. Aber als ich so kurz vor der Rente die Abfindung kriegte, weil sie mich freigesetzt hatten von wegen altes Eisen, da gab es halt diesen Moment, wo mir der Gedanke kam, ich könnte mein Leben noch mal ganz neu erfinden. Früher hat man ja mal Western geguckt. Abenteuer und so. Später natürlich Marlboro geraucht wegen dem Geruch von Freiheit. Und das war's dann. Fast ein halbes Jahrhundert im Büro abgesessen. Um am Ende so abserviert zu werden. Der Senefeld, der blöde Schnösel, händigte mir grinsend den Scheck aus, die Kolleginnen sangen: »Niemals geht man so ganz – ein Stück von dir bleibt hier«, und das war so was von gelogen – außer dass ich ihnen natürlich die Yucca-Palme dagelassen hab, die ich selbst von meinem Vorgänger geerbt und kein einziges Mal abgestaubt hatte. Wenn die Putzfrau sich nicht gelegentlich erbarmt und ihr einen Schluck Wasser gegönnt hätte – na, Schwamm drüber!

Als ich jedenfalls nach Hause fuhr, zum letzten Mal, da kam ich an Camping Meier vorbei – und irgendwie hat da bei mir was geschnackelt. Ich bin auf den Hof gefahren, hab mir die Modelle zeigen lassen, und dann hab ich den Scheck umgesetzt. Ein Tabbert. Nix Besonderes. Aber alles dran, was man brauchte. Dachte ich. Und auf jeden Fall hygienischer als ein Zelt. Ich hab da schon auch an meine Frau gedacht. Aber als ich mit dem Hänger vorfuhr, hat die Erika vier Wochen lang kein Wort mit mir gesprochen. Das war gewissermaßen noch der angenehme Teil.

Dass es für mich auch nichts mehr zu beißen gab, tat allerdings schon weh. Immerhin: Die Frikadellen in der Eckkneipe waren nicht von schlechten Eltern. Irgendwo musste ich ja hin mit meinem Hunger.

Der andere Vorteil war, dass Jürgen und ich uns näherkamen. Schon komisch. Eigentlich sind wir seit einem Vierteljahrhundert Nachbarn. Aber da war immer dieser blöde Maschendrahtzaun zwischen uns. Und die Frauen. Erika und Inge hatten sich vom ersten Tag an gesucht und gefunden. Und wie das so ist. Ganzen Tag zu Hause – integriert ohne Ende. Was ich mir alles über Jürgen anhören musste! Die Tatsache, dass er mit Mitte vierzig schon aus dem Arbeitsleben ausgeschieden war, war da noch das Wenigste. »Furunkel am Volksarsch« nannte Erika seinen

Frührentnerstatus. Wo ich mich manchmal fragte, ob so eine lebenslängliche Hausfrau, die nie ein Kind zustande gebracht hatte, aber wie selbstverständlich alle Segnungen des Sozialstaats in Anspruch nahm, die ihr Mann ihr im Schweiße seines Angesichts ermöglichte – ach, blödes Thema! Ich will Erika gar nicht schlecht machen. Sie hat mir vierzig Jahre die Socken gewaschen und das Pausenbrot geschmiert. Sie ist auch eindeutig die Interlecktuelle von uns beiden, liest Bücher, Krimis und so. Neuerdings sogar englisch. »Shades of Grey« lautete der Titel auf dem Nachttisch. Irgendwas mit Grauzone, sagt Jürgen. Seine Frau, die Inge, liest das nämlich auch. Und die hat ihn neulich gefragt, ob er nicht mal den Teppichklopfer aus dem Keller holen wollte. Für im Schlafzimmer. Zum Glück traut die Inge sich nicht selbst in den Keller. Da hat der Jürgen gesagt, für den Teppich im Schlafzimmer reicht der Staubsauger. Da gab es für den Jürgen auch nichts mehr zu essen bei der Inge.

Wir haben also einträchtig in der Eckkneipe unsere Frikadellen verzehrt, Fußballübertragungen ohne störende Kommentare genossen, und so ließ es sich eine Zeitlang gut aushalten.

Na, bis eines Abends nichts Gescheites kam und Manni, der Wirt, so lange rumgezappt hat, bis Jürgen und ich wie aus einem Mund »Stopp!« riefen. Da haben wir auf Arte die Masurische Seenplatte geguckt. Gegen Mitternacht stand unser Entschluss fest. Wozu hatte ich den Tabbert schließlich gekauft?

Jürgen hatte noch aus seiner Pfadfinderzeit ein Zelt, sagte er, super Qualität, und weil Inge so eine panische Angst vor Spinnen hatte, müsste es die letzten dreißig Jahren im Keller eigentlich überdauert haben. Im Haus war ja nichts vor der sicher. Wir hatten eine masurische Vision. Außerdem einen Tabbert und ein Zelt. Da gab es nur ein Problem. Vielmehr zwei. Denen mussten wir das jetzt irgendwie verklickern.

Als wir auf dem Heimweg Mannis Bierchen an der Bushaltestelle abließen, hoben wir quasi Seite an Seite die Schwurfinger. Die Seenplatte nahm Form an.

Immerhin sprach Erika wieder mit mir. Wenn auch nur ein Wort. »Nein!« Später steigerte sie sich: »Du spinnst!« Und: »So was Primitives!«

Am vierten Tag gipfelte es schließlich in einem Vierwortsatz: »Nur über meine Leiche!«

Ich will damit nichts entschuldigen. Beileibe nicht.

Jürgen grinste. »Das hat irgendwie Charme, findest du nicht?«

Wir beschlossen, die Entscheidung der Frauen zu respektieren. Das mit dem »Nein!« meine ich. Warum nicht einfach ein Männerding machen? Jürgen wurde am nächsten Tag im Keller fündig. Ich richtete den Tabbert ein.

Drei Tage später bröselte die Front. Ich erwischte die Frauen mit Meister Proper an der Heckscheibe des Wohnwagens. »Man sieht ja gar nichts!«, maulte Erika. Es blieb offen, ob sich die Bemerkung auf den Ein- oder Ausblick bezog. Tatsache war, dass beide kurz darauf sämtliche Fenster von innen wienerten. Dann wurde die Bordtoilette auf Hochglanz gebracht, zu guter Letzt die Küche eingerichtet und das Bettzeug einer gründlichen Revision unterzogen. Als hätte es nie ein »Nein!« gegeben, schienen die Frauen sich einig zu sein, dass der Caravan nun ihr Revier sei, während Jürgen und ich uns dem Flicken des Zelts widmen durften.

Drei Wochen später brachen wir auf. Wir Männer wechselten uns am Steuer ab, Erika und Inge reichten lammfromm von hinten Stullen und Tee an. Ein süßlicher Geruch mit einer scharfen Note verriet uns allerdings, dass auf der Rückbank weitere Köstlichkeiten ausgeschenkt wurden, an denen wir keinen Anteil haben sollten. »Ihr müsst ja noch fahren!«, kicherte Inge, und »Prösterchen!«, rief Erika.

Sie quasselten und gackerten ohne Punkt und Komma.

»Wolltest du nicht im Urlaub lesen?«, fragte Jürgen schließlich seine Holde.

Da packte die tatsächlich ihr Buch aus, sie und Erika guckten gemeinsam in Inges »Shades of Grey«, hielten aber mitnichten die Klappe, sondern jetzt wurde in den höchsten Tönen gekreischt. Zum Glück mussten sie aber dauernd für kleine Mädchen, sodass wir alle Naselang an den Raststätten rausdirigiert wurden.

Kaum, dass sie sich aufs Klo verpinkelt hatten, hab ich mir das Buch geschnappt und wollte es gerade in den Mülleimer neben dem Tresen versenken, als der Tankwart mich böse anguckte und sagte: »Wenn Sie es sich anders überlegt haben, stellen Sie es gefälligst zurück!« Und zeigte auf das Regal hinter mir. Da standen tatsächlich Hunderte »Shades of Grey«, und das fand ich dann auch eine prima Lösung, stellte das Ding ab, zahlte, und als die Frauen wieder zurück waren, merkten sie es nicht mal, weil sie zuallererst über die Klofrau ablästerten.

In der Höhe von Ludwigsfelde sangen sie: »Ich hab noch einen Koffer in Berlin!« An der Ausfahrt nach Zgierz grölten sie: »Theeeeooo, wir fahr'n nach Lodz!« Vor Warschau schnarchten sie dann laut.

An einer Raststätte tankten wir und überredeten unsere bessere Hälften, dass sie in dem Tabbert besser aufgehoben seien, wo sie sich in den Betten ausstrecken konnten. Zurück im Auto atmeten wir auf. Endlich Ruhe! Die nächsten hundert Kilometer sprach keiner von uns ein Wort.

Im Dunkeln erreichten wir polnisches Gebiet und schließlich die Brücke über den Bug, Grenze zum Wilden Osten. Das Abenteuer konnte beginnen.

Es nieselte. Der Verkehr war spärlich geworden. Ich saß am Steuer, schon ziemlich k.o., aber es war nicht mehr weit bis Pozezdrze. Der Camp Park Sonata war unser Ziel.

Hinter mir blendete ein LKW auf, fuhr dicht ran und hupte. Es ging ihm wohl nicht schnell genug. Idiot! Ich fuhr extra noch ein wenig langsamer. Da scherte er nach links aus und überholte wild tutend, um knapp vor mir wieder einzuscheren. Mein Bremsmanöver brachte den Hänger ins Schleudern, aber ich hielt die Spur, was dem LKW vor mir nicht gelang. Er schlidderte am rechten Bordstein entlang, dann verriss es ihn erst nach links, dann nach rechts. Krachend durchbrach der Wagen die

Leitplanke, das Geländer, setzte zum freien Flug an, hielt sich einen Moment fast waagerecht in der Luft, ehe er plötzlich wegsackte, kurz darauf schlug etwas mit dumpfem Platschen unten auf. Ich war in die Eisen gestiegen und brachte unser Gespann unmittelbar vor der Unfallstelle zum Stehen. Jürgen und ich sprangen aus dem Auto. Wo eben noch der LKW gewesen war, klaffte ein großes Loch im Geländer. Vorsichtig äugten wir nach unten. Alles dunkel und still.

»Das geschieht dem recht, dem Arsch«, keuchte Jürgen. »Stell dir vor, es hätte uns erwischt! Der Hänger hat mächtig geschleudert.«

Wie auf Kommando drehten wir die Köpfe gen Caravan. Bewegte sich da etwas in der Dunkelheit?

»Stell dir vor«, sagte ich. Und während ich es sagte, stellte ich mir plötzlich etwas vor, was ich niemals vorher zu denken gewagt hätte. Unsere Blicke trafen sich. Wanderten zu dem Wohnwagen, fanden sich wieder. Jürgens Gesicht verzog sich zu einem Grinsen, das immer breiter wurde.

Das Schöne an Männern ist ja. Man muss gar nicht groß reden. Die Sache lag klar auf der Hand. Wir sahen den Hänger, das Loch im Geländer, schauten uns um. Weit und breit kein Auto.

Wir entkoppelten den Wohnwagen. Dann schoben wir ihn behutsam an dem Auto vorbei und bugsierten ihn zu der Absturzstelle.

»Und tschüss!«, schrie Jürgen. Während der Tabbert abwärts trudelte, klatschten wir uns ab. Kurz darauf hörten wir einen fetten Klatsch von unten. ‚Schade eigentlich', dachte ich. ‚Da geht sie hin, meine Abfindung.'

Mein Kichern musste ein wenig hysterisch geklungen haben. Jürgen beobachtete mich besorgt. »Ich fahr«, entschied er und schob mich durch die geöffnete Tür auf den Beifahrersitz. Dann nahm er hinter dem Steuer Platz und legte den Rückwärtsgang ein. Noch während ich überlegte, was er wohl vorhatte, gab er plötzlich Gas und lenkte den Wagen so gegen das Geländer, dass er heftig daran entlang schrammte. Es knirschte, kreischte, rumpelte. »Oh, Gott!«, schrie Jürgen. »Der Wohnwagen! Wir haben ihn verloren!« Er brach in wieherndes Gelächter aus, und da verstand ich das Manöver und geierte mit. Es sollte so aussehen, als wären wir tüchtig ins Schleudern gekommen, sodass der Hänger sich gelöst hatte.

Jürgen steuerte den Wagen zurück auf die Straße und bretterte weiter.

Es brauchte eine ganze Weile, ehe wir die nächste Polizeistation gefunden hatten. Drinnen angekommen versuchten wir es mit Händen und Füßen und brüllten »Ratunku!« – »Hilfe!« Das hatte ich schnell noch im Reiseführer nachgeguckt. Wir sahen mit Sicherheit ziemlich fertig aus. Waren wir ja auch! Hundekaputt nach der langen Reise. Und unter Schock, klar!

Genau genommen war das nichts anderes als eine Schockreaktion gewesen. Erst der LKW, dann unser Hänger! Wir hatten das alles doch gar nicht gewollt! Waren ins Schleudern geraten, lieber Himmel, es hätte uns alle erwischen können. Selbst wenn man uns irgendwas hätte nachweisen können, müsste jeder Richter dafür Verständnis haben.

Die polnische Polizei war ausgesprochen freundlich. Man fuhr mit uns zu der Unfallstelle, telefonierte einen Dolmetscher herbei, hörte sich unsere Schilderung an, diskutierte kurz, dann wollten sie wissen, was mit dem Kupplungsseil gewesen sei.

Das Kupplungsseil … Scheiße!

Jürgen fuhr herum: »Sag bloß, du hast das Kupplungsseil nicht befestigt!«, schrie er.

»Wieso ich? Das war doch dein Job!«, brüllte ich zurück.

Die Männer gingen dazwischen, klopften uns auf die Schultern, der Übersetzer brummte: »Rrruhe, nurr rruhig!«

Es würde noch Stunden dauern, ehe sie schweres Gerät zum Heben der verunglückten Fahrzeuge dahätten, aber sie würden mit Polizeibooten und Hundertschaften den Fluss und die Ufer absuchen, sagten sie, bemitleideten uns tüchtig, und am Ende trieben sie ein Quartier für uns auf, etwas zu essen und kümmerten sich um alles Weitere.

Der Tabbert wurde am nächsten Morgen aus dem Bug gefischt. Es hatte ihn komplett zerlegt. Die Frauen musste es hinausgeschleudert haben. Vermutlich waren sie bereits ein ganzes Stück abwärts getrieben.

Der LKW war schwieriger zu bergen. Er stand auf dem Grund des Flusses und musste mit kräftigen Winden geborgen werden. Dem Fahrer hatte es das Genick gebrochen.

Immer noch schöner als zu ertrinken, dachte ich. Wer weiß, vielleicht hatten Erika und Inge auch schon auf dem Weg nach unten den Löffel abgegeben. Soll es ja geben. Vor Schreck oder so. Ich hab's ihnen gegönnt. Erikas Braten war immer ein Traum gewesen. Selbst ihren Putzfimmel fand ich im Nachhinein weniger schlimm.

Solange die Leichen unserer Frauen nicht geborgen waren, sagten die Polizisten, sollten wir besser in der Nähe bleiben. Wir fuhren zum Camp Park Sonata in Pozezdrze und schlugen Jürgens Pfadfinderzelt auf. Die Wartezeit vertrieben wir uns mit Kanufahren und Angeln.

Was für ein Leben! Welche Ruhe! Ja, so konnte man es aushalten!

Warum bloß hatte mich mein Leben lang von Senefeld und Erika gängeln lassen? Was für ein Glück, dass Jürgen und ich uns nach einem Vierteljahrhundert in der Eckkneipe gefunden hatten!

Aber das dicke Ende kam bald.

Ich meine, Erika ist nicht wirklich dick. Moppelig trifft es vielleicht eher. Ich finde das völlig okay eigentlich. Aber als wir nachmittags in unserem Zelt vor uns hindösten und plötzlich zwei Gestalten im Zelteingang standen, da wirkten sie alle beide schon ganz schön imposant.

»Hallo? – Wie kann das sein? Wo kommt ihr denn her?«, stöhnte Jürgen. Bedrohlich! Ich meine, was würden Sie sagen, wenn da auf einmal jemand vor Ihnen stünde, der doch eigentlich mausetot sein sollte. Und zwar nicht von ungefähr! Immerhin hatten wir dafür gesorgt, dass

Erika und Inge nicht mehr unter den Lebenden weilten. Wenn dann so jemand vor einem steht – das ist so eine Art Abenteuer, das man eigentlich seinem schlimmsten Feind nicht wünscht. Immerhin, mein Zeltmitbewohner hatte anscheinend die gleiche Hallosienation wie ich.

Inge zog etwas hinter ihrem Rücken hervor, und ehe einer von uns »Piep« sagen konnte, hatte sie schon ausgeholt. Etwas knallte, und ihr Ehegatte brüllte. Jetzt konnte ich auch erkennen, was das in ihrer Hand war: eine Peitsche.

»Ingelein«, jaulte Jürgen. »Ich hab das doch alles gar nicht gewollt!«

»Nee, klar!« Inge ließ es gleich noch einmal zischen. Diesmal jaulte ich auf. Immerhin hatte ich noch blitzschnell die Hände vor mein bestes Stück schlagen können.

»Meiner!«, grollte Erika, riss dem Ingelein die Peitsche aus der Hand – für den Bruchteil einer Sekunde zuckte mir durch das Hirn, sie wollte mich vor weiteren Übergriffen schützen. Eine Salve von Hieben belehrte mich augenblicklich eines Besseren. »Ihr! – Wollt! – Wissen! – Wo! – Wir! – Herkommen?«, stieß meine Angetraute zu jedem Hieb aus.

Wir zogen es vor, die Frage nicht zu beantworten. Zum Glück hatten sie fürs Erste genug vom Prügeln, verschränkten die Arme und guckten kalt lächelnd zu, wie wir uns vor ihnen am Boden krümmten.

»Hab ich's nicht gleich gesagt?«, höhnte Inge. »Nichts als Dreck in so einem Zelt!«

»Und den Tabbert haben sie zerdeppert!«, ergänzte Erika.

»Blöd nur, dass wir gerade ausgestiegen waren, weil uns bei dem Geschleuder die Blase bald geplatzt wäre.«

Inge nahm Erika die Peitsche aus der Hand und holte wieder aus. »Um beim Strullern dann zuzusehen, wie ihr Dödel uns den Todesstoß zu versetzen versucht!« Was auf uns herunterregnete, kam einem Todesstoß durchaus nahe. Die Prügelpause hatte mich allerdings einen klaren Gedanken fassen lassen. »Ihr seid nicht zur Polizei gegangen. Warum?«, ächzte ich.

Inge hielt inne und lächelte kalt. »Wir haben Besseres mit euch vor.«

Ich muss schon sagen, man gewöhnt sich an einiges. Und irgendwie ist es ja auch eine Art Neuanfang. Selbst dem Wäschewaschen kann ich mittlerweile etwas abgewinnen. Jürgen und ich haben das Kochen für uns entdeckt und tauschen eifrig Rezepte aus. Ja, in der Hinsicht hab ich ganz neue Seiten an mir erfahren. Nur die Frikadellen kriege ich nicht ganz so hin, wie sie bei Manni schmecken. Aber das mag auch an der Eckkneipe liegen. Geruch von Freiheit und Abenteuer. Wir kehren da nur noch selten ein. Es ist nicht mehr, was es war.

»Die wahren Abenteuer sind im Kopf«, sagt Erika. Deswegen mussten wir auf der Rückreise auch noch einmal an der Tanke halten, wo ich auf der Hinfahrt Inges Buch abgestellt hatte. Da scheinen irgendwelche verrückten Ideen drin zu stehen. So genau will ich das gar nicht wissen. Weil ich sowieso nur eins mit der Peitsche übergebraten kriege, wenn ich frage.

Von mir aus sollen die Frauen den ganzen Tag faulenzen und das Sagen haben. Solange sie uns nicht bei der Polizei verpetzen.

Es gibt nur eines, an das ich mich nie gewöhnen werde. Was Erika am allermeisten liebt. Sie holt dann immer die Peitsche aus dem Schrank und droht mit Ausziehen. Ich muss mich splitterfasernackelich machen, kriege einen Staubwedel in die Hand und ein Schürzchen umgebunden. So lebt sie ihren Putzfimmel an mir aus. Nackt. Tatsache!

Erstveröffentlicht in: *chillen, killen*, campen, Hrsg.: Reginc Kölpin, KBV Verlag Hillesheim 2015

FALLHÖHE

Wie kommst du darauf?« Ich schenke Annette nach, die sich mit einer Hand an die Brüstung klammert, um nicht das Gleichgewicht zu verlieren, während sie mir ihr Glas entgegenstreckt. Ich bin noch nicht ganz entschlossen, was am Ende dieses Abends passieren wird. Nicht umsonst habe ich zwei Kisten Sekt eingepackt und die 18. Etage gebucht. Der Ausblick auf das Meer und die Perlebucht ist großartig. Drei von drei Abenden haben wir bisher hier verbracht. Obwohl der pittoreske Büsumer Hafen mit Kuttern, Leuchtturm und Kneipen fußläufig keine zehn Minuten entfernt ist. Die Jungs sind zufrieden. Sie haben sich am Strand ausgetobt. Jetzt daddeln sie im Kinderzimmer vor sich hin. Ihre Mütter haben etwas aufzuarbeiten. Annette hatte sich die ganze Zeit doof gestellt. Dabei hat sie sich doch denken können, dass ich nicht zufällig Jahre nach dem Unfall wieder ihre Nähe suche. Ich habe es nie angesprochen. Ihre und Daniels Ahnungslosigkeit waren meine Überlebenshilfe. Ihn lullte ich ein. Mit Diazepam, Bromazepam und Zoplicon. Als ich endlich aus der Betäubung aufgewacht war.

Ich hatte seinem Anruf in meinem Ohr nachgespürt, der tiefer sackte und in meinem Bauch winzige Schmetterlings-Wirbel erzeugte. »Ich komm nicht weg«, hatte er gesagt. Im Hintergrund Whitney Houston. Er hörte gern Musik im Büro. Aber ausgerechnet Whitney Houston?

»Ich bin den ganzen Tag vor lauter Telefonaten zu nichts gekommen. Ich stell's jetzt ab, damit ich mich endlich über den Schreibtisch hermachen kann. Gib Tim einen Gutenachtkuss von mir.«

Ich hörte, wenn er log. Wusste, warum. 1991! Am nächsten Tag, dem 12., waren es genau zehn Jahre! Seit Wochen hatte ich ihm in den Ohren gelegen. Noch einmal dahin fahren, wo wir unsere Flitterwochen verbracht hatten! – Mit einem Seufzer, der von ganz unten aus dem Bauch flatterte, ging ich ins Wohnzimmer, um das Telefon auf die Station zu legen.

Die Kinder, schon in Schlafanzügen, hatten die Bauklötze-Kiste auf dem Parkettboden ausgekippt. Der Duplo-Eimer ratterte hinterher. Jens hob die Matchbox-Kiste hoch.

»Seid ihr noch ganz dicht?«, rief ich über die lärmende Autolawine hinweg.

Die Jungen hielten inne. Ein kleiner Betonmischer und ein weißer Airbus schepperten hinterher, verendeten in der plötzlich eintretenden Stille.

»Könnt ihr nicht was Normales spielen?«, fragte ich.

»Wir spielen Müllabfuhr!« Jens, fast ein halbes Jahr jünger als Tim, hatte immer die größere Klappe. Tim guckte gekränkt.

Überreagiert! Statt auf die Kinder zu achten, träumte ich rum.

Über diesem Meer von Wolkenkratzern stehen, die ganze Welt zu meinen Füßen, weit entfernte Hupkonzerte und der Donutgeruch, der mit der Rolltreppe von dem Imbiss hoch waberte. »I will always love you«, hatte Whitney Houston aus dem Lautsprecher gesungen.

Dann der Absturz in den Alltag: Kinderlärm, Hausarbeit.

Daniel im Reisebüro. Jetzt. Annette würde Tim mit Sicherheit nehmen.

Als sie Jens vorgestern abholte, hatten sie und Daniel sich so angeguckt. Er hatte es klargemacht.

»Baut doch was.«

»Au ja! Eine Riesenstadt mit Autostauchaos!« Jens war wie seine Mutter. Als Erik letztes Jahr auszog, hatte ich Annette zum ersten und einzigen Mal weinen sehen – und gab wochenlang die Telefonseelsorge.

Annette anrufen, um ihr von dem Gefühl im Bauch zu erzählen …

Jens schob die Müllhalde beiseite, Tim schichtete Bauklötze zu einem Turm. Ich ging mit dem Telefon in den Flur. Es klingelte lange. Annette musste doch zu Hause sein! Sie würde an ihren Entwürfen sitzen, die sie unbedingt fertigkriegen musste. Deshalb war Jens bei mir.

»Ja?« Annette keuchte, als sei sie eben die Kellertreppe hochgekommen.

»I will always love you«, sang Whitney Houston im Hintergrund, und sofort waren die Schmetterlinge wieder da. Genau wie damals.

»Ich bin's –«

Whitney Houston auf dem World Trade Center und Daniels Brummen im Ohr: »I will always love you ...« Er konnte überhaupt nicht singen, aber es kitzelte so herrlich im Ohr, vibrierte durch den ganzen Körper bis in die Fußsohlen. Das ganze World Trade Center hatte unter mir zu schwanken begonnen.

»Was hast du denn? Warum rufst du mich an? Ist was?«

Annettes Stimme holte mich wieder auf den Boden.

Nichts schwankte unter den Füßen, alle Schmetterlinge waren ausgeflogen. Was für eine idiotische Idee, ausgerechnet Annette anzurufen, die keinen hatte, der mit ihr auf dem World Trade Center stehen und ihr falsche Töne ins Ohr brummeln würde. Die stattdessen Tim hüten würde, wenn Daniel und ich ...

»Hey, ich wollte dich nicht stören. Ich wollte nur mal hören, ob du – ob du gut vorankommst.«

»Ja, natürlich. Aber wieso rufst du an?«

»Ach, ich wollte nur mal hören.«

»Aber das ist doch kein *Grund*! – Was ist *los*? Du hast doch was!«

»Lass gut sein, Annette, es ist nichts weiter, mir war nur so ...«

»So wie?«

»Ach, nicht so wichtig, tut mir leid, dass ich dich gestört hab. Hier ist alles in Ordnung. Willst du Jens sprechen?«

»Lass ihn. Wenn du sagst, dass alles in Ordnung ist …«

»Ja, alles in bester Ordnung. Bis morgen!«

Einen Moment blieb ich im Flur stehen, ehe ich wieder ins Wohnzimmer ging. Eine verrauschte Stimme, Sirenen, Schreie, die einem in die Haare hochstehen ließen. Die Kinder hatten den Fernseher angemacht. Ein Horrorfilm! Im Näherkommen sah ich ein Hochhaus, das lichterloh brannte, in Nahaufnahme. Hinter dem Qualm Menschen, die aus den Fenstern sprangen. Mit einem Satz war ich am Fernseher und machte ihn aus.

»Wer war das?«

»Tim hat gesagt, wir dürfen das!«

Scheiß machen und sich dann hinter Tim verstecken.

»Ihr wisst beide ganz genau, dass ihr fragen müsst! Solche Filme *sind* nichts für Kinder!«

»Wieso nicht?«

Tim kniete wieder in der Bausteine-Stadt und türmte Klötzchen aufeinander. Jens stand mit verschränkten Armen.

»Zu Hause darfst du das auch nicht! Basta. Ich gebe euch noch eine halbe Stunde. Dann ist hier Schicht im Schacht.«

Ich ging raus. Direkt hinter der Tür blieb ich stehen und lauschte. Gespannt, ob Jens es nicht doch noch mal versuchen würde.

Er mokierte sich über Tims Baukünste.

»Das soll ein Hochhaus sein? Das ist ein Pimmel!«

»Hä?«

»Total schief! Sieht aus wie ein Pimmel!«

Tim schien nichts damit anzufangen.

»Wieso ein Pimmel? Das steht doch, und ein Pimmel hängt runter.«

Jens fand seinen Vergleich klasse.

»Ein Pimmel! Ein Pimmel! – Hast du etwa noch nie einen Pimmel hochstehen sehen?«

Ich ging lautlos einen Schritt näher ans Wohnzimmer heran.

Tims Antwort war unter seinem Kichern kaum zu verstehen: »Klar, wenn ich im Bogen piller!«

Ich presste mich an die Wand.

»Nein, ohne Festhalten! Ganz von selber! Hab ich gesehen!«

»Wo haste denn das gesehen?«

Sollte ich das Gespräch unterbrechen?

»Im Wohnzimmer bei uns!«

»Du spinnst.«

»Nä, ich spinn nicht! Auf dem Sofa! Mama dachte, ich mach Mittagsschlaf. Die hat mich ins Bett geschickt, als dein Papa gekommen ist, aber sie hat so geschrien, und dann waren sie nackt, und der Pimmel von deinem Papa stand genauso schief wie dein Hochhaus! Pimmel-Hochhaus!«

Pimmel. Hochhaus. Dein. Vater.

Es dauerte, ehe ich das Zittern in meinen Beinen so weit im Griff hatte, dass ich einen Schritt ins Wohnzimmertür staksen konnte.

»Jens«, sagte ich. Zunge am Gaumen klebend. »Was hast du Tim da gerade erzählt?«

Die Jungen hörten mich nicht.

Sie hatten ein zweites Hochhaus neben dem schiefen, dem Pimmel-Hochhaus, stehen, und jetzt holten sie aus, Tim mit dem kleinen Matchbox-Hubschrauber und Jens mit dem weißen Airbus. Beide heulten laut, die Motorengeräusche der Flieger imitierend. Aber Jens schaffte es, Tim zu überbrüllen. Mit der linken Hand hielt er Tims Arm fest, während er den Airbus mit der rechten hoch zum Himmel streckte.

»Meiner ist zuerst!«, schrie er zwischen sein eigenes Gejaule, und dann ließ er den Airbus steil runterfliegen – mitten in das World Trade Center, so dass die Bauklötze scheppernd auf das Parkett krachen.

Wenn Trümmer vom Himmel regnen, sind Seitensprünge geboten. Mindestens spielt ein einzelner keine Rolle mehr. Mir half Nine Eleven über das Gröbste. Durchdenwindsein war die neue Normalität. Die Schlafmittel, die mir das Zubettgehen neben meinem Mann ermöglichten, entsorgte ich schließlich in seine Thermoskanne. In der Hoffnung, sie würden ihn auf einer seiner Geschäftsreisen vor den nächsten Brückenpfeiler befördern. Als ein blutjunge Polizist, die Mütze fixierend, die er mit beiden Händen durchknetete, mir mitteilte, Daniels Wagen sei durch das Geländer der Zoobrücke gebrochen und habe sich mehrfach in der Luft überschlagen, ehe er mit Mann und Mobilrechner in den Fluten des Rheins versank, gefiel mir die Variante viel besser. Die Bilder der aus den oberen Stockwerke des brennenden World Trade Center tropfenden Menschen wurden angereichert durch einen um die eigenen Achsen wirbelnden Audi. Bild des Absturzes als verzögerten Höhepunkts nach endlosem, schließlich unerträglichen Atemanhalten. Garant meines ersten selbstverfertigten nach vielen Dürremonaten. Zu dem Song von Whitney Houston. Keine Schmetterlinge im Bauch, nein, Flugzeuge. Die nicht flatterten, sondern zielstrebig eindrangen. In gewaltige Türme, die aufrecht in den Himmel ragten, stabil, unerschütterlich. Für die Ewigkeit gebaut. Always, always. Die schlagartig durch die Vereinigung in Hitze gerieten, vibrierten, schwankten und in einem gewaltigen Crescendo nach langer zitternder Verzögerung zu einem schier unendlich gedehnten finalen gellenden »Youuuu!« in sich zusammenfielen.

Bei der Obduktion wurden Spuren von Barbituraten gefunden. Nicht in sonderlich hoher Dosierung. Die Tatsache, dass ein ansonsten topfitter nicht alkoholisierter Mittvierziger an einem frühen Abend im Januar 2012 mit hohem Tempo von der nicht vereisten linken Spur der Kölner Stadtautobahn quer über zwei Fahrstreifen und den hohen Randstein raste und durch die Brüstung brach, legte suizidale Absichten nahe.

Sollte ich widersprechen? Natürlich bestätigte ich, dass ich meinen Mann zuletzt als sehr in sich gekehrt empfunden hatte und dass wir uns in den letzten Wochen aus dem Weg gegangen waren. Eine Erklärung für sein Verhalten hatte ich doch selbst nicht finden können.

Und natürlich blieb ich mit Annette in Kontakt. Natürlich rief sie immer wieder an. Zunehmend verunsichert ob meiner Zurückhaltung. So heftig der Brechreiz mir zusetzte, den ihre Nummer auf dem Display auslöste, so wohltuend war ihre zunehmende Beklommenheit und schließlich ihr Schluchzen. Nein, sie versuchte gar nicht erst, mir die Telefonseelsorge heimzuzahlen, die ich ihr nach Eriks Abgang hatte angedeihen lassen. Die Dinge hatten sich gewendet. So beschissen es mir ging: Wut und Triumph überlagerten Verletztheit, Demütigung und Unterlegenheitsgefühle, die wiederum auf Annette überzugehen schienen. Diese Verkehrung der Verhältnisse spiegelte sich interessanterweise in der Beziehung unserer Söhne, die auf der weiterführenden Schule mit unterschiedlichen Lernerfolgen glänzten. Mein braver Tim entwickelte sich zum unauffälligen Überflieger, der seinem vorlauten Busenfreund mit Gelassenheit und natürlicher Autorität zunehmend die Richtung vorgab.

Dennoch. Niemals hätte ich mir vorstellen können, mit Annette je wieder einen Urlaub zu verbringen. Wenn ich nicht begonnen hätte, die Säcke mit Daniels Hinterlassenschaften zu sortieren, die ich hektisch gefüllt und auf den Dachboden verbracht hatte. Nur weg damit! Es dauerte Jahre, ehe ich einen nach dem anderen leerte, ein Teil nach dem anderen begutachtete, in Kleider-, Müllcontainer oder Second-Hand-Läden trug. Als ich den beigefarbenen Trenchcoat, den mein Mann am Tag vor dem Unfall noch getragen hatte, erst auseinander-, dann wieder zusammenfaltete, um ihn in einen Caritas-Sack zu stopfen, irritierte mich ein feines Knistern. Ich tastete das Futter ab und fand eine Innentasche. Darin einen handgeschriebenen Brief. Entfaltete ihn, las. Meine Hände begannen zu zittern. Ich las weiter, während mir die Tränen kamen. Schluchzte. Am Ende schrie ich. Laut und lange.

Ich war keine Mörderin. Es war Daniels Entscheidung gewesen. Weil er nicht mehr damit leben wollte, was er mir angetan hatte. Uns! Weil er Annettes Drängen nachgegeben. Aber an jenem Nine-Eleven, Tag des fundamentalen, nein, fundamentalistischen Angriffs auf die abendländischen Werte realisierte, dass er sich selbst verraten hatte, sein – unser! – »I will always love you« auf dem Skyscraper zehn Jahre zuvor.

Mein Hass auf die Frau, die sich meine älteste Freundin zu nennen wagte, loderte auf. Ich googelte, rief sie an, buchte.

»Wie kommst du darauf, dass es kein Unfall gewesen sein könnte?«, insistiere ich. Sie ist besoffen genug, dass ich sie endlich an dem Punkt habe. Stiert mich an, dann das Glas in ihrer Hand, spitzt die Lippen, trinkt, wendet den Blick dem Meer zu. Rosa Himmel über unergründlicher Weite. Weiter oben blinkende Lichtpunkte am Himmel, von denen man nicht recht weiß: Bewegen sie sich? Ziehen sie ihre Bahn in der Stratosphäre oder Troposphäre, oder sind sie im Begriff abzustürzen?

Diese Lust, ihre Oberschenkel zu umfassen, sie einfach zu lupfen! Der Rest ergäbe sich von selbst. Ihr eigener Sohn hat sie heute mehrmals gefragt, weshalb sie so scheiße drauf sei. Mein Zeuge! Aber ich beherrsche mich. Erst soll sie sich auskotzen, bevor sie den Abgang macht.

»Sswa Mocht«, sagt sie, nuschelt es in den Abendhimmel, dass ich es erst auf mein »Hä?« und ihre Wiederholung hin verstehe.

»Mord?«, vergewissere ich mich zwischen Ungläubigkeit und Frohlocken. Ein Grund mehr! Diese Frau ist nicht nur mein ärgster Feind. Alkoholisiert, wie sie ist, gehört sie nicht ins Bett, sondern entsorgt! Sie ist ein Schläfer! Früher oder später wird sie ihren Verdacht anderweitig ausbrabbeln, mich lebenslänglich erpressen, quälen, terrorisieren.

Da dreht sie sich um. Guckt mir zum ersten Mal heute Abend direkt in die Augen. »Ischab ihn ummebracht«, sagt sie. Lallend, aber vollkommen klar verständlich.

Sie?

Waas?

Dann fällt der Groschen. Sie will sich erleichtern, klar. Er hatte ja mit ihr Schluss gemacht. Bevor er den Adler gemacht hat. Sie hatte ihn verführt, die Schlampe. Und er hatte sich schuldig gefühlt. Natürlich hat sie ihn umgebracht! Wer sonst?

»Schabmischlaugemacht«, sagt sie.

Sie hat sich schlau gemacht. Aha. Lang genug gedauert. Ehe sie verstanden hat, dass es Menschen gibt, denen ein Vertrauensbruch nicht sonst wo vorbei geht. Hat irgendein Therapeut ihr das verklickert? Von selbst konnte sie wohl kaum darauf kommen. Empathie war ihr wohl stets ein Fremdwort.

»Schpurstange«, brabbelt sie.

Ja. Sie ist eindeutig neben der Spur. Noch hält sie sich an der Stange fest. Es wird ein Leichtes sein, den Griff zu lösen.

»Ganz eimfach«, bestätigt sie. Hickst. Ich schenke ihr einen Henkerstropfen nach. Sie lässt es sich gefallen.

»Geht ganz eimfach«, wiederholt sie. Hickst erneut, trinkt das Glas in einem Zug leer, wartet ab, gespannt in sich hineinhorchend. Der Schluckauf ist weg. Sie grinst blöde.

»Eimfach Schraube lockern. Dassas Auto ausse Schpur kommt. Totsischa!«

Sie kichert immer noch, während ihre Augen überzulaufen beginnen.

»Annette«, sage ich. Versuche zu verstehen, was sie mir mitgeben will.

Aber sie hat sich wieder weggedreht. Ihr Glas abgestellt. Klammert sich mit beiden Händen an die Balkonbrüstung. Klettert umständlich auf den Stuhl, auf dem sie eben noch gesessen hat. Richtet sich mühsam auf. Löst den Griff vom Geländer. Schwankt. Im Begriff abzuheben.

Ich brauche gar nichts tun!

Ich bin keine Mörderin!

Scheiße. Ja. Das realisiere ich in aller Deutlichkeit. Wo es so einfach wäre!

»Heul doch!«, sage ich. »Daniel hat deine Nachhilfe nicht gebraucht. Nicht deine und auch nicht meine. Es war *seine* Entscheidung, aus der Spur zu geraten. Er hat dich geknallt. Und er ist vor das Geländer geknallt. Also komm da runter. Denk an Jens!«

Ich zerre sie vom Stuhl, bugsiere sie in ihr Zimmer, schubse sie aufs Bett, wo sie sturzbetrunken liegenbleibt, mache bei den Jungs das Licht aus, gehe ins Bad, wasche mir die Hände und mustere mich im Spiegel. Strecke mir die Zunge raus. »I will always love you!«, sage ich. »Bittersweet memories. That is all I'm taking with me!«

Dann gebe ich mir selbst die Kante auf dem Balkon.

Erstveröffentlicht in: *Killing you softly*, Hrsg.: Peter Godazgar, KBV Verlag Hillesheim 2017

MEIN FRANK

Ich weiß gar nicht, warum mein Frank nich mehr wiederkommt. Jetz isser doch schon so lang da drin beim Horst!

»Ich will nur mal kurz was mit ihm klärn«, hatter gesacht. Und dass ich mal schön mit ihm komm sollte. Und ob ich ihm wohl das große Fleischermesser ausleihn könnte. Horst könnt's gebrauchn. Na, ich werd wohl noch für mein Sohn ein Fleischermesser zum Verleihn habn! Ich brauch das ja sowieso nich mehr so häufig. Höchstens wenn die beidn zu Besuch komm. Dann gibt's Bratn. Da stehn die ja alle beide drauf. Bratn und Kartoffelsalat, das gibt's so nur bei Muttern. Sacht Frank immer. Da könnt er sich reinsetzn, sacht er.

Aber er wollte, dass ich draußn warte. Er wollte erst was unter vier Augn mit seim Bruder klärn. Ich konnt mir gleich denkn, was. Mein Frank, der is ein richtiges Herzchen. So was von rücksichtsvoll!

Das war ja nich immer so. Als Kind war der ja schon ein richtiger Wildfang. Mein Gott, was hat der mich Nervn gekostet! Der hatte sein Kopp, und den hatter auch durchgesetzt. Der konnte kaum laufn, da hatter schon bestimmt, wos langgeht. Jedn Morgn musst ich mit ihm zum Bäcker, weil's da ‹nen Lutscher gab. Die Bäckersfrau war immer so was von hin und wech von seim süßen Lockenkopf!

»Könnse mir den nich mal verkaufn?«, frachte sie jedes Mal. Und mein Frank is mit seim Lolli da gestandn und hattse angestrahlt.

»Kaufn«, hatter gesacht. »Geld habn!« Und dann hatter die Hand aufgehaltn.

Die Frau hat immer gesacht: »Der is so helle! Der weiß, worauf's ankommt! Und mit den Augen, da kricht der jede Frau rum!« Und dann hatter seinen Groschen gekricht.

Und mit den Fraun war das auch so. Später mein ich. Oder eigentlich immer schon. Der konnt alle Frauen um ‹n Finger wickeln. Mich am meistn. Aber ich war doch ganz froh, dass der Horst so ganz anders war. Zwei von der Sorte, nee danke!

Horst war einfach praktisch. Den konnte man überallhin mitnehm. Und das war ganz gut so. Denn der Frank hat mich ganz schön auf Trab gehaltn.

Deswegen ham die zwei sich auch immer so gut verstandn. Der Frank hat immer bestimmt und alles gemacht, und der Horst, der hat ja viel dabei gelernt. Der konnte sich einiges abguckn.

Hatter aber nich. Der is immer nur hinterher getrottelt und hat gemacht, was der Große ihm gesacht hat. Nu, jede Jeck is anders. Is auch ganz gut so.

Mit den Frauen war's genauso, wie die dann in das Alter kam'. Mein Frank krichte jede, die er wollte, und der Horst, der hat davon profitiert, dass dann immer wieder was für ihn abfiel. Da konnte er den Tröster machn. Jedenfalls war das so bei der Nicole. Die hatten sich dann so richtich gesucht und gefundn. Und hattense eigentlich nur meim Frank zu verdankn.

Vor ein paar Wochn is der Horst dann zu mir gekomm. »Was meinste, wenn wir dich bald zur Oma machen?«, hatter mich gefracht.

Ich war sprachlos. Ein Enkelchen!

Aber so weit warnse ja noch gar nich. Sie wolltn erst mal heiratn, ganz groß. Am gleichen Abend hamse dann Verlobung gefeiert, nur mitter Familie. Mit Schampanjer. Ach, war das schön!

Frank war dann auch richtich lieb zu seiner zukünftign Schwägerin. War ja bestimmt nich leicht für mein Jung. Hätt ja auch seine Frau werdn könn. Und die Nicole hat so gestrahlt, ne richtich hübsche Braut! Hat mit allen gelacht und angestoßen, war ne richtich schöne Familienfeier!

Aber dann hattse alles kaputt gemacht. Kaum ne Woche später isse zu mir gelaufn gekomm. Hat geflennt und gezetert. Der Frank hätt ihr Gewalt angetan!

Ich sach: »So was tut mein Frank nich! Das hatter doch gar nich nötich!«

Aber sie: Doch, doch, der wär abends zu ihr gekomm, wie der Horst nich da war, und hättse gezwung.

All so'n widerliches Zeuch hattse behauptet. Warum hattse den denn überhaupt erst reingelassn!

Also ich weiß ja, dass mein Frank nich lange fackelt. Wenn der ungerecht behandelt wird, dann kann der schon mal ausholn. Das war schon inner Schule so. Und das könn ja manche nich vertragn. Der hatte auch Neider. War schon gut so, dasser dann bald von der Schule runter war!

Aber für Frauen hatter'n Händchn. Die machn alles für den. Da hatter's überhaupt nich nötig, laut zu werdn. Die warn ja immer dankbar! All die Frauen, die er von Poln hergeholt hat, um denen hier Arbeit zu verschaffn! Vorher waren's ja mehr die Asiatinnen, die mochte ich gar nich so gut leiden. Die ham so was Undurchschaubares.

Dass die Polizei dann mein Frank geholt hat, das war ja ne ausgemachte Schweinerei. Von wegen Erpressung, Nötigung, Zuhälterei, gefälschte Papiere! Der kann doch gar nich lesen und schreiben!

»Mutter, glaub bloß nich, was die Leute sagn«, hatter gesacht. Und ich werd mein Sohn doch besser kenn! Aber die ganzn Gerichtskostn bei meiner schmaln Rente! Ja, mein Frank hat mich schon immer viel Geld gekostet! Wenn ich's ihm nich gegeben hab, hatter sich's genomm. Der wusste immer genau, wo ich's versteckt hatte, ein ganz schlaues Bürschchen!

Mein Gott, man hört überhaupt nix von da drinnen, nich dass mein Frank längst wech is und mich hier stehn lässt! Macht der ja gerne, hinten raus und wech. So hatter die Polizei ja auch immer wieder ausgetrickst!

Also zutraun würd ich's ihm. Der wartet drauf, dass ich reingeh und mit dem Horst dann alleine bin. Dass wir uns wieder vertragn. Deswegn wollte mein Frank mit dem reden, bestimmt.

Ja, mein Frank, der weiß immer, wie mir zumute is. Und dass mich das mit der Nicole völlich fertich gemacht hat, das hatter wohl gemerkt. Und deshalb hatter mich wohl auch hierhergelockt. Obwohl's ihm doch heute so schlecht ging. Ganz erkältet war der, deshalb musste der auch Handschuhe tragn, mitten im Sommer! Wollte das Messer gar nich anpackn, das musste ich festhaltn auf der ganzen Fahrt.

Was der Horst bloß mit dem Messer vorhat? Der Frank soll sich bloß vorsehn!

Ich hatte dem Horst ja das Haus verbotn. Ich wollt kein Wort mehr mit dem redn. Der hat doch tatsächlich zu der Schlampe gehaltn! So groß wie der war, dafür hatter von mir eine Ohrfeige gekricht, mitten auf der Straße. War mir völlich egal, was die Leute denkn. Wie kann man seine Familie so in Schimpf und Schande stürzn! Und ich hätt ihn noch mehr vertrimmt, wenn mein Frank mich nich festgehalten hätte!

Aber was tut Horst? Redet schlecht über sein Bruder, geht mit dem Flittchn zur Polizei und erzählt die schlimmsten Sachn. Verdient hatter's wirklich nich, dass sich mein Frank so um Versöhnung bemüht!

Aber ich red mich nur wieder in Rage. Die Leute gucken schon, dass ich hier vor der Tür steh und vor mich hin schimpfe. Ich geh besser mal rein, Schlüssel hab ich ja. Der wartet bestimmt schon lange und traut sich nur nich, mich reinzuholn ...

Erstveröffentlicht in: *Klappe zu – Balg tot*, Bitterböse Geschichten, Wurdack Verlag Nittendorf 2009

OPAISTDERBESTE

Omas Tod muss für Opa ein schrecklicher Schlag gewesen sein. Er, dessen Tagesausstoß an Wörtern selten die Zahl drei übertraf – ein morgendliches, mittägliches und abendliches »Moin!« – stand lange sinnend vor der Grube auf dem Ohlsdorfer Friedhof. Der Pfarrer, der nach seiner Predigt ein Weihwasser-Kreuz geschlagen und der Toten ein Schäufelchen Erde mitgegeben hatte, war einen Schritt beiseitegetreten, um ihm als nächstem Angehörigen Gelegenheit zu geben, Abschied zu nehmen. Nun blickte er abwechselnd auf die Schale mit Erde und den Alten, dessen starrer Blick auf den Sarg gerichtet war. Nach gefühlten zehn Minuten, als die Trauergesellschaft an den Rändern franselig zu werden begann, weil einige der älteren Damen die Friedhofstoilette aufsuchen mussten, legte er vorsichtig den Arm um Opas Schultern und erkundigte sich mit sonorer Stimme, die Pastoren grundsätzlich, aber besonders zu solchen Anlässen eigen ist: »Wollten Sie noch etwas sagen, Herr Hansen?«

Opa zuckte heftig zusammen und spuckte, sichtlich unter Stress stehend, die kürzeste Grabrede aus, die die Welt je zu hören bekam, die aber aufgrund seiner unnachahmlich bedächtigen Sprechweise den kürzesten royalen Hochzeitskuss auf einem Schlossbalkon – Charles und Dianas 0,4 Sekunden – um Längen schlug. »To't Leben hört de Dood«, sagte der trauernde Witwer, und es gab niemanden unter den Anwesenden, der in diesem Moment nicht in Tränen ausbrach.

Oma war über ein halbes Jahrhundert die einzige Konstante in Opas Leben gewesen, der als Kapitän für verschiedene Hamburger Reedereien die Weltmeere beschipperte, während sie ihm den Rücken frei und in seinem Häuschen in Oevelgönne alles aufrechterhielt. Von acht Kindern verlor sie zwei bei der Geburt. Eins, Svantje, fiel mit drei Jahren in die Elbe und ertrank. Alle vier Söhne wurden Seeleute. Onkel Holger ging 1983 südlich von Island mit der »Kampen« bei einem Sturm unter. Fünf Jahre darauf erlag Onkel Freder im Tropenkrankenhaus Hamburg dem Aids-Virus. Übrig blieben Onkel Gerit, Steuermann bei den Elbe Erlebnistörns, und Onkel Ingolf, Erster Nautischer Offizier auf Containerschiffen der Reederei Offen. Und unsere Mutter Elke, die als Sozialpädagogin ihrem Mann ins Ruhrgebiet folgte, wo sie zwei Töchter gebar, aber die nautische Tradition der Familie insofern aufrechterhielt, dass sie in einem von der Caritas betriebenen Binnenschifferkinderheim eine Stelle fand. Dem unsteten Leben der männlichen Hansens war es wohl zu verdanken, dass meine Schwester Kerstin und ich die einzigen Enkelkinder waren und blieben. Unser familiärer Dreh- und Angelpunkt war und blieb trotz der Entfernung immer das Hamburger Häuschen der Großeltern. Alle Schulferien verbrachten wir an der Elbe, wo wir im Vorgarten Schnecken und unter den Argusaugen der Oma am Ufer Muscheln sammelten. Und wo wir unsere Onkel und ihr Seemannsgarn genossen. Nur Opa, wenn er da war, sprach nie. Saß in seinem Ohrensessel, blickte aus dem Fenster auf die Elbe und war einfach da. Mehr als das. Die Art, wie seine Söhne, seine Frau und meine Eltern ihn ansahen, ansprachen, mit ihm umgingen, ließ nie einen Zweifel, dass er die maßgebliche Person im Raum war. In seiner Abwesenheit redete man mit uns und miteinander. Wenn Opa da war, richteten sich alle an ihn. Obwohl die Antwort nie mehr als ein leichtes Kopfneigen war, allenfalls die Andeutung eines Lächelns seine Mundwinkel umspielte. Ein Nein kannte ich nicht von ihm. Der nachdenklich auf Kerstin oder mich gerichtete Blick reichte vollkommen, um zu wissen, dass wir den Bogen überspannt hatten. Es kam selten genug vor. Nicht etwa, weil wir so brav gewesen wären.

Als unsere Großmutter starb, hatte Opa sich längst zur Ruhe gesetzt. Der Vielgereiste verbrachte die meiste Zeit im Wohnzimmer, studierte die Zeitung und blickte hinaus. Wenn er nicht gerade an der Elbe entlang spazieren ging, wo er an vielen Vorgärten stehen blieb, um einen – in Hinsicht auf seinen Wortausstoß einseitigen – Schnack mit ehemaligen Kollegen und Nachbarn zu halten, sodass er stets auch über den engsten Familienkreis hinaus auf dem Laufenden war.

Eine ganze Woche hatte Mutter uns auf seinen Anruf hin aus der Schule genommen – kurz vor meinem Abitur! –, um in Oevelgönne den Verkehr zu regeln. In stillem Einverständnis hatten die Brüder sich zurückgelehnt und ihr das Feld überlassen, das die Oma ihr Leben lang bespielt hatte. Wie sollte der Alte allein zurechtkommen?

Am Ende der Woche stand fest, dass ich, sobald ich den Lappen in der Hand hatte, ein Jahr nach Hamburg ziehen würde, um ein Praktikum bei Gruner und Jahr zu absolvieren. Strippen ziehen konnten die Seeleute gut. Ich klappte meinen Laptop in Mutters ehemaligem Reich auf. Während die Jungs auf engstem Raum unter dem Dach in Etagenbetten schliefen, hatte man dem einzigen Mädchen parterre eine eigene Kammer gleich neben dem Wohnzimmer zugestanden. Ich wusste die gewonnene Freiheit, den Blick ins Grüne, aufs Wasser und Opas Gelassenheit zu schätzen – wenn ich nicht gerade unterwegs war. Fürs Grobe gab es eine Zugehfrau aus der Nachbarschaft. Unsere kulinarischen Ansprüche waren bescheiden. Omas Kochkünste ohnehin unerreichbar. Opa lebte von Fischbrötchen, die er auf seinen Spaziergängen snackte, wurde überall in der Nachbarschaft gern an den Tisch gebeten und kehrte gelegentlich im alten Lotsenhaus ein, während ich auf meinen Wegen durch die alte Hansestadt deren multikulturelle Küche schätzen lernte.

Ich habe keine Ahnung, was mich ritt – klar, ich war ja selbst dauernd auf diesen Seiten unterwegs. Erst recht, da ich mich jetzt neu orientieren musste. Es funktionierte hervorragend. Ich genoss es, mit wechselnden Begleitern die Möglichkeiten, die die Großstadt bot, auszuloten.

War es der Gedanke, dass ich irgendwann einmal wieder wegziehen würde? Ein Trauerjahr war verstrichen. Der Frühling kroch aus allen Ritzen. Opa war ein Mann im besten Alter. Attraktiv. Groß, kräftig, von aufrechter Haltung, die vollen weißgrauen Haare rahmten ein ebenmäßiges Gesicht mit blitzenden blauen Augen, einer römischen Nase und Käpt'n-Blaubär-Pfeife, die in seinem Mundwinkel quasi festgewachsen war, obwohl sie die meiste Zeit nicht glomm. Er musste der Traum aller Witwen und alleinstehenden älteren Damen sein. Zumal: Auch wenn er vollkommen bescheiden lebte: Seine Altersruhebezüge hätten ihm erlaubt, ganzjährig auf Kreuzfahrtschiffen um den Globus zu reisen, täglich im Lakeside zu speisen oder auf der Reeperbahn grootbetaansch mit Weibern rumzumachen. Sein Häuschen, seit Generationen im Familienbesitz, lag in einer der begehrtesten Wohngegenden, war nicht nur absolut schnuckelig, sondern unter Beachtung strenger Denkmalschutzauflagen umfänglich saniert worden und in hervorragendem Zustand.

Nur: Wie sollte ein Mensch, der die Zähne nicht auseinanderkriegte, eine Frau anflirten?

Ich hatte die Kuh aufs Eis und ein Foto von ihm auf Hamburgersingles.de gestellt. Ein diskretes Foto, das nicht viel zeigte, aber erahnen ließ. Einfach mein Smartphone auf sein Profil vor dem Fenster gehalten. Leichter Tabaknebel verwischte die Konturen, im Hintergrund war das Elbufer zu erkennen. Unter dem Profilnamen OpaistderBeste hatte ich nur einen Satz geschrieben: Ich suche für meinen Großvater.

Der Erfolg war umwerfend. Noch am ersten Abend lagen sieben Anschreiben in OpaistderBestes Briefkasten. AdamsEva, 61, aus Elmsbüttel beklagte ihre Einsamkeit und suchte ein einfühlsames Herz – spätere Ehe nicht ausgeschlossen. HelgaBlond, 73, aus Harvestehude und mit Hund schwärmte von häuslichem Glück bis ins hohe Alter. Schnuckelchen73, 44, aus Schenefeld pries ihre sexuelle Experimentierfreude, die bei nachlassender Manneskraft hochpotentige Erfolge garantiere. Lolitalein, 38, aus Lokstedt, Busenwunder59, 64, aus Billbrook, HildedieWilde, 56, und Heidemarie, 59, aus Horn, stießen in dasselbe. Anzügliche Anfragen von testosterongesteuerten Gleichaltrigen kannte ich zur Genüge. Dass ältere Damen, den Fotos nach zu urteilen stinkseriös bis spießig, ähnlich unterwegs waren, amüsierte und reizte mich nicht wenig. Zunächst ließ ich alle unbeantwortet. Wartete ab. Die Zuschriften wurden täglich mehr. Offensichtlich gab es auf dem Portal ein Rankingsystem, das die am häufigsten frequentierten Profile in der Sichtbarkeit ganz nach oben katapultierte, was die Klickquote weiter in die Höhe trieb. Ich begann, mein eigenes Profil zu vernachlässigen. Auf Opas Seite ging die Post ab. Ein Panoptikum von Pornosternchen bis Prüsselliese baggerte um seine Gunst, und ich genoss es. Natürlich markierte ich einige Favoritinnen.

Zuvorderst solche, die eine gewisse Kompatibilität mit dem alten Kapitän versprachen. Legte aber auch eine Hitliste der kuriosesten Kandidatinnen an, die mich neugierig gemacht hatten. Nach einer Woche stieg ich behutsam in die Kuppel-Korrespondenz ein. Nannte mich Susanne, gab vor, mein Opa sei derzeit verreist, werde daher vorläufig außen vor bleiben. Zumal er bisher nicht in meine Pläne eingeweiht sei. Das Geständnis trug mir zwischen übelsten Schmähungen wie »Entmündigung« und »Verarsche« bis hin zu Liebeserklärungen an das »süße Sannchen« ein spannendes Spektrum an Reaktionen ein –, da ich ihn aber am besten kenne, könne ich mit Sicherheit einschätzen, wer zu ihm passe, sofern die geneigten Damen nur bereit seien, entsprechende Auskünfte zu geben. Fragen zu seiner Person beantwortete ich selbstverständlich nicht, sondern stellte in Aussicht, nach eingehender Prüfung und einem Blind Date – das betraf natürlich nur meine Person – würde ich gegebenenfalls ein vermeintlich zufälliges Zusammentreffen im Hause meines Opas arrangieren.

Wäre ich selbst mit einem solchen Ansinnen konfrontiert worden – ich hätte augenblicklich weggeklickt. Eine Frage des Alters? Torschlusspanik? Naivität der in der prädigitalen Welt Geborenen? Wer garantierte, dass ich kein Fake-Profil mit unlauteren Absichten betrieb? War es nicht tatsächlich unlauter, was ich tat? Die Frage stellte ich mir nicht.

Ich klickte durch Profile, beantwortete Anfragen, chattete, der Jagdinstinkt in mir erwachte, ich flirtete mit alten Damen, vertröstete sie, legte Listen an – und hatte Dates. Ich muss gestehen, gut die Hälfte der Aspirantinnen ließ ich im Regen stehen, ohne überhaupt ein Wort mit ihnen gewechselt oder mich zu erkennen gegeben zu haben. Da sie mich nicht kannten, selbst aber anhand einer vereinbarten Rose in der Hand eindeutig zu identifizieren waren, stellte ich in erschreckend vielen Fällen fest, dass Angaben und Auskünfte und optische Realität weit auseinanderklafften. Mit anderen ließ ich mich auf einen Spaziergang um die Außenalster ein – rüstig sollten sie schon sein! – und bei Gefallen auf ein anschließendes Getränk in einer Gaststätte ihrer Wahl – kaum etwas ist kennzeichnender für einen Charakter als die Wahl seiner Getränke und Speisen, seine Tischmanieren und sein Zahlverhalten.

Weniger als ein Handvoll überstand sämtliche Selektionen und wurde schlussendlich von mir auf einen Kaffee in das Häuschen in Oevelgönne eingeladen. Keine war nicht vollkommen aus dem Häuschen, als sie es erblickte. Die Abmachung: Ich gab vor, ein Interview mit der Dame führen zu wollen, die mich freundlicherweise nicht nur dafür aufsuchte, sondern gleich einen Kuchen gebacken hatte – die entsprechenden Vorlieben meines Großvaters hatte ich kommuniziert – und natürlich luden wir den vollkommen Ahnungslosen ein, sich mit uns an den Tisch zu setzen, an dem wir in zwanglosem Konversationston über Lebensumstände, Gewohnheiten und Interessen meines Gastes sprachen, dabei Großvater immer wieder ins Gespräch zogen. Natürlich hatte ich vorgewarnt, dass von ihm keine Beiträge zu erwarten waren.

Die erste Besucherin war Renate. Rosig, rüstig, rührig. Sie stellte einen Rhabarberkuchen auf den Tisch und redete drauflos. Was soll ich sagen? Ein Wunder wurde Wirklichkeit! Opa blühte auf. Er aß mit Genuss, sagte einsilbige Dinge wie »Jo!« und »Dank!«, sogar zweisilbige wie »Mahlzeit!« und streute mehrmals ein genüssliches »Hm!« oder interessiertes »Ach?« ein.

Die beiden waren einfach zuckersüß! Als Renate sich verabschiedete, begleitete Opa sie hinaus, wo wir eine Weile zu dritt an der Pforte standen und ein weiteres Treffen ansprachen.

Anderntags stieß ich unter den Breaking News auf ihr Foto: Kurz hinter dem Anleger Bubendey-Ufer musste eine Frau über Bord gegangen sein. Erst in den frühen Morgenstunden war der Körper aus der Elbe geborgen worden. Der Schiffsführer, einziges Besatzungsmitglied der Fähre, konnte sich den Unfall nicht erklären. In einem Videointerview mit dem Hamburger Abendblatt gab er an, das Boot habe zu dem Zeitpunkt nur wenige Passagiere gehabt. Die Frau müsse auf dem Oberdeck gestanden haben, das er von der hoch achterlich gelegenen Brücke eigentlich gut überblicken konnte. Aber natürlich kiekte man sick schomma um oder smökte sich en Zigorr … Im Fahrgastraum hatte jemand Alarm geschlagen, ein großer Schatten sei am Seitenfenster vorbei geglitten. Da hatte das Schiff bereits den Anleger Finkenwerder erreicht. – Ein Suizid?

Ich erzählte Opa nichts davon. Startete zwei Wochen später einen neuen Versuch. Mit Thekla. Die Trümmertorte mitbrachte. Ein Traum aus Rührteig, Baiser, Erdbeeren und Schlagsahne, verziert mit Mandelblättchen. Prachtstücke alle beide. Thekla war von ähnlich hohem Wuchs wie Opa, nicht so schwatzhaft wie Renate, aber von ausgesprochen trockenem Humor, der ihm augenscheinlich gut gefiel. Ich hatte ihn lange nicht mehr so laut lachen gehört. Wir begleiteten Thekla bis zum Hohenzollernring, wo sie die S-Bahn Richtung Blankenese nahm.

Als in den Abendnachrichten berichtet wurde, in der U-Bahnstation St. Pauli sei eine Frau im Gedränge vom Bahnsteig gefallen und vor den einfahrenden Zug gestürzt, kam mir eine üble Ahnung. Die sich anderntags bestätigte, als Theklas Konterfei in allen Netzwerken auftauchte. Ein Fremdverschulden wurde nicht ausgeschlossen, aber die Videoaufnahmen gaben nichts her, Zeugenaussagen konnten den Hergang nicht klären, Rush Hour, zu viele Menschen.

Opa, der nie den Fernseher einschaltete, schon gar keinen Internetzugang nutzte, erkannte ihr Bild in der Morgenpost, die er mir beim Frühstück reichte. »Schiet«, sagte er. Mehr nicht.

Ich war am Boden zerstört. Ja, ich hatte seit Wochen ein Spiel gespielt, moralisch sicherlich nicht ganz einwandfrei, aber doch in der besten Absicht! Einen Zusammenhang zwischen den beiden Unfällen zu vermuten, war absurd. Aber konnte das Zufall sein? Ich hatte mich auf etwas eingelassen, das gewissermaßen außer Kontrolle geraten war. Aufzugeben, das OpaistderBeste-Profil zu löschen und den Schleier des Vergessens über Renate und Thekla zu breiten, schien mir unredlich.

Ohnehin stand noch eine Verabredung aus. Jule war diejenige unter den von mir vorgetesteten Kandidatinnen, die ich bei unserem Date spontan umarmt hatte. Die Warmherzigkeit in Person. Strahlendes Lächeln, Grübchen, das weiße Haar zu einem altmodischen Knoten gebunden. Witwe wie die meisten meiner Favoritinnen, in einem früheren Leben Hafenmeisterin, zwei Jahre älter als Opa und im Unruhestand. Sie hatte vier Kinder und zehn Enkel in ganz Deutschland, die sie gern besuchte, weshalb wir nicht so schnell einen Termin gefunden hatten.

Als sie zurückkam, rief sie mich an. »Und? Hast du deinen Opa schon unter die Haube gebracht?«

»Du warst ja verreist«, sagte ich. Kein Wort zu den Zwischenfällen.

Meine Liste mit Großvaters Lieblingskuchen hatte sie nicht berücksichtigt. »Da fehlte noch was.« Sie drückte mir eine Schüssel in die Hand. »Puddingkuchen mit Rosinen.«

Opa, der dazu kam, leckte sich die Lippen: »Großer Hans«, sagte er. Er reichte Jule die Rechte. »Hans Hansen.«

Jule bat ihn, Sahne zu schlagen und ließ sich von mir die Mikrowelle zeigen, in der sie angedickten Kirschkompott mit Zimt aufwärmte, und zwinkerte mir zu. »Ich geb' dir das Rezept.«

Beim Kaffee unterhielten wir uns über meine Studienpläne, unsere Familien und die Liebe zur Seefahrt. Dass Opa sämtliche Meere bereist hatte.

»Jo«, sagte der. »Aber nirgends strahlt der Himmel so schön grau wie hier.«

Mir fiel fast der Löffel aus dem Mund. Hatte Opa soeben elf Worte am Stück gesprochen?«

Jule lachte. »Und der Wind kommt immer von vorn.«

Opa holte Alben aus dem Regal. Oma hatte seine Postkarten aus aller Welt eingeklebt und die Namen seiner Schiffe daruntergeschrieben. Jule kannte einige davon. Sie und Opa fachsimpelten über Bruttoregistertonnen oder Bruttoraumzahl, Höhe, Tragfähigkeit und Formkoeffizenten. Was hatte Opa geraucht, dass er in der letzten Stunde mehr Wörter abgesondert hatte als in dem kompletten Dreivierteljahr, in dem ich nun mit ihm zusammengelebt hatte? Da ich eh nur Bahnhof verstand, verdrückte ich mich in die Küche zum Abwasch. Als ich zurückkam, verkündete mein Großvater, er werde Jule jetzt nach Hause fahren. Zu ihr gewandt: »Wir wollen schließlich, dass du heil ankommst.«

Oha. Man war beim Du. Einerseits freute mich das Tempo der Annäherung. Andererseits verlief es anders, als ich geplant hatte. Ich blieb hinter der Tür stehen, als die beiden sich verabschiedeten und die Straße hinuntergingen. Es war nicht weit bis zu der Garage, in der Großvaters alter Volvo stand. Gegenüber verließ die Nachbarin gerade das Haus und schlug dieselbe Richtung ein wie Jule und Opa. Warum ging sie so dicht an der Wand entlang? Ich verließ ebenfalls das Haus, die Tür leise hinter mir zuziehend.

Als ich um die Ecke bog, sah ich Opa das Garagentor öffnen. Er drehte mir den Rücken zu. Jule stand ebenfalls mit dem Rücken zu mir. Sie war beiseitegetreten, um den Weg für das Auto freizugeben.

Die Nachbarin dicht hinter Jule.

Ich rannte los.

Die Polizei sagte nachher, ich sei ihr genau in dem Moment, in dem sie zustach, in den Arm gefallen. Das Messer glitt ab und hinterließ einen Schnitt in Höhe der untersten Rippe rechts. Jule und ich entwaffneten sie gemeinsam.

Opa kam dazu und fiel aus allen Wolken: »Hilde!«

Die Angesprochene schlug die Hände vor das Gesicht, schluchzte: »Ich war immer nur deine Zugehfrau! Nie wolltest du mit mir ausgehen!«

»Do olle Schreckschruuf!«, schimpfte Großvater.

»Du hast ja keine Ahnung! Ich hätte dir so was von Feuer unterm Hinter gemacht!« Hilde wies anklagend mit dem Finger auf mich: »Aber da war deine Enkelin vor!«

Ungläubig starrte ich sie an. »*Du* bist HildedieWilde, 56?«

Erstveröffentlicht in: *Hamburger morden anders*, Dirk-Laker-Verlag Bielefeld 2020

WATTEN MEER

Watten Meer!«, sagt Walter, als wir den Deich erreichen. Ja, das ist es. Es verschlägt dir die Sprache. Und das ist gut so. Weil eine Unterhaltung bei uns selten gut ausgeht.

Eine schleichende Entwicklung, die ich übrigens bei vielen Ehepaaren beobachte. Reizwörter lösen vorhersehbare Reaktionen aus und führen zu einer unaufhaltsamen Eskalation des Sich-gegenseitig-Anmachens. Man weiß, was passiert, wenn man dies oder jenes anspricht, eiert rum und versucht es unverfänglich zu verpacken. Aussichtslos.

Etwa der Satz: »Schatz, magst du mitkommen eine Runde spazieren?«, kann so was von nach hinten losgehen. Schon die Anrede »Schatz« ist hoch brisant. Während eines Kur-Aufenthalts habe ich in einer Gesprächsgruppe gelernt, dass alle Menschen mehr oder weniger bewusst emotionale Haben- und Soll-Konten führen. Da halten sie fest, was ihnen von anderen Gutes widerfahren ist beziehungsweise inwiefern sie etwas gut haben bei anderen. Wenn ich es halbwegs realistisch einschätze, sind Walters und meine Konten eigentlich einigermaßen ausgeglichen. Das Problem ist, dass man versäumt, den Ausgleich vorzunehmen. Man häuft an und an und an. Vor allem beim Soll. Jedes Mal, wenn man etwas auf die Debitoren-Seite schiebt, sieht man den Berg wachsen. »Schatz« klingt ja eigentlich ganz positiv. Aber jedes »Schatz«, das je einen Vorwurf oder eine Bitte eingeleitet hat, die eine unangenehme Pflicht nach sich zog, jeder spöttische Beiklang ist auf der Soll-Seite für die Ewigkeit konserviert.

»Mitkommen« ist ähnlich besetzt. Wie oft hat »Mitkommen« für Walter Tragetaschen schleppen im Supermarkt, Dichtungsringe im Bad austauschen oder sich auf irgendwelchen Veranstaltungen langweilen bedeutet?

»Eine Runde« ist doppelt prekär. Weil sie meist furchtbar untertreibt. Ohne jede böse Absicht. Man möchte, dass der andere nur mal eben etwas tut – und schwupps ist viel Zeit vergangen. Wer ist es schuld? Der, der vorgegeben hat, dass das Vorhaben gar nicht so lang dauern werde.

»Rund« ist gleichzeitig ein spezielles Reizwort zwischen uns beiden. Weil mein Mann mich gerne so nennt und ich das hasse. Walter denkt also schon, wenn er »Runde« hört, an meine beleidigten Reaktionen, wenn er mich damit neckt, und so kriegt er schlechte Laune, noch bevor irgendein Anlass dazu bestünde.

Na, und so fort. Der Fundus an Schlechte-Laune-Reizwörtern bei alten Paaren ist unerschöpflich. Wir sind ein altes Paar. Ein Vierteljahrhundert verheiratet. Auch das sorgt für ungute Schwingungen. Weil ich gestern von meinem Jungmädchen-Traum gesprochen habe: Ich hätte so gerne kirchlich geheiratet! Erst letzten Sonntag hat der Pfarrer gesagt, ein Leben ohne kirchlichen Segen sei ein Leben in Sünde. Das saß. In den letzten beiden Jahren habe ich viel bilanziert. Ich will das Walter gegenüber gar nicht ansprechen. Er würde es nur wieder als Bestätigung verstehen, dass mein: »Schatz, magst du mitkommen?«, durchaus in der Absicht ausgesprochen worden sei, ihn mit noch ganz anderen Dingen zu behelligen. Natürlich möchte ich, dass er auch einmal nachdenkt. Dafür sind Spaziergänge nun einmal gut. Hier im Wangerland ganz besonders. Weil der Anblick des Meeres einen an die Ewigkeit und die eigene Sterblichkeit gemahnt und den Gedanken nahelegt, dass man etwas für die Seelenhygiene tun muss.

Wenn man zur anderen Seite guckt vom Deich aus, sieht man die Maria. Und die ist erst recht so, dass man niederknien und den lieben Herrgott um Vergebung für alles bitten möchte, was man je getan hat oder vielleicht auch nur je tun könnte. Für mich ist sie eine Person, meine Vertraute, auch wenn es nur ein Gebäude ist, das ihren Namen trägt. Die Maria hat mir den Gedanken an eine kirchliche Hochzeit überhaupt erst eingegeben. Endlich Frieden finden. Miteinander. Einen Kontenausgleich vornehmen.

Walter hat vor einem Vierteljahrhundert das Häuschen im Oldeoogweg von seiner Tante geerbt. Damals sind wir gleich nach der Hochzeit hierhergezogen. Günstiger kann man ja kaum leben. Wir kannten keinen hier. Mit wem hätten wir feiern sollen? Walter war immer unterwegs. Seine Spedition hatte die Route Minsk-Paris fest im Griff. Weil er so selten da war, hat er auch seinen Ruhrgebietszungenschlag nie abgelegt. Wenn er »Watten Meer« sagt, meint er zwar das Wattenmeer, aber eigentlich ist er platt von so viel Weite. Klar doch. Er kennt sonst nur seine Fahrerkabine.

Ich hab mich all die Jahre hier am Ende der Welt gefühlt. Schillig! Für Walter hieß das Chillen nach anstrengenden Autobahntagen. Ich hab mich gelangweilt. Hier und da gejobbt. Wir hatten es nicht wirklich nötig.

Zwei Kinder hab ich verloren. Dann hat Walter sich sterilisieren lassen, und ich war ganz froh, dass er mir nicht irgendwann mit einem Balg aus Bialystok oder Belgien um die Ecke kommen konnte. Stattdessen brachte er die Köter mit.

Ich hab versucht, mir die Einsamkeit mit den Katzen zu vertreiben. Es gibt viele Streuner hier. Wir haben den Campingplatz und viele Ferienhäuser. Katzen werden schon mal mitgebracht und dagelassen. Die vermehren sich und entfalten ein Eigenleben. Ich hab das immer bewundert. Diese Autonomie. Man setzt sie irgendwo aus, und sie kommen schon zurecht. Mir ist das mein ganzes Leben lang schwergefallen. Ich wollte immer festhalten. Oder weg. Wollte mehr. War immer unzufrieden.

Walter kann das besser. Das sich Abfinden. »Nu lass ma die Kirche im Dorf!«, hat er immer gesagt.

Die Kirche! Sie hat den Anstoß gegeben. Anfang des Jahres ist sie fertig geworden. Da hab ich endlich verstanden, dass ich hier im Grunde alles hab. »Festes Herz und weiter Horizont«, hat der Pfarrer bei der Einweihung gesagt. Genau das spürt man, wenn man am Deich steht.

Die haben die Kirche ganz raffiniert gebaut. Schon rein optisch. Man hat das Gefühl, dass man mitten im Meer ist. Das wellenförmige Dach, die geschwungenen Wände, die bläulichen Lichtreflexe, die durch das Glas entstehen, diese Anmutung von Dünen und Wasser und Weite, die fossilen Meerestiere im Boden. Aber die haben sich noch mehr Tricks einfallen lassen. Zum Beispiel den separaten Eingang für Menschen, die beichten wollen. Das macht es irgendwie leichter. Ich hab nach meiner Kommunion nie wieder gebeichtet. Nicht wirklich, meine ich. Man kennt ja so Formulierungen, die man da von sich geben kann. Nichtssagender Quatsch. Wieso sollte man sich vor irgendwem rechtfertigen? Vor dem lieben Gott – okay. Aber da steht ja immer so ein Kerl dazwischen, der es einem verdammt schwer macht. Bigottes Getue lebensfeindlicher Traumtänzer! Schon diese überheblichen Stimmen, die mich »Tochter« nennen und zu Menschen gehören, die in ihrem Leben nicht erfahren haben, wie man Kinder überhaupt zuwege bringt. Okay, viel weiter habe ich es auch nicht gebracht. Aber weiter als diese zölibatären Lebenswaisenkinder allemal. Egal! Ich hab den Bau des Gotteshauses begleitet. Ich meine, ich war oft da. Bin ein bisschen drumherum geschlichen wie die Katze um den heißen Brei. Und wenn keiner aufgepasst hat – nachts – bin ich auch schon mal auf der Baustelle gewesen. Irgendwie war mir klar, dass diese Kirche meine Chance sein könnte. Unsere. Also Walters und meine.

Als sie fertig war, bin ich ein paarmal drin gewesen, und dann hab ich irgendwann auch den Nebeneingang gewählt. Den zur Beichte. Ein Vierteljahr später, im Wonnemonat Mai, hatte ich eines Nachts den Traum, dass ich Weihnachten mit Walter hier vor den Altar trete. Ich hatte da seit meiner Pubertät nicht mehr dran gedacht. Zwei weitere Vierteljahre habe ich gebraucht, ihm davon zu erzählen. Es ist so viel schwerer, jemandem sein Herz zu offenbaren, der es irgendwann in früher Vorzeit vielleicht mal kennengelernt hat und es seitdem vor sich hin rotten lässt – neben lauter anderen Dingen, über die man nie wieder nachdenkt: Farbe der Tapeten, Führerscheinprüfung, Frühstücksvorlieben oder Vaterunser. Man kennt das. Irgendwann einmal hat es vielleicht eine Rolle gespielt. Jetzt lebt man damit, aber es interessiert nicht weiter.

Die ganze Strecke am Meer entlang schaffe ich es tatsächlich den Mund zu halten. Ich fasse Walter noch nicht einmal an. Wir gehen den Bogen am Jadebusen entlang, Am Leuchtfeuer, Mellumweg, stehen an der Spitze des Wangerlands, wo vor uns, rechts und links nur noch Wasser ist, laufen ein wenig am Strand westwärts, weißen Sand unter den Füßen, Wind in den Haaren, der alles Hässliche aus dem Kopf blasen soll, schlagen schließlich den Weg am Schillighafen ein und gehen links über den Norderaltendeich wieder zurück. Hinter dem Schilliggroden zupfe ich Walter am Ärmel. Er reagiert sofort und wendet sich nach links zur Wiesenbatterie, wo sich die Reste der Militärbunker von vor dem Weltkrieg befinden. Mit den Hunden sind wir immer hier hergegangen. Als das Gebiet 1982 unter Naturschutz gestellt wurde, mussten sie natürlich an der Leine geführt werden. Aber der Weg blieb der gleiche. Schließlich ist es der einzige bewaldete Bereich in der Marsch. Das hat was.

Als wir vor dem Eingang zu dem gesprengten Unterschlupf ankommen, bleibe ich stehen. »Walter«, sage ich. »Immer wenn wir hier sind, hab ich sie im Kopf. Und deshalb muss ich es dir endlich sagen.«

Er guckt mich an, und im ersten Moment denke ich: Nein, er lässt es nicht zu. Er will, dass alles so bleibt, so eingefahren, so verkrustet. Da, wo er sich vor ich-weiß-nicht-wie-vielen Jahren verschanzt hat und nur noch aus sich herausgegangen ist, um abzuwehren, was an ihn herangetragen wird. Aber es gibt kein Zurück mehr. Nicht für mich. Ich habe alles gebeichtet. Das tat gut. Jetzt muss ich es endlich auch zu Ende bringen.

»Ich hab sie umgebracht«, sage ich. »Alle drei. Cäsar, Bob und Paul.«

Er guckt mich an, ohne eine Miene zu verziehen. Guckt, sieht, wie mir die Tränen in die Augen schießen und überlaufen, sieht ernst aus, aber nicht überrascht. Guckt mich einfach nur an.

»Ich hab sie so gehasst!«, schluchze ich. »Aber jetzt tut es mir leid!« Es ist wirklich so. Ich bereue. Jetzt, in diesem Moment vermisse ich sie sogar ein bisschen. Wenn ich könnte, würde ich sie wieder lebendig machen. Es ist mir klar, dass ich Walter damit wehtun wollte. Mich für meine eigene Unzufriedenheit an ihm rächen. Für die er doch gar nichts konnte. Oder doch? Er hat die Viecher schließlich irgendwo aufgegabelt, mit nach Hause gebracht, mir aufgebürdet, und dann war er wieder weg. Und ich konnte zusehen, wie ich mit den Streunern klarkam. Hätte ich mich wehren können, mich weigern? Was wäre die Alternative gewesen? Tierheim? Walter mit seinem weichen Herz!

»Ich hätt's mir denken können«, sagt Walter nach einer gefühlten Ewigkeit. »Schon komisch, dass nur immer unsere Hunde an Rattengiftködern krepiert sind.«

Ich bin so froh, dass es raus ist. Auch wenn das mit der Hochzeit auf einmal vollkommen absurd anmutet. Trotzdem war es das einzig Richtige. Von mir aus kann er mich jetzt zum Teufel jagen. Immer noch besser als den Ballast der letzten zwanzig Jahre weitertragen! Ich schniefe und wische mir mit dem Ärmel über die Augen. Gucke Walter an, der immer noch vor mir steht wie ein Eisheiliger. Keine Miene verzieht. Noch nicht einmal wütend guckt.

»Okay, dann räumen wir mal auf«, sagt mein Mann, und ich halte die Luft an. Was kommt jetzt?

»Milli, Kathi und Kim hab ich umgebracht«, sagt Walter. Sein Blick geht irgendwo in die Baumwipfel, als suchte er etwas, ein Tier, das dort oben auf der Suche nach Vogelnestern unterwegs ist. Er räuspert sich.

»Ich war einfach nur scheiße drauf, was deine Katzenliebe anging. Genau genommen war ich total eifersüchtig. Weil sie sämtliche Streicheleinheiten von dir abgekriegt haben.« Wieder räuspert er sich, und jetzt sehe ich, dass da etwas blinkt in seinen Augen.

»Ich fass es nicht!«, sage ich und weiß gar nicht recht, was ich damit genau meine: sein Geständnis, dass er die Katzen umgebracht hat, die Tatsache, dass mein Mann heulen kann, oder das Durcheinander, das hier gerade entstanden ist. Na, und irgendwie hätte ich es mir ja auch denken können. Wieso hatten immer nur unsere Katzen von irgendwelchen vergifteten Ködern gefressen?

»Was für ein Kuddelmuddel!«, sagt Walter und wischt sich mit dem Ärmel über die Augen. Als er mich wieder anguckt, blinkt da noch etwas anderes, und das kommt mir fast vor wie ein Lächeln. Ich sehe ihn an, und es zuckt in seinen Mundwinkeln. In meinen auch. Trotz der Tränen, die auf meinen Wangen nasse Spuren hinterlassen haben, fange ich an zu kichern.

»Mensch, Olle!«, sagt Walter und breitet die Arme aus. Wir klammern uns aneinander und heulen und lachen gleichzeitig.

Diese Adventszeit ist die schönste meines Lebens. Aufregend wie damals vor der Hochzeit. Aber von der damaligen Angst ist nichts zu spüren. Nur eine große Wärme und Freude, die durch die Traurigkeit – über unsere Sünden und über die verlorenen Weggefährten – nicht geschmälert wird, sondern die ihr eher Tiefe verleiht. Walter hat kein Wort mehr darüber verloren. Aber er ist am nächsten Tag zur Beichte gegangen, und dann hat er den Pfarrer gebeten, uns zu trauen.

Wir haben in diesem Jahr die Krippe für die Gemeinde aufgebaut. Die alte aus der Münsteraner Lamberti-Kirche. Während der Bauzeit von St. Maria hatte sie im Vorraum der evangelischen Nikolaikirche Asyl gefunden. Jetzt steht sie zum ersten Mal in ihrem neuen Zuhause.

Was uns beiden besonders gut an unserer Kirche gefällt: dass dort bei aller Modernität das Alte in Ehren gehalten wird. Orgel, Glocken,

Tabernakel, der Christus, die Muttergottes und sogar ein Fenster sind aus Vorgängerbauten und anderen Kirchen übernommen worden. Und noch etwas hat in Maria seinen Platz gefunden. Etwas, das zu unseren Füßen liegt, als wir vor dem Traualtar stehen. Ich habe es Walter am Abend vorher erst gebeichtet. Es war mein erster Versuch der Buße. Ich weiß ja nicht, ob wir jemals in den Himmel kommen. Ob es so etwas wie ein Paradies überhaupt gibt. Schon gar einen Katzen- oder Hundehimmel. Es ging mir um die Geste, als ich die sterblichen Überreste unserer Haustiere vor zwei Jahren im Garten ausgebuddelt habe, um sie auf der Baustelle zu bestatten. Es war eine Art vorweggenommene Beichte. Eine Wiedergutmachung an den Tieren, die doch nun gar nichts dafür konnten.

Als wir uns am vierten Advent vor Gott das »Ja«-Wort geben, finde ich es irgendwie passend, dass das auf den Gräbern unserer Hunde und Katzen geschieht. Wir haben gemordet, alle beide. Die schlimmste Sünde überhaupt. So entsetzlich das ist: Dass wir es einander eingestanden haben, hat unserer Ehe ein neues Fundament gegeben.

Zwei Tage später gehe ich ins Tierheim, um einen Welpen für Walter auszusuchen. Zu Weihnachten. Beim Ausfüllen der Papiere stutzt der Mitarbeiter. »Oldeoogweg? Moment, der Nachname –«

Er blättert in den Papieren und murmelt: »Ist da nicht gestern die Katze –?« Er sieht verwirrt auf, weil ich so laut juchze.

»Bitte vergessen Sie, was ich gesagt habe!«, beschwört er mich.

»Aber natürlich«, lüge ich und verabschiede mich schnell.

Nein. Natürlich vergesse ich das nicht. Auf der Haben-Seite kann man gar nicht genug aufhäufen, finde ich.

Erstveröffentlicht in: *Mordlichterglanz*, Hrsg.: Heidrun Immendorf und Angelika Schulz-Parthu, Leinpfad Verlag Ingelheim 2015

FÜR DICH SOLL'S ROTE ROSEN REGNEN

Willem trug mich die knarrende Stiege hinauf, stieß die Tür zu seinem Schlafzimmer auf und legte mich behutsam auf dem Gründerzeit-Himmelbett ab, das über und über mit Rosenblättern bedeckt war. Er stellte das Grammophon an. Die Stimme der Knef füllte den Raum: »Für mich soll's rote Rosen regnen ...«, dann entkleidete er mich behutsam. Ich schloss die Augen, während seine Hände meinen Körper erforschten. Dass so große schwielige Hände so zärtlich sein konnten …

Es war erst drei Wochen her. Auf dem Trödelmarkt in Hauset, gleich hinter der belgischen Grenze. Der Stand hatte mich magisch angezogen. Gar nicht mal wegen der Jugendstil-Möbel, die auf den Flohmärkten in der Aachener Grenzregion in solchen Mengen angeboten wurden, dass ich mich manchmal fragte, ob das mit rechten Dingen zugehen konnte.

Es war das Grammophon auf der Marmorplatte eines Waschtischchens. Vielmehr nicht das Grammophon. Das Lied. Die raue Stimme der Knef. Sofort hatte ich die meiner Mutter im Kopf. Sie hatte die Knef immer eine Oktave höher begleitet, was der Sehnsucht nach dem Rosenregen einen noch melancholischeren Beigeschmack gegeben hatte. Zumal sie zu Tremoli neigte. Als Kind hörte es sich für mich so an, als wimmerte sie, während sie mitsang. Meine Mutter war immer von einer Wolke von Traurigkeit umgeben gewesen, und ich hatte das unbestimmte

Gefühl, dass es mit mir zu tun hatte. Kinder neigen wohl dazu, alles auf sich zu beziehen. Diese Stimmung hat meine frühe Jugend überschattet. Obwohl ich eigentlich ein unproblematisches Kind war. Keine Krankheiten, Unfälle, besonderen Vorkommnisse. Meine Mutter war sehr liebevoll. Die schlimmste Erfahrung, an die ich mich erinnere, war, dass ich am ersten Schultag geklammert und geweint hatte, als wir unsere Eltern auf dem Schulhof verabschieden und mit unserer Klassenlehrerin in das düstere Grundschulgebäude gehen sollten. Kaum drinnen, war die Beklemmung vorbei. Die Räume waren hell, die Wände bunt gestrichen, meine Lehrerin nahm mich an der Hand, nannte mich ein »tapferes Mädchen« und ich bekam einen Platz am Fenster, wo ich meiner Mutter zuwinken konnte.

Der Mann lachte, als ich fragte, was das Grammophon koste.

»Das ist unverkäuflich«, sagte er. Er hatte diesen kleinen Akzent, der den Niederländer verriet, dieses kehlige »ch« und scharfe »s« – wie ich es liebe! – und so ein wunderbares Lächeln in der Stimme und in den Fältchen neben den Augen, sodass ich stehen blieb und eine Weile mit ihm plauderte. Über Kindheitserinnerungen an Schlager, melancholische Lieder und die Knef. Ich erfuhr, dass der Vater der Knef aus dem flämischen Teil von Belgien stammte und an Syphilis gestorben war, als die kleine Hildegard gerade ihren ersten Geburtstag gefeiert hatte.

»Das ist ja lustig«, sagte ich. »Ich bin auch ohne Vater groß geworden.«

Er hob eine Augenbraue. »Lustig?«

»Ein merkwürdiger Zufall«, verbesserte ich mich.

»Ist das nicht eher ziemlich weit verbreitet?«, gab er zurück. »Väter, nein Männer neigen nun mal zu Flüchtigkeit.«

Es lag mir auf der Zunge ihn zu fragen, ob das auch auf ihn zutreffe, und in dem kurzen Moment des Zögerns, ehe ich antwortete, war ich mir sicher, dass er genau wusste, was ich dachte, denn er lachte und zwinkerte.

»Nicht alle.«

»Schlimmer wäre wohl, wenn die Mütter sich verflüchtigten«, wich ich aus.

»Meine ist im letzten Jahr gestorben«, sagte er.

»Meine vor zwei Wochen.«

Wir lachten, obwohl es doch traurig war.

Wie war das möglich, dass man mit einem wildfremden Menschen so persönliche Dinge austauschte? Ich grüßte, ging hastig weiter. Gleich darauf tat es mir leid.

Drei Wochenenddienste später wollte ich mit einer Freundin eine Radtour machen. Ich stand vor dem Fahrradschuppen, als mein Smartphone vibrierte. Sie schaffe es nicht. Ich blinzelte in die warme Augustsonne und brach mit unbestimmtem Ziel in Richtung Grüne Grenze auf, radelte über den Frepert in Richtung Hauset Zentrum, dachte an Lachfältchen in Augenwinkeln. Wahrscheinlich war er gar nicht da, zweifelte ich, als ich mein Fahrrad in der Nähe der Cafeteria abschloss und in die Richtung bummelte, wo er das letzte Mal gestanden hatte. Ich war oft auf dem Euregio-Markt in Hauset gewesen, ohne dass mir der Mann mit dem Grammophon je aufgefallen wäre. Aber ich kam schließlich, um Trödelware anzugucken, nicht Trödler. Zumal der Stand mich nicht interessierte – was sollte ich mit Möbeln? Ich musste zusehen, dass ich entrümpelte.

Es war Knall auf Fall gegangen mit meiner Mutter. Bauchfellkrebs. Fortgeschrittenes Stadium. Drei Wochen, sagte der Arzt, aber man könne nie wissen. Ich hatte immer schon gewusst, dass ich wieder zu ihr ziehen würde, wenn sie mich brauchte. Als Tochter, als ausgebildete Krankenschwester – und Erbin des Häuschens. Ich nahm unbezahlten Urlaub, kümmerte mich um den Umzug und ihre Pflege – vier Wochen später um die Beerdigung. Ließ es rote Rosen regnen auf ihren Sarg und das Lied der Knef dazu spielen. Ich war mir sicher, dass es ihr gefallen hätte. Neben einigen guten Freunden und im Rückblick weniger guten Beziehungen war meine Mutter der einzige Mensch auf der Welt gewesen, der mir etwas bedeutet hatte. Ich vermisste sie. Wie sehr, merkte ich erst, als die Aufregung sich gelegt und ich ein paar ruhige Minuten für mich fand.

Ich war jetzt Mitte dreißig. An eigene Kinder war kaum noch zu denken. Eins hatte ich aus meiner frühesten Jugend mitgenommen: Ich wollte keins allein großziehen.

Mein leiblicher Vater war bereits verheiratet und nicht gewillt gewesen, diesen Zustand zu ändern. Meine Mutter sollte gefälligst abtreiben. Auf Unterhalt brauchte sie nicht zu spekulieren, hatte er gesagt. Auf keinen Fall dürfe seine Frau von dem Seitensprung erfahren.

»Warum hast *du* es ihr nicht gesteckt?«, fragte ich.

»Meinst du, er hätte mir seine Adresse verraten?«, gab meine Mutter zurück. »Im Nachhinein bin ich noch nicht einmal sicher, ob er mir seinen richtigen Namen gesagt hat. Ich hab ihn nie nach dem Ausweis gefragt. Er war geschäftlich in Aachen, kam aus Frankreich, wo er für einen belgischen Energiekonzern arbeitete. Vielleicht war das ja alles gelogen.« Mutter seufzte.

»Arschloch!«, entfuhr es mir.

Mutter hatte Tränen in den Augen. »Ich habe ihm gesagt, dass ich ihn nie wieder sehen wollte.«

Ein Geschmack von Galle brannte in meiner Kehle. »Ich glaube, ich hätte zum Messer gegriffen!«, sagte ich. Der Kerl hatte mich umbringen wollen! Jeder Richter hätte mir mildernde Umstände gegeben.

»Ich habe ihn rausgeschmissen«, sagte meine Mutter. »Und nie wieder von ihm gehört. – Lass uns bitte von schöneren Dingen reden! Begraben und vergessen!«

Der Stand! Er war wieder da! Hatte er mich erkannt? Er wandte mir den Rücken zu und ging zu dem Grammophon. »Für mich soll's rote Rosen regnen«, sang die Knef. Mir wurde warm. Als er sich wieder umdrehte, stand ich so dicht vor ihm, dass ich die Lachfältchen hätte zählen können.

Er strahlte. »Da bist du ja!« Betonte das ‚bist', als hätte er mich vermisst.

Nein, das war kein typischer Trödler. Die hatten zottelige Haare, trugen Latzhosen, Jesuslatschen, waren irgendwo in den frühen siebziger Jahren stehengeblieben und machten den Eindruck, als hätten sie sich während des Studiums zu oft die Birne zugekifft. Nachdem sie das Aachener Umland jenseits der BRD als billigen Wohnraum kennengelernt hatten, erweiterten sie ihre dem Grenzverkehr geschuldete Handelspalette von Cannabissorten um alte Möbel und Antiquitäten, bis sie das Studium irgendwann im siebzehnten Semester abbrachen.

Dieser hier war von angenehmer Normalität, Jeans, Holzfällerhemd, Sneakers, kurze dunkle Haare, an den Schläfen ein winziges bisschen grau meliert, irgendwo um vierzig, schätzte ich. Ein Schreiner oder Handwerker jedenfalls, den schwieligen Händen nach zu urteilen.

»Bist du eigentlich immer hier?«, fragte ich.

»Nur wenn meine Kunden was loswerden wollen.«

»Hä? Ich dachte, du verkaufst hier!«

Er lachte. »Die Kunden, für die ich arbeite.«

»Was arbeitest du denn?«

»Ich hab eine Schreinerei. Wenn ich Einbauten mache, werde ich gelegentlich gebeten, Rommel abzufahren.«

»Rommel?«

»Für die ist es Gerümpel.«

»Bist du eigentlich Holländer? Du sprichst hervorragend deutsch.«

»Ich hab mal in Deutschland gearbeitet. Aber jetzt bin ich dran. Wie kommt es, dass du alleine unterwegs bist? Suchst du etwas Bestimmtes?«

Dich, dachte ich. Sagte: »Nö. Ich war mit einer Freundin zu einer Radtour verabredet. Die konnte nicht. Da bin ich alleine –«

»Du bist mit dem Fahrrad hier?« Er sah zum Himmel. Im gleichen Moment sah ich es auch. Wolken zogen auf.

»Schiet op!«, sagte er. Im ersten Moment dachte ich an einen Kraftausdruck. Dann fiel mir ein, dass opschieten so viel hieß wie beeilen.

»Uff«, sagte ich. »Ich Idiot hab kein Regenzeug dabei.«

Er grinste. »Schöner Name! Angenehm. Willem.«

»Karin.«

»Okay, Karin. Vorschlag: Hilf mir aufladen. Dein Fahrrad packen wir dazu, und dann kriegst du bei mir einen Kaffee. Bis das Unwetter vorbei ist.«

Ich zögerte.

Er hielt mir eine Karte hin: »Ich wohne in Raeren, nicht weit von hier. Gib deiner Freundin Bescheid, wo du bist, dass sie weiß, wohin sie die Polizei schicken muss, wenn ich dich nicht mehr weglasse.«

‚Wenn ich dich nicht mehr weglasse!'

Ich rief nirgends an. Holte mein Fahrrad, und wir beluden den Transporter.

Rundum wurde hektisch abgebaut. Nur in der Halle ging der Verkauf weiter. Die ersten Tropfen fielen.

Eine Viertelstunde später rumpelte der Wagen durch eine Hofeinfahrt. Der Regen klatschte derart heftig auf die Windschutzscheibe, dass ich nicht mehr viel erkennen konnte. Ein Gebäude vor uns, zwei rechts und links, die eher wie Werkstätten wirkten, ehemalige Ställe.

Willem fuhr vor das Haus, stellte den Motor ab, sprang aus dem Wagen, lief ums Auto herum und riss meine Tür auf. »Schnell!«

Ich sprang ihm fast in die Arme. Er zog seine Jacke über unsere Köpfe, legte den Arm um meine Schultern, und wir rannten zur Tür. Als wir im Flur standen, hinterließen wir bereits Wasserpfützen. Er zog mich ins Wohnzimmer, legte mir eine Wolldecke um und schob ein paar Scheite in den Kamin, den er befeuerte.

Dann lief er wieder hinaus. Ich hörte die Haustür, dann die große Wagentür. Kurz darauf schlug die Wagentür wieder zu, dann die Haustür. Ich ging ihm entgegen, zur Wohnzimmertür. Willem war triefnass. Er trug etwas Unförmiges, über das er seine Jacke geworfen hatte. »Ich bring das eben rauf.«

Ich kuschelte mich mit der Decke in einen Sessel. Als er zurückkehrte, hatte sein Hemd die Farbe gewechselt. Die Haare wirkten, als habe er sie mit einem Handtuch trocken gerubbelt, aber das Kämmen vergessen. Er kniete vor dem Kamin, stocherte im Feuer, legte Holz nach.

»Wohnst du hier ganz allein?«, fragte ich den Holzfällerhemdrücken.

Willem warf mir einen Schulterblick zu. »Meine Mutter ist gestorben.«

Stimmt. Das hatte er erzählt. Aber hatte er mit ihr hier gelebt? Bis sie gestorben war? – Wie Psycho war das denn? Hitchcocks Film schoss mir in den Kopf. Der Motel-Besitzer Norman Bates, der allein reisende Frauen umlegte, weil seine verstorbene Mutter, deren Normen er in seine gespaltene Persönlichkeit integriert hatte, seine sexuellen Bedürfnisse nicht tolerierte.

»Alles klar?«, fragte Willem.

Hätte ich ihn bitten sollen, dass er mir noch einmal seine Karte zeigte? Wie peinlich! Ich nickte.

Er verschwand nebenan in der Küche, wo er mit Schranktüren und Geräten klapperte. »Tee? Kaffee?«, rief er, steckte den Kopf wieder zur Tür herein und zwinkerte. »Oder ein Glas Wein?« Mit Blick auf die Armbanduhr: »Halb sechs. Fast Abend, oder?«

»Na, gut«, sagte ich unbestimmt.

Kurz darauf kehrte er mit zwei Rotweingläsern zurück, hielt mir eins hin, stieß mit mir an, sagte »Prost« und trank.

»Du willst mich willenlos machen«, konstatierte ich.

»Uns beide«, korrigierte er.

»Na, dann.« Ich trank. Was folgte, würde dem Wein geschuldet sein.

Nach dem dritten Glas setzte ich mich zum Anstoßen neben ihn. Bevor wir einen Schluck getrunken hatten, küsste er mich, und dann ging alles so traumhaft selbstverständlich, dass ich geradezu enttäuscht war, als er mich wieder von sich schob und fragte: »Ist das okay für dich?«

Ich hatte keine Lust zu antworten, wollte meine Nase in seine Halsbeuge versenken, die so gut roch, aber er gab zu bedenken, dass er mich, wenn wir jetzt nicht weitermachten, noch nach Hause fahren könnte. Ansonsten könne er mir gerne sein Bett anbieten und würde auch, wenn mir das lieber wäre, auf dem Sofa – Ich knabberte mich von der Halsbeuge aufwärts und küsste ihn, bevor er noch mehr Schwachsinn von sich geben konnte.

Als wir wechselseitig die Regionen unter unserer Kleidung soweit erforscht hatten, dass ein Ausziehen unumgänglich war, schob er mich wieder von sich. »Ich muss erst mal gucken, wie es oben aussieht. Warte, ich hol dich«, sagte er und verschwand im Flur. Ich schloss die Augen, hörte ihn die Treppe hinauf und oben hin- und herlaufen. Seine schnellen Schritte abwärts. Dann stand er wieder vor mir und nahm mich auf den Arm.

Er hat es Rosen regnen lassen für mich. Mich in rote Blütenblätter gebettet und nach Strich und Faden verwöhnt. Nachdem er mich komplett entkleidet hatte, zögerte er, nahm meine Hand in seine, küsste die Innenfläche, streichelte meinen Ringfinger und vergewisserte sich: »Da ist niemand, der auf dich wartet?«

Ich schüttelte den Kopf. Stellte keine Fragen. Was wusste ich von ihm? Meine Sehnsucht hatte mich ihm in die Arme getrieben. Das Gefühl, dass ein unsichtbares Band zwischen uns beiden existierte, das mich zu ihm hinzog.

Ihn doch genauso! Als wären wir füreinander bestimmt!

Wir konnten uns nicht aneinander sattlieben. Wie lange war es her gewesen, dass ich mit einem Mann das Bett geteilt hatte? Ich hätte schwören können, es sei nie so schön gewesen. So selbstverständlich und beglückend zugleich.

Als ich zum dritten Mal kam, meinte ich urplötzlich zu zerfließen. Als wenn die Ekstase den letzten Knoten in mir gelöst hätte. Ich lag auf dem Rücken. Tränen stömten mir aus den Augenwinkeln. Willem küsste sie behutsam weg.

»Habe ich dir weh getan?«, raunte er mir ins Ohr. Dieses »ch«!

»Nein, überhaupt nicht«, schluchzte ich.

Ich schmiegte mich an seine breite behaarte Brust und heulte mir die Seele aus dem Leib, ohne überhaupt zu wissen, was es war, das diesen Strom verursachte. Doch. Meine Mutter! Ich weinte um meine Mutter. Dass sie gestorben war. Weinte über ihr Leben. Ihr Unglück. Mich. Nein, nicht mich! Aber das, was dafür gesorgt hatte, dass es mich gab. Vielmehr den! Nein, um den weinte ich nicht. Er mochte in der Hölle schmoren! Ich weinte, weil er meiner Mutter keine Wahl gelassen hatte! Sie hätte ihn rausgeschmissen, hatte sie gesagt. Ja, so war es. Ich habe ihr Tagebuch gelesen. Überlegt, ob ich es nicht besser verbrenne. Wollte es! Aber es brannte nicht. Einzelne Blätter sind kein Problem. Die brennen blitzschnell lichterloh. Aber ein kompakter Block Papier … Das Feuer erlosch, ehe der Einband sonderlich angekokelt war. Da habe ich es gelesen.

Sie hatte sich auf den Speicher geflüchtet. Dorthin, wo sie immer hinging, wenn sie Ruhe brauchte. Ihre Gedanken sortieren wollte. Er war ihr gefolgt und hatte sie bedrängt. Mich zu töten!

Da hatte sie ihn rausgeschmissen.

Aus dem Dachbodenfenster. Es war ein großes Fenster, das bis zum Boden ging. Mein Großvater hatte es eingebaut. Keine besonders stabile Konstruktion. Als sie den Mann wegstieß, prallte er mit dem Rücken dagegen, der Rahmen gab nach, das Glas splitterte, und mein Vater verschwand.

Als sie unten ankam, lag er mit verdrehten Gliedern und abgeknicktem Kopf auf dem Rasen vor dem Rosenstrauch.

Dort, im Schutz der großen Hecke, hatte sie ihn begraben.

Ich hatte es nicht glauben wollen. Bin am nächsten Tag dem Rosenstrauch mit dem Spaten zu Leibe gerückt. Stieß auf einen Schädel, Knochen und einen goldenen Ring. Den Ehering meines Vaters. Marinus. Das war der Name, den meine Mutter mir genannt hatte. In dem Punkt hatte er sie offensichtlich nicht angelogen. Der Name seiner Frau war seinem vorangestellt. Grietje. Den Namen hatte meine Mutter nie erfahren. So wie Grietje den meiner Mutter nie kennenlernen musste, nie etwas von ihrer Existenz geahnt haben mochte. Geschweige denn, wo ihr Gatte geblieben war. Vielleicht wähnte sie ihn ja irgendwo auf einer Fidschi-Insel mit einer glutäugigen Schönen. Sie wird ihn irgendwann für tot erklärt haben.

Es war mir vollkommen egal, genauso, wie mich der Tod meines Vaters vollkommen kalt ließ. Um ihn konnte ich keine Träne vergießen.

Ich weinte um meine Mutter. Um den Schatten über meiner Jugend, den ich jetzt erst begriff. Tastete nach dem Ring an meinem Finger. Dem meines Vater, der mich hatte umbringen wollen. Bevor meine Mutter ihn umbrachte.

Willem rückte ab. Sagt: »Da ist jemand.« Fixierte den Ring.

»Nein«, schluchzte ich. Um es ihm zu beweisen, zog ich ihn ab und reichte ihn ihm. »Es ist der Ring meines Vaters.«

Er nahm ihn und hielt ihn gegen das Licht, um die Namen zu lesen, die darinstanden. Runzelte die Stirn. Las. Schüttelte den Kopf. Las. Schüttelte sich.

Dann stand er langsam auf und ging zu dem Schreibtisch vor dem Fenster. Zog eine Schublade auf, kramte darin herum, fischte ein Kästchen heraus. Entnahm ihm einen Ring. Hielt ihn neben meinen. Hielt beide gegen das Licht. Las abwechselnd, was darin eingraviert stand.

Schüttelte wieder den Kopf. »Meine Eltern«, sagte er, als könnte er es nicht glauben. Streckte mir den Ring, den er eben aus der Schublade geholt hatte, entgegen, dass ich es selbst sehen konnte. »Guck, das ist der Ehering meiner Mutt– «

Er vollendete den Satz nicht. Sah meine aufgerissenen Augen. Begriff, was ich begriffen hatte. Den Bruchteil einer Sekunde vor ihm.

Nein! Mein – unser Vater war mir nicht egal!

Ich hasste ihn.

Erstveröffentlicht in: *Suche Trödel, finde Leiche*, Hrsg.: Ingrid Schmitz, KBV Verlag Hillesheim 2016

ONE-HUNDRED-MILLION-D-MARK-BABY

Ich hatte so gehofft, dass wir was Anständiges ins Haus kriegen. Die beiden Studenten, die da zuletzt hausten … Das konnte man ja nicht mehr ‚wohnen' nennen. Ich gehe zwar nur noch selten auf den Boden, seit ich den Trockner hab, aber wenn man bei denen oben an der Dachgeschosswohnung vorbei wollte, kam man kaum noch durch vor lauter Mülltüten und Getränkekästen und leeren Flaschen und alten Zeitungen, die sich da stapelten. Mit der Einführung der Studiengebühren war dann Schluss mit dem lustigen Studentenleben. Sie müssen irgendwo anders Arbeit gefunden haben, waren jedenfalls ganz plötzlich weg.

Als der Umzugswagen vorfuhr, bin ich gleich zum Fenster, und was war es? Die Caritas! Die machen Umzüge ja als Beschäftigungstherapie für Alkoholiker und sonst wie Heruntergekommene, die wiederum von Menschen in Anspruch genommen werden, die sich kein richtiges Umzugsunternehmen leisten können, meist kriegen die das noch vom Amt bezahlt. Das ließ nichts Gutes ahnen.

Dann ging das Getöse los. Rauf runter, rauf runter durchs Treppenhaus. Viel war es ja nicht, was sie nach oben beförderten. Aber wer weiß, was die Studenten da oben alles stehen gelassen hatten.

Die neue Mieterin ist nur einmal vorbeigehuscht. Jedenfalls vermutete ich, dass sie es war. Eine kleine Frau, vielleicht fünfzig, in einem Cape.

Das Licht im Treppenhaus war gerade ausgegangen, als sie die Treppe hochkam, und durch den Spion hat man ohnehin nur einen kleinen Ausschnitt. Machte einen gepflegten Eindruck. Aber viel war nicht zu erkennen.

Ich hab dann erst mal gedacht, dass sie sich vielleicht vorstellen käme. Obwohl das ja eigentlich nicht zu erwarten war. Hier im Haus wohnen nur alte Leute und Studenten, die haben es alle nicht so mit dem Miteinander. Von den Studenten war nur noch der Maschinenbauer auf der dritten Etage übrig, von dem man nie etwas sah, und der Herr Kopietz auf der zweiten ist pensionierter Polizist und kommt praktisch nie vor die Tür. Sehr angenehmer Nachbar. Aber irgendwie auch – na, ja.

Ich hab quasi die Pole Position. Wie bei der Formel eins. Immer am Start. Was soll man auch den lieben langen Tag anderes machen? An der ersten Etage müssen alle vorbei. Und wenn man sich aus dem Fenster hängt, dann sieht man, was auf der Straße los ist, und kann sich mit den Vorbeikommenden unterhalten. Da kommt nur keiner mehr vorbei. Vor fünfzig Jahren sah das noch völlig anders aus. Da fand alles auf der Straße statt. Heute gibt es keine Kinder mehr. Jedenfalls nicht im Freien. Alte Leute auch nicht. Die hocken vor dem Fernseher. Die Frauen gehen heute alle arbeiten. Die Läden haben zugemacht. Ich hab ja noch Glück, dass der nächste Arzt auf der Mozartstraße ist. Das Luisenhospital ist auch gleich um die Ecke am Boxgraben, und zum Einkaufen gibt es noch einen kleinen Kiosk in der Südstraße. Die Mariabrunnstraße ist tot. Da sieht man nur manchmal eine Mutter einen Kinderwagen durchschieben auf dem Weg zum Spielplatz hinter der Bahnunterführung.

Meine neue Nachbarin hatte anscheinend keine Arbeit, sonst wäre sie regelmäßig vorbeigekommen. Allerdings musste ich den Fernseher in den letzten Jahren immer lauter stellen. Da kriegt man nicht mehr alles mit, was im Treppenhaus passiert. Aber morgens ist eigentlich Ruhe. Es dauerte fünf Tage, bis ich sie erwischte. Erst hatte ich die Haustür gehört, dann den Briefkastenschlüssel. Wahrscheinlich war ich gerade im Bad, als sie das Haus verlassen hatte. Ich bin gleich raus und zur Treppe, als wollte ich zufällig auch nach Post gucken.

Wenn da nicht das Geländer gewesen wäre, an dem ich mich festhalten konnte, hätte mich bald der Schlag getroffen: Sie war aus einem Schuh geschlüpft, stand auf dem linken Bein, das rechte reckte sie hoch und fummelte mit bestrumpften Zehen am Schlitz des Briefkastens rum. Mich schien sie gar nicht zu bemerken, weil sie so beschäftigt war. Mit der linken Hand riss sie an dem Schlüssel, der im Schloss steckte.

Es ist so: Die Briefkästen sind bei uns samt und sonders verzogen und klemmen, man braucht schon Kraft dafür. Alles ist hier ziemlich runtergekommen. Mit der Zeit stört einen das meiste gar nicht mehr.

Aber erst als ich ein paar Schritte die Treppe runter machte, kapierte ich, wieso sie sich so verrenkte: Sie hatte nur einen Arm! Der zweite war nicht mehr als ein Stummel, der aus dem hoch angesetzten Cape-Schlitz ragte. Auch der linke, an dessen Ende sie den Schlüssel hielt, hatte höchstens ein Drittel der Länge eines normalen Arms, aber da war wenigstens so etwas wie eine Hand oder ein Wulst mit mehreren Fingern, die im rechten Winkel von dem Armstummel abstanden. Da die Briefkästen in ihrer Augenhöhe angebracht waren, musste sie schon auf Zehenspitzen balancieren, um überhaupt mit dem Arm so hochzukommen, zumal die Winkelstellung der Finger ihr das erschwerte. Die Kraft der Hand reichte aber offensichtlich nicht aus, die Tür des Briefkastens zu öffnen. Ihre Beweglichkeit war erstaunlich. Sie zerrte mit dem in den Schlitz geklemmten Zeh die Tür auf, die so plötzlich nachgab, dass sie das Gleichgewicht verlor und mir praktisch rücklings in die Arme stürzte. Da ich genauso wenig damit gerechnet hatte, fiel ich auf den Allerwertesten, sie auf meinen Schoß, zwei, drei Briefe rutschten hinterher.

»Au!«, schrie ich. Sie hatte Mühe sich von mir herunterzuwinden. Ich war es am Ende, die ihr einen Arm anbieten musste, damit sie wieder auf die Beine kam.

Nachdem wir uns schon so nahegekommen waren, lud ich sie zum Kaffee ein. Weil es ihr furchtbar peinlich zu sein schien – und natürlich weil ich neugierig war.

»Ulrike Steemann«, sagte sie, als sie vorsichtig auf dem Küchenstuhl Platz nahm, den ich ihr hinschob.

»Magdalene Möhne«, entgegnete ich und befüllte die Kaffeemaschine.

Eine halbe Stunde später wusste ich schon einiges von ihr.

Bis vor ein paar Wochen hatte sie in einer Bücherei in Rietberg gearbeitet und in einem Haus daneben gewohnt. Dann hatte die Stadt die Bücherei geschlossen, das Grundstück sollte verkauft, die ganzen Häuser drumherum abgerissen werden, weil da ein Baumarkt geplant war. Die Mieter kriegten eine Abfindung, und sie hatte das Geld in den Umzug gesteckt, froh, näher in der Stadt etwas gefunden zu haben, zumal mit dem Krankenhaus direkt um die Ecke, sagte sie. Eine neue Stelle würde sie mit Sicherheit nicht mehr finden, es gelte vorzusorgen. Sie habe niemanden, zu dem sie hätte ziehen können. Ihre Eltern seien tot, Geschwister gebe es nicht.

»Nach mir haben die das nicht mehr riskiert«, sagte sie. »Auch nachdem klar war, dass es nicht ihre Schuld war. Erst war ja nur von Erbgut die Rede, dann von Verstrahlung durch Kernwaffentests. Stumpmed hat erst mal alles getan, um von Crooksan abzulenken. Keiner wollte es gewesen sein. Es gab lange gar keine Zahlen. Nach dem Dritten Reich hatten sie das Meldewesen auf Basis der Gesetze zur Verhütung erbkranker Kinder abgeschafft. Schuld hatte also irgendwie keiner – und alle!«

Schuld. Was für ein zentnerschweres Wort. »Natürlich hatten Ihre Eltern keine Schuld!« Ich wollte ihr Kaffee nachschenken, aber sie wehrte ab, beugte sich über den Tisch, um die halb geleerte Tasse aufzunehmen, und trank sie aus.

»Ich setze gerne noch einen auf«, bot ich an.

»Ich darf nicht so viel Kaffee trinken«, entgegnete sie. »Er verträgt sich nicht mit den Medikamenten, die ich nehmen muss.«

Ich goss mir den Rest ein und gab Milch dazu.

»Meine Mutter hat sich zeitlebens Vorwürfe gemacht, dass sie das Zeug genommen hat«, nahm Ulrike Steemann den Faden wieder auf. »Der Konzern hat bis heute keine Schuld zugegeben, sich nur dafür entschuldigt, dass man so lange geschwiegen habe. 1970 gab es einen Vergleich, da haben sie 100 Millionen D-Mark zugesichert, der Bund hat das aufgestockt, und davon haben sie einen Rententopf aufgemacht.«

Und nach einer kleinen Pause: »Meine Mutter hat lebenslänglich dafür bezahlt. Für eine Tablette gegen Sodbrennen.«

»Sie müssen jetzt knapp über fünfzig sein«, meinte ich. »Wie meine Monika.«

»Vierundfünfzig«, bestätigte sie. »Aber ich bin verschlissen wie eine Siebzigjährige.«

»Sie leben«, sagte ich.

Für einen Moment schien etwas in ihr zu brodeln. Ihre Augen, vorher azurblau, bekamen einen merkwürdigen Glanz, und die Stimme klang fast metallisch, als sie fragte: »Wollen Sie tauschen?«

»Darf ich Sie etwas ganz anderes fragen?«, wich ich aus. »Etwas Indiskretes?«

Sie lachte. »Nur zu. An mir gibt es nichts zu verheimlichen. Alles ist obszön offenbar. Aber Sie müssen mir dann auch eine Gegenfrage beantworten.«

»Wovon leben Sie?«

Wieder lachte sie. »Ich kriege 443 Euro Rente monatlich. Ich bin ja fit! Noch plus Arbeitslosengeld, demnächst Hartz IV. Und von Stumpmed gibt es seit ein paar Jahren einen jährlichen Abschlag von zweieinhalbtausend Euro obendrauf. – Die Vorstandsmitglieder verdienen täglich das Zehnfache.«

»Oh«, sagte ich. »Kriegt man da nicht Mordgelüste?«

»Sprechen wir lieber von etwas anderem«, entgegnete sie. »Ich bin jetzt dran. Was ist mit Monika?«

Als wir auseinandergingen, bot ich ihr an, mich »Lene« zu nennen.

»Uli«, sagte sie. Und: »Gern«, auf die Frage, ob wir wieder miteinander Kaffee trinken wollten.

Sie stand schon im Treppenhaus, da rief ich sie noch einmal zurück. Ich kramte in der Küchenschublade meinen Brieföffner heraus. »Nimm den.«

»Ich kann schon Briefe öffnen«, versicherte sie etwas verblüfft.

»Der ist aus Stahl«, sagte ich. »Stabil genug, um den Briefkasten aufzustemmen, wenn du ihn in den Schlitz steckst.«

»Ah, praktisch. Vielseitig verwendbar«, lächelte sie. »Aber es ist doch deiner.«

»Ich habe immerhin zwei Hände und bin größer als du. Nimm schon! Ich kann mir jederzeit einen neuen besorgen.«

Sie ließ ihn in ihr Cape gleiten, in eine links oben angesetzte Tasche. Der Gedanke schoss mir durch den Kopf, was das alles kosten mochte, wenn man sich jedes Kleidungsstück maßschneidern lassen musste. Sie konnte doch nicht selbst nähen. Oder doch? Wenn sie den Stoff mit dem Fuß hielt und mit den Fingern der linken Hand – Ich stellte mir die gekrümmte Haltung vor, die sie dafür einnehmen musste, und meine Bandscheibe meldete sich. Ich hatte in meinem Leben gelernt, alles hinzunehmen. Sie musste immer alles zurechtbiegen. Sich oder ihre Umgebung.

Tatsächlich kam sie zwei Tage später wieder vorbei. Sie hatte einen kleinen Kuchen gebacken. Ich kochte für mich Kaffee, für sie einen Kakao, und dann hockten wir erst in der Küche zusammen, später vor dem »Tatort«. Es war lange her, dass ich so viel geredet und gelacht hatte. Ich fühlte mich am nächsten Morgen so beschwingt, dass ich gleich, als ich jemanden an den Briefkästen hantieren hörte, ins Treppenhaus ging. Es war Herr Kopietz.

»Herr Kopietz«, sagte ich. »Was meinen Sie? Gestern hat die neue Nachbarin, Frau Steemann mich besucht, und wir haben zusammen einen »Tatort« geguckt. Was halten Sie davon, wenn ich Sie beide für heute Abend einlade? Ich mache auch Schnittchen.«

Er guckte ziemlich verblüfft. Ich glaube, wir wohnen nun schon an die zwanzig Jahre in einem Haus. Wir haben sogar mal Schlüssel getauscht, für alle Fälle. Aber ich habe nie einen Fuß über die Schwelle seiner Wohnung gesetzt, genauso wenig wie er über meine.

»Äh«, stammelte er. »Also, ehm, heute passt es gerade nicht, freitags habe ich immer Stammtisch. Aber – wieso eigentlich nicht? Ein andermal gerne!«

Die Hast, mit der er die Treppe raufeilte, strafte sein »andermal gerne« Lügen. Aber das konnte mir die Laune nicht verderben. Ja, richtig, freitagabends war Herr Kopietz immer weg. Jetzt wusste ich auch, wozu. Als ich die Wohnungstür hinter mir schloss, kicherte ich vergnügt in mich rein. Dass ich auf meine alten Tage noch einen Mann verlegen machen konnte, indem ich ihn einlud ...

Uli sah und hörte ich nicht. Gegen Mittag erwog ich kurz, mich die Treppe hinauf zu bequemen, aber dann dachte ich mir, ich sollte es mit meiner Aufdringlichkeit nicht übertreiben.

Sie hatte mir von dem Gespräch erzählt. Der Stumpmed-Vorstandsvorsitzende, Dr. Horst Ehrlich, hatte nach dem Hungerstreik der von dem Medikamenten-Skandal Betroffenen vor einigen Jahren ein Vermittlungsteam ins Leben gerufen. Fünftausend Euro investierte man in ein Denkmal, darüber hinaus wurden Projektmittel für Härtefälle zur Verfügung gestellt, in akuten Fällen half man mit Sachleistungen aus. Der Konzern war in den letzten Jahren dreimal so schnell gewachsen wie der weltweite Pharmamarkt und steuerte einen Jahresumsatz von 1,5 Milliarden Euro an, so dass man sich nicht knickerig zeigen wollte. Jeder Antragsteller war zum Einzelgespräch mit Dr. Ehrlich gebeten worden, in dem man versuchte, individuelle Lösungen zu finden. In Ulis Fall hatte er ihr nicht nur kostenfreie Schmerzmittel angeboten, sondern sie zudem gefragt, ob sie sich nicht – gegen gutes Geld natürlich – für einen Versuch zur Verfügung stellen wollte. Es gehe um Medikamente, die speziell Crooksan-Geschädigten helfen sollten.

Wieder hatte sie gelacht, als sie davon erzählte. »Ist das nicht perfide? Ich, das missglückte Experiment, soll mich weiteren Experimenten aussetzen, um meinen Leidensgenossen, denen es noch schlimmer geht, zu helfen? So gesehen schlüge ich doch gleich zwei Fliegen mit einer Klappe, hat er gesagt. Ich hätte finanziell ausgesorgt, und wenn es schlimmer würde, hätte man auch die passenden Medikamente für mich und alle anderen.«

»Wie hast du reagiert?«

Ihr Lachen klang schrill. »Ich hab allen Ernstes darüber nachgedacht!«

»Na, ja.« Ich wusste nicht recht, was ich dazu denken, erst recht nicht, was ich sagen sollte. Aber es machte mich wütend. »Was ist das eigentlich für ein Mensch, dieser Ehrlich?«, erkundigte ich mich.

Wieder dieser Glanz in ihren Augen, das Metallische in der Stimme: »Teufel!«, sagte sie, und es blieb unklar, ob es ein Kraftausdruck war oder Ehrlich kennzeichnen sollte. »Die begreifen doch gar nicht, was sie uns angetan haben! Das sind doch alles Kollateralschäden, Peanuts für die! Man könnte sie schütteln, anschreien –«

Unwillkürlich legte ich eine Hand auf ihre Schulter. Sie atmete tief durch.

»Manchmal denke ich, es wäre ganz sinnvoll, wenn ich mich einliefern ließe. Hab neulich gelesen, dass man im Gefängnis eigentlich ganz gut aufgehoben ist. Man braucht sich um nichts zu kümmern! Grundversorgung gesichert. Keine Anträge mehr. Sonderkosten, Maßanfertigungen, Umbauten, Pflegeaufwand – besser kann man es in der freien Wildbahn doch gar nicht haben!«

»Bloß nicht«, sagte ich und dachte an den letzten Besuch bei meiner Mutter in der Pflegeresidenz. »Bevor sie mich aus meinen eigenen vier Wänden abholen, gebe ich mir die Kugel.«

Sie seufzte. »Wer weiß, wie lange das noch gutgeht. Ich baue doch mit jedem Tag mehr ab!«

Als am frühen Abend jemand die Treppe runterlief, so schnell, dass ich das Poltern der Schritte trotz der Vorabendserie hörte, sah ich im Spion nur noch Ulis Rücken. Von Abbau kann doch noch gar keine Rede sein, dachte ich. Ich guckte den »Tatort« allein, stellte aber den Ton so leise, dass ich gleich hinter dem Spion stand, sobald die Haustür ins Schloss fiel.

Uli kam die Treppe herauf. Sie schwankte und stieß ein-, zweimal gegen die Wand, fast, als hätte sie einen Schwips. Oder war es das, was sie mit »Abbau« meinte? Ich öffnete die Wohnungstür weit, als sie vorbeikam, und grüßte. Sie fuhr zusammen und starrte mich an wie den Leibhaftigen.

Dann erst sah ich, dass sie ihr Cape auf links übergezogen hatte. War sie zu betrunken, um sich richtig anzuziehen? Aber ich roch kein bisschen Alkohol. »Komm rein«, sagte ich, fasste sie am Arm, und sie folgte fast willenlos. Ich zog sie in die Küche, fragte: »Was ist los?«, und da sie nicht antwortete, schob ich ihr einen Stuhl hin. Die ganze Zeit über hatte ich sie am Arm festgehalten, weil ich Angst hatte, dass sie gleich umfiele. Ich musste mit leichtem Druck auf die Schulter nachhelfen. Sie setzte sich schließlich, atmete tief und starrte ins Leere.

»Komm, ich helf' dir.« Ich packte das Cape, um es ihr über den Kopf zu streifen. Sie fuhr hoch, als wollte sie sich wehren, sackte aber gleich wieder zusammen und ließ es geschehen. Beim Hochziehen klappte die Außenseite des Capes um. Es war voller Blut, auch ihr T-Shirt war verschmiert. Allerdings stellte ich erleichtert fest, dass sie unverletzt war, das Blut kam von dem Cape und hatte darunter auf ihre Brust abgefärbt. Auch ihre Hand war rot.

»Was ist passiert?«, fragte ich entsetzt.

Sie hielt sich die Hand vor das Gesicht. »Nasenbluten«, krächzte sie.

»Das war aber heftig«, meinte ich. »Kommt das von deinen Tabletten?« Ich legte das Cape vorsichtig so zusammengefaltet auf dem Tisch ab, dass die Decke nichts abbekam, zog ein frisches Küchentuch aus der Schublade, ließ kaltes Wasser darüber laufen, drückte es aus und hielt es ihr hin. Sie lächelte schwach, nahm es und tupfte sich damit im Gesicht herum.

»Bleib bloß sitzen!«, sagte ich. »Ich wasch das Cape aus.« Ich ging damit ins Badezimmer, wo ich es in die Wanne legte und mit der Dusche über die Blutflecken brauste. Ein Strom rötlichen Wassers verschwand gurgelnd im Abfluss. Als ich den vollgesogenen Stoff aufnahm, um ihn auszudrücken, fiel mir auf, dass der Brieföffner noch in der Tasche steckte. Selbst er hatte was abgekriegt. Ich spülte ihn ab und legte ihn ans Waschbecken. Das Cape wrang ich aus und stopfte es in die Waschmaschine. Mit einem sauberen T-Shirt kehrte ich in die Küche zurück, wo Uli gerade mit dem feuchten Küchentuch an ihrer Brust rumtupfte, die mittlerweile großflächig rosa eingefärbt war. »Zieh dich um«, forderte ich sie auf.

Sie guckte mich fragend an.

»Ich stell die Maschine gleich an«, versicherte ich ihr. »Wenn ich deine Sachen anschließend in den Trockner gebe, hast du sie morgen früh wieder. Du solltest dich jetzt vor allem mal hinlegen.«

Widerspruchslos wechselte Uli das T-Shirt.

»Danke, Lene«, hauchte sie, immer noch sehr blass. Ich begleitete sie zur Tür. Just als ich sie öffnete, ging unten die Haustür auf, und Herr Kopietz kam die Treppe herauf.

»Oh«, sagte er. »Frisch vom »Tatort«?«

Ulis Linke krallte sich in meinen Arm. Sie sagte kein Wort, während ich Herrn Kopietz freundlich zurückgrüßte, der ganz offensichtlich nicht darauf spekulierte, dass ich ihn hereinbat, sondern zügig weiterging.

»Soll ich mit raufkommen, Uli?«, fragte ich.

»Danke!« Sie schüttelte den Kopf und wandte sich zum Gehen.

»Hast du Eis?«, rief ich ihr noch hinterher. »Mach dir einen Eisbeutel, den du dir in den Nacken legst!«

»Mach ich«, versprach sie, und ihre Stimme klang schon etwas kräftiger, sodass ich einigermaßen beruhigt war.

Am anderen Morgen sprang mir die Schlagzeile der »Gütersloher Nachrichten« ins Gesicht: »Ehrlich durch Stich ins Herz ermordet«. Auf dem Foto lächelte er in die Kamera. Ich kannte das Foto. Es war bei der Einweihung des Denkmals aufgenommen worden. Sie hatten nur einen Ausschnitt genommen, worüber ich ganz froh war, sonst hätte man mich rechts hinter ihm im Bild erkennen können. Dem Bericht nach hatte ihm ein unbekannter Täter an der Auffahrt zu seiner Garage aufgelauert und ihm von vorn einen Dolch ins Herz gerammt. Dabei deutete nichts auf einen Kampf hin, es gab keine Tatwaffe, keine Spuren, keine Zeugen. Er musste völlig unvorbereitet gewesen sein.

Ich nahm es ihm sogar ab. Wetten, dass er es bis zum Schluss nicht verstanden hatte? Der Gedanke war das Einzige, was mir leidtat an der ganzen Geschichte.

Später brachte ich Uli die saubere Wäsche ins Dachgeschoss. Sie öffnete, als ich anklopfte und ihren Namen rief. Bleich wie die Wand. Als sie mich sah, ließ sie mich rein. Zu meiner Erleichterung sah ich, dass in ihrer Wohnküche nicht nur ein Fernseher, sondern auch ein Laptop herumstand. Auch wenn ich mich mit solchen Dingen nicht mehr abgeben muss, kriegt man das eine oder andere über Computer und Internet ja mit.

»Tu mir einen Gefallen und guck die Wiederholung von dem gestrigen »Tatort« in der Mediathek an«, bat ich sie. »Den kann ich dir dringend empfehlen. Wie es aussieht, kann Herr Kopietz bezeugen, dass du gestern Abend einen Fernsehabend mit mir verbracht hast. Ich werde es jedenfalls gern beschwören, wenn es nötig sein sollte. Es wäre daher nicht verkehrt, wenn du wüsstest, worum es in dem Film ging.«

Sie guckte, als wollte sie gleich umkippen.

»Ich kann mir allerdings nicht vorstellen, dass es so weit kommen sollte«, beruhigte ich sie. »Oder bist du unterwegs jemandem begegnet?«

Sie schüttelte stumm den Kopf.

»Na, prima«, meinte ich. »Ich fahre gleich erst mal zum Friedhof. Wenn ich zurück bin, koche ich dir einen Kakao, was meinst du? Ich bringe uns auch Teilchen mit.«

Im Taxi zum Westfriedhof tastete ich in der Manteltasche nach dem Brieföffner. In der Friedhofsgärtnerei würde ich mit Sicherheit Vergissmeinnicht kriegen. Wenn ich die Stelle, wo ich den Brieföffner vergraben wollte, mit Vergissmeinnicht bepflanzte, würde das bestimmt nett aussehen. Monika würde es gefallen, dachte ich. Ihre Augen, blau wie Vergissmeinnicht, hatten so gestrahlt! Eine Woche lang hatten ihre Augen mich über alles hinweggetröstet. Länger hatte ihre Kraft nicht gereicht, den kleinen Rumpf mit den winzigen Händchen und verdrehten Füßchen daran am Leben zu halten.

Ulis Augen würden genauso strahlen. Das wär' doch gelacht.

Erstveröffentlicht in: *Diagnose: Mord*, Hrsg.: Dr. med. Ulrike Blatter und Nessa Altura, Buchvolk-Verlag Zwickau 2014

TUNNELBLICK

Raja, das bedeute »Hoffnung«, hat Lucy erklärt. Die hab ich dann mal geschöpft. Ich hatte Lucy ja rausgeschmissen, als sie mit diesem Kamel um die Ecke kam. Die eigene Tochter! Der ich einen Namen gegeben hatte, der dafür sorgen sollte, dass sie ein bisschen heller in der Birne würde als ich, Lucy wie »Licht« halt. Schon gut, dass sie den Dreckskerl nie kennengelernt hat, der mir sie verpasst hat.

Und irgendwie war ich ja sogar mit schuld, weil ich sie zum Essen eingeladen hatte. Ins AKL in der Pontstraße. Kochen können die ja, die Libanesen! Der Typ, der sich nach kurzer Zeit zu uns setzte und uns zutextete, von wegen arabisches Essen und Lebensart, nervte allerdings gewaltig. Was für eine Kultur. Die Menschen. Die Philosophie. Die Sprache. Klar, dass der Kerl sich mit der deutschen Sprache schwertat. Aber Lucy hatte einen Vater-Entzugs-Knall. Obwohl ich persönlich bei Männern mit langen Bärten ja eher an Opas denke. Dass das Kamel erst Mitte dreißig war, konnte man hinter dem Gestrüpp nicht mal ahnen. Meine Schnecke war zu der Zeit gerade mit der Schule durch. Da denkt man doch nicht an so was.

Als sie Wochen später sagte, sie wollte den Heizefeiz heiraten und zu ihm ziehen, bin ich ausgerastet. Dabei kam mir die Situation so bekannt vor. Meine Mutter hatte damals genauso gebrüllt: »Wie kannst du mir das nur antun? Nach allem, was ich für dich ...«

Immerhin wollte das Kamel sie heiraten. Meinem Griff in die Tonne war es nur um die Verbreitung seiner Gene gegangen. Aber der hatte immerhin einen deutschen Pass gehabt. Anders als das Kamel.

Meine Mutter starb kurz danach. Herzinfarkt. Ich stand da schon auf eigenen Füßen. Natürlich hat mir ihr »mir das antun« danach mächtig in den Ohren geklungen. Und tut es jetzt, bei der Sache mit Lucy, wieder. Daher bin ich gleich hin, als ich nach der Geburt die WhatsApp kriegte. Ihr Kerl war zum Glück im Ausland, wär halt viel unterwegs, sagte Lucy. Obwohl sie kein Geld hatten. Seit er in Deutschland war, lebte er von Hartz IV. Über zehn Jahre schon.

So wie Lucy jetzt. Und Raja. Mein Gott, was für ein süßer Batzen! Nur Lucy gefiel mir nicht. So blass! In dieser scheußlichen Tunika! Die ganze Wohnung sah aus wie ein Beduinenzelt. Nur Teppiche und Sitzkissen und niedrige Tische. Schrecklich. Wenn du dich da irgendwo hingehockt hättest, hättest du sofort Rücken gekriegt. Ich meine, das hat natürlich auch mit meinem Job zu tun. Muss mich halt den ganzen Tag bücken. Dreck wegmachen. Bei der Stadtbücherei. Jetzt sind es über dreißig Jahre.

Hab's trotzdem immer gern gemacht. Weil ich da was gelernt hab, was mir in der ganzen blöden Schulzeit niemand beigebracht hatte. In der Kinderbuchecke der Stadtbibliothek gibt es so viele Bilderbücher mit schönen Illustrationen, daneben oft nur ein, zwei Wörter. Ich fing an, Buchstaben im Kopf nachzuzeichnen. Viele kannte ich ja schon. Dann entstanden wie von selbst Silben und schließlich Wörter wie »Kakadu« oder »Krokodil«. Am Ende begriff ich sogar, was das komische h in der Kakaobohne verloren hatte. Und dass es in »verloren« nichts verloren hatte.

Haufenweise Bücher nahm ich mit. Die Ausleihe hatte ja schon zu, wenn unser Putztrupp kam. Am nächsten Tag brachte ich sie immer wieder zurück.

Später habe ich Lucy vorgelesen, die ich zur Arbeit mitnehmen durfte. Anfangs schlief sie im Wagen. Später krabbelte sie rum und guckte sich alles an. Im Sommer ging ich, sobald ich in der Bibliothek fertig war, mit ihr in den kleinen Garten, wo wir im Buchsbaumhecken-Labyrinth Verstecken spielten. Wenn ich sie gefunden hatte, las ich ihr auf einer Bank die Bücher vor, die sie sich ausgesucht hatte. Als sie eingeschult wurde, konnte sie schon lesen. Nur vom Spielen in der Kinderecke. Sie brachte immer gute Noten nach Hause. Grundschule, Gesamtschule, Handelsschule. Sollte es mal besser hinkriegen als ich.

Und dann war das Kamel gekommen.

Was für ein Name! Blötschkopp! Lucy sagte, seine muslimischen Kumpels hätten mächtig Respekt vor ihm. Dass der Typ meinte, die Weisheit mit Löffeln gefressen zu haben, war mir schon im ersten Moment aufgefallen. Aber was für ein Würstchen! Nicht in der Lage, mit seiner Hände Arbeit eine Familie zu ernähren. Aber eine Frau zu schwängern und zu heiraten, um bleiben zu können und sich durchzuschmarotzen.

»Schlägt er dich?«, habe ich Lucy gefragt

Sie starrte mich mit großen Augen an. »Wie kommst du denn darauf?«

Damit wusste ich Bescheid.

»Zeig her!« Sie musste die Ärmel hochkrempeln und das Kleid anheben. Überall blaue Flecken und Striemen.

»Der hat dich sogar verprügelt, als du hochschwanger warst?«

Lucy starrte mich immer noch an.

»Pack deine Sachen und komm zu mir«, sagte ich.

Raja fing wie auf Stichwort an zu quengeln.

»Ich kann nicht.«

»Weil du Angst hast, er könnte Ärger machen?«

»Nicht könnte. Macht.«

»Dann zeigen wir ihn an. Der fasst dich nicht noch mal an.«

Lucy nahm Raja auf. »Du hast doch keine Ahnung, Mama. Er ist Statthalter und Gouverneur. Seine Leute sitzen überall.«

»Der kann rein jar nix außer schwade.« Wenn ich richtig wütend bin, verfalle ich in Platt. »En Fottjeseech, dat Frust an dir auslässt. Statthalter! Gouverneur! Von wat denn?«

»Vom Islamischen Staat.«

»Wat?«

Sie erzählte was von Glaubenskrieg und Gottesstaat und so einem Gedöns, dass mir ganz schlecht wurde.

An dem Tag ging ich allein nach Hause. Aber vorher bei der Jesuitenstraße 5 vorbei. Da war er wohl bekannt. Zumindest wurde alles interessiert protokolliert.

Es dauerte über ein Jahr, ehe sie ihn einlochten. Noch am selben Tag stellte ich Lucy meiner Chefin Rita vor. Eigenes Geld zu verdienen, ist schließlich das A und O, wenn man ein Kind durchbringen will. Rita hatte keine Einwände, und Raja durfte wie Lucy damals im Buggy in die Bibliothek mitkommen. Wir arbeiteten gemeinsam und schuckelten sie zwischendrin. In meiner Wohnung hatte ich Lucys Zimmer nicht angerührt. Die Klamotten, alles, was der Gatte nicht duldete, aufbewahrt. Sie kam zum Kaffee, nahm ein paar Teile mit, blieb aber nie über Nacht.

»Was sagt dein Kameltreiber dazu, dass du jetzt anschaffen gehst?«

Sie kicherte. »Ich hab ihn nicht gefragt. Aber ich hab's ihm geschrieben. Er kriegt's ja eh raus.«

Wenn sie den Dreckskerl nur abschieben würden! Meine Tochter war auf dem besten Weg gewesen.

Und dann tauchte Siad auf.

Mit den Putzkolonnen ist das immer so eine Sache. Ganz am Anfang waren wir mal bei der Stadt angestellt. Dann wurde outgesourced, kürzere Taktzeiten, schnellere Personalwechsel. Genauso in den oberen Etagen. Auch Rita bastelte schon an ihrem Altersruhesitz in der Eifel. Dass es so schnell gehen würde, damit hatte ich allerdings nicht gerechnet.

Am Nebeneingang der Stadtbibliothek warteten an diesem Abend nur Lucy und ich. Außerdem zwei Frauen im Nikab und zwei arabisch aussehende Männer mit Bart. Einer trat auf uns zu, äugte in den Buggy und musterte meine Tochter. »Du bist Kamels Frau? Warum trägst du Jeans?«

»Weil ich arbeite«, gab Lucy zurück.

Der Kerl wandte sich mir zu. »Und du bist Emma, ihre Mutter? Achte darauf, dass sie sich anständig anzieht.«

Ich fragte: »Was ist mit Rita?«

Er schnalzte mit der Zunge. »Sie hat den Laden an mich verkauft.« Grinste und klopfte sich auf die Brust. »Ich bin Siad.« Dann wies er auf den anderen Mann und die Frauen. »Das sind Lounis und Fadia und Thamina, meine Schwestern.« Dann auf uns: »Emma, Lucy.«

Wir nickten einander zu.

»Wenn du willst, kannst du auch kündigen, Emma. Ich zahle bis Ende des Monats.«

Tünnes! Von deutschem Kündigungsrecht hatte der anscheinend noch nichts gehört. Aber wollte ich überhaupt gehen? Was wäre dann mit Lucy?

Siad wandte sich an meine Tochter: »Kamel sagt: Gut, dass du Arbeit hast. Und gut, dass wir zusammenarbeiten. Du zeigst uns, wo hier was ist.«

Lucy wirkte verwirrt.

Siad zückte den Schlüssel. »Lasst uns reingehen.«

Wir nahmen den Aufzug in den Keller, wo die Putzsachen lagerten. Die Männer inspizierten alles, dann ordnete Siad an: »Emma, du gehst mit Fadia und Thamina nach oben und sagst ihnen, was sie machen müssen. Lucy, du bleibst bei uns hier unten.«

Ich warf meiner Tochter einen Blick zu. »Und der Kinderwagen?«

»Lass ihn hier«, meinte Lucy. »Wenn sie Theater macht, melde ich mich schon.«

Ich fuhr mit den beiden Frauen nach oben, angenehm davon überrascht, dass sie fließend Deutsch sprachen und ganz normal schienen, als sie erst mal die Eierwärmer ausgezogen hatten. Darunter kamen zwei Mädchen zum Vorschein, jünger noch als meine Lucy.

Thamina lugte hinter die Tür des Musikzimmers. »Wow, ein Klavier!« Kurz darauf hörte man sie spielen.

»Du bist zum Arbeiten hier!«, rief Fadia.

Unwillkürlich musste ich an meine kostbaren Minuten mit den Bilderbüchern denken. Ich zeigte ihnen, was zu tun war, und horchte sie ein bisschen aus. Sie waren im Ostviertel aufgewachsen, die Eltern kamen aus Tunesien. Lounis war Algerier und der Kompagnon ihres Bruders.

»Und woher kennt ihr Kamel?«

Sie kicherten. »Kamel kennt man«, sagte Thamina.

»Von der Moschee«, ergänzte Fadia.

»Und was haben euer Bruder und Lounis im Keller vor?«, fragte ich.

Sie zuckten die Schultern.

Komischerweise machte ich mir um Lucy keine Sorgen. Mit dem Kamel im Nacken würden sie ihr nichts tun. Aber im Keller gab es nichts zu putzen. Da wurden ausschließlich wissenschaftliche Bücher aufbewahrt, die wenn, dann nur über die Fernleihe ausgeliehen wurden. Siad oder Lounis verstanden garantiert nichts von dem Wert dieser ollen Schinken.

»Ich gucke mal nach dem Baby«, sagte ich und nahm den Aufzug abwärts.

Der Kinderwagen war leer. Ich fand Raja, Lucy und die Männer am Ende eines der Gewölbekeller. Lucy lehnte mit dem Kind auf dem Arm gegen den weit geöffneten Notausgang-Tür. Die Männer klopften auf die Wand hinter der Feuerleiter, die in einer Art Schacht auf die Straße führte. Ich wusste, dass sich oben ein Gitter befand, das man von unten aufstemmen konnte. Suchten die nach einem Ausgang aus der Bibliothek, durch den sie unauffällig etwas rausschaffen konnten? Aber um diese Tageszeit hätten sie genauso gut den ganz normalen Ausgang nehmen können. Dann fiel es mir wie Schuppen aus den Haaren.

Anscheinend hatte ich »Ah!« gerufen, denn Siad drehte sich zu mir um. »Was machst du hier?«

Alle guckten mich an. Raja reckte mir die Ärmchen entgegen und strahlte. »Oma!«

Ich lächelte zurück. »Die Frage ist, was ihr hier macht. Aber ich kann's mir denken. Ihr sucht den Geheimgang!«

Alle schwiegen.

Von genau diesem Notausgang, so hieß es, führte ein verschütteter Geheimgang zu einem System von Tunneln, die verschiedene Keller im Aachener Zentrum verbanden. Es ging das Gerücht, dass sich auch am Elisenbrunnen und im Rathaus Zugänge befanden. Manche schworen sogar, es gebe Aufzeichnungen. Der Gewölbekeller der Stadtbibliothek war noch ein Überrest des Gebäudes, das Anfang des siebzehnten Jahrhunderts an dieser Stelle gestanden hatte. Das Gasthaus »Zum Wilden Mann«. Hundert Jahre später war es von einem gewissen Herrn Couven, nach dem die Straße benannt worden war, zu einem schicken Hotel mit dem Namen »Zur Kaiserlichen Krone« umgebaut worden. Sogar Kaiser Napoleon soll da mal abgestiegen sein. Aus dieser Zeit, als hier noch die Wichtigs verkehrten, so hieß es, stammten die Geheimgänge. Vielleicht war der Herr Couven der Planer gewesen, als Aachener Stadtarchitekt hatte der bestimmt überall seine Finger drin gehabt. Weshalb heute ein Gymnasium, ein Museum und eine Halle seinen Namen trugen – und wahrscheinlich auch irgendeine Printe der backsteinharten Sorte, mit der man Häuser für die Ewigkeit bauen könnte.

»Du kennst den Gang?«, fragte Siad, als er mit Starren und Schweigen fertig war.

»Kennen wär zu viel gesagt«, antwortete ich. »Aber hier soll der Anfang sein.«

Die beiden Männer guckten sich an.

»Okay«, sagte Siad. »Du kriegst einen Anteil. Wir klären das mit Kamel.«

»Wieso mit ihm?«

»Weil er uns den Auftrag gegeben hat.«

»Bis zur JVA Dortmund kommt ihr von hier aber nicht.«

»Mutter!« Lucy klang genervt. »Am Elisenbrunnen steht die Deutsche Bank.«

Jetzt war ich an der Reihe zu starren. »Steckst du mit denen etwa unter einer Decke?«

»Nee, aber mein Mann, wie es aussieht.«

»Und wenn wir sie anzeigen?«, schlug ich vor. Ging mir sonst wo vorbei, dass sie danebenstanden.

»Mit so einem süßen kleinen Kind kommt ihr nicht weit.« Auch Siad schien meine Bemerkung sonst wo vorbeizugehen. »Der Gouverneur hat einen langen Arm.«

»Drecksau!«, gab ich zurück.

»Genug geplänkelt«, sagte Siad. »Ihr werdet fürs Putzen bezahlt, nicht fürs Mullen. Denkt drüber nach, und jetzt ab an die Arbeit!«

Als er an diesem Abend hinter uns abschloss und sich mit »Bis morgen!« verabschiedete, sah ich Lucy an. »Zu dir oder zu mir?«

Lucy griff ins Netz des Kinderwagens und hob eine Plastiktüte an. »Zahnbürste und Windeln hab ich dabei«, sagte sie. »Seit Wochen.«

In der Nacht süffelten wir in meiner Küche eine Flasche Eierlikör leer. Und fassten einen Plan.

Drei Wochen später waren die Jungs in die Gänge vorgedrungen. Der Tunnel war zu großen Teilen nur grob verfüllt, der Anfang die größte Hürde gewesen. Weil man ihn gründlich vermauert und verputzt hatte. So nah der Straße musste das Gitter mit Dämmmaterial abgedeckt werden, damit keine Geräusche nach außen drangen. Während die anderen arbeiteten, stand immer einer Schmiere für den Fall, dass Passanten stutzig wurden.

Die Männer meißelten den Gang frei, und Lucy und ich schafften Schutt weg, während Thamina und Fadia die Bibliothek putzten. Jeden

Abend wurde der Durchbruch zum Gang mit einer Pappe abgedeckt, die mit Putz und Dreck beschichtet war.

Schon ganz zu Anfang hatte ich Siad und Lounis den Buchbestand im Keller zeigen müssen. Vor allem interessierten sie sich für die Schinken, die nur noch als Regalfüller rumstanden. Wenn wir nicht mit dem Schutt beschäftigt waren, höhlten Lucy und ich die Buchbriketts aus, die die Männer mit Tüten voller Pulver füllten. Sprengstoff, klar. Es im Gang zu lagern, war während der Arbeit zu riskant. Die Bücher schoben wir vorsichtig ins Regal zurück. Natürlich: Würde jemand den Gang entdecken, gäbe es keinen zwingenden Zusammenhang zur Stadtbibliothek. Jeder hätte da reinklettern und den Tunnel ausgraben können. Das Pulver hätte das Ganze brisant gemacht, aber das würde man nicht ohne Weiteres finden.

Lucy war mittlerweile quasi bei mir eingezogen. Um keinen Verdacht zu erregen, trug sie seit Siads Tadel wieder lange Röcke und Kopftücher, besuchte die Moschee, schrieb ihrem Kamel lange Briefe, schickte ihm Bilder von Raja. Der große Statthalter musste denken, dass ich einen guten Einfluss auf sie hatte. Bei diesen Leuten genießen Familienmitglieder immer einen fetten Vertrauensvorschuss. Sogar Ungläubige. Meinen ersten Widerstand hatten Siad und Lounis wahrscheinlich als Ehrlichkeit eingeordnet, die mich in ihren Augen umso vertrauenswürdiger machte. Wer will schon seine eigene Tochter in Gefahr sehen? Andererseits war ich ein Urgestein, kannte vor Ort jeden Winkel. Mit mir im Team würde niemand der Truppe misstrauen. Wir hatten sie im Sack. Nur: wie konnten wir ihren Plan durchkreuzen, ohne dass es auf uns zurückfiel?

Lucy kam schließlich auf die Idee mit dem Security-Mitarbeiter, der täglich am späteren Abend im Rahmen seiner Objektschutz-Tour die Stadtbibliothek kontrollierte. Der Aufenthalt unserer Putzkolonne dauerte seit mehreren Wochen bis in die späten Abendstunden. Wo vorher vier bis fünf Frauen sauber gemacht hatten, waren es ja nur noch zwei. Wenn der Security-Mann mit seiner Taschenlampe in die Fenster leuchtete, winkten die Mädels ihm zu, oder ich kam auf einen kurzen Gruß zur Tür. Alfred hieß er, ein netter Kerl, auch wenn er in seiner Uniform immer furchtbar wichtigtat und zur Verabschiedung die Hand hob und die Hacken zusammenknallte. Normalerweise lief er einmal um das Gebäude herum, weswegen wir die Männer am Notausgang jedes Mal warnten, wenn sein Wagen vorfuhr.

»Wir setzen Raja als Lockvogel ein«, schlug Lucy schließlich vor. Sollte Alfred durch sie auf etwas aufmerksam werden, genauer hingucken und dann die Polizei alarmieren – nicht unsere Schuld.

So passierte es: Alfred fuhr vor, und ich alarmierte per WhatsApp Lucy, die Raja zum Notausgang trug und ihr zeigte, wie sie mit den Fäusten gegen die Metalltür hämmern sollte, dass es hallte. Dann schrie Lucy, so laut sie konnte: »Das darfst du nicht, Raja! Komm sofort da weg!«

Ich beobachtete aus einem Fenster, wie Alfred neben dem Schacht stutzte, ihn mit der Lampe ausleuchtete, sich hinkniete, an dem Gitter rüttelte, schließlich nach seinem Smartphone griff, etwas eintippte, wartete. Dann sagte er etwas, schob das Gerät in die Tasche zurück, ging wieder in die Knie und ließ den Lichtkegel erneut durch den Schacht gleiten.

Während ich auf eine Polizeisirene wartete, näherte sich ein Schatten von da, wo Alfreds Wagen stand. Ein Schrank von einem Kerl, große Gestalt mit Glatze und wiegendem Gang, der mich an jemanden erinnerte. Beide Männer äugten gemeinsam in den Schacht. Schließlich rappelten sie sich auf und gingen in Richtung Bibliothekseingang. Sofort beorderte ich Lucy mit Raja in die Kinderbuchabteilung, wo Thamina gerade staubsaugte. Eine Zeugin konnte nicht schaden. Lucy begann, ihre Tochter zu wickeln, und ich half, die Kleine ruhig zu halten.

Bald darauf klopften Alfred und sein Begleiter an die Scheibe. Anscheinend war er zu faul, seinen Schlüssel zu benutzen.

»Gehst du, Thamina?«, fragte ich.

Obwohl Thamina ihren Nikab abgelegt hatte, öffnete sie die Tür.

»Wir müssen den Notausgang kontrollieren«, konnte ich Alfred sagen hören. »Könnte sein, dass jemand versucht hat einzusteigen.«

Thamina sah sich um. »Emma!«, rief sie. »Sag Siad Bescheid!«

»Ich hab mein Smartphone nicht dabei«, gab ich zurück, um Zeit zu schinden.

Alfred ging mit seinem Begleiter währenddessen zum Treppenhaus. Letzterer hatte sich noch nicht zu mir umgedreht, sodass ich sein Gesicht noch nicht gesehen hatte.

Thamina fand ihr eigenes Handy, rief Siad an und sprach aufgeregt auf Arabisch.

»Was machen wir jetzt?«, fragte ich.

Sie zuckte die Schultern.

Lucy und ich sahen uns an. Warum hatte Alfred nicht die Polizei alarmiert?

Fadia kam dazu. Die Schwestern waren fertig mit ihrer Arbeit, brachten das Putzzeug in den Keller und kehrten zurück.

»Unten ist keiner. Sie müssen alle im Gang sein«, sagte Fadia.

Was war schiefgelaufen? Brachten die sich jetzt gegenseitig um?

Lucy schuckelte Raja in den Schlaf. Ich grübelte.

Nach einer Ewigkeit hörten wir den Aufzug und stierten gebannt in seine Richtung. Die Tür glitt auf, und heraus traten Siad, Lounis, Alfred und – Herbert! Ach, du Scheiße! Ich schob mich unauffällig hinter Lucy.

Siad räusperte sich. »Sieht so aus, als hätten wir zwei neue Partner. Wir werden die Strategie ändern, wenn der Gouverneur das Okay gibt.«

Er wies auf die beiden von der Security: »Alfred kennt ihr ja schon. Das ist sein Kompagnon Herbert.«

Herbert trat kurz vor.

Siad zeigte der Reihe nach auf uns. »Thamina, Fadia, meine Schwestern. Lucy und Emma.«

Herbert glotzte. Dann sagte er: »Hallo, Emma.« Grinste.

»Drecksau!« Warum nur konnte ich mich wieder nicht beherrschen?

»Ihr kennt euch?« Siad sah zwischen uns hin und her.

»Von früher«, sagte ich. »Alles gut. Der wird das Kind schon schaukeln.«

Aber genau das hatte das Fottloch nicht getan. Wenn ich schwanger werden würde, sollte ich zusehen, wie ich klarkäme, hatte er gesagt, nachdem er mich gevögelt hatte. Warum ich ihn nicht gleich umgelegt hatte? Ganz einfach, weil er gleich danach abgehauen war. Nach Amerika. Dallas, Texas. Wie hieß die Truppe noch, der er sich angeschlossen hatte? Beim Blick auf seine Handrücken fiel es mir wieder ein. Das Tattoo der Hammerskins: zwei gekreuzte Hämmer vor dem Zahnrad. Herbert hatte sich schon immer für die Elite gehalten. Die Karlsbande nannte er einen Haufen Schlappschwänze, die nichts gebacken kriegten als Alemannia-Gröl-Gesänge und das Abbrennen von Polenböllern im Tivoli. Faselte vom weltweiten Kampf gegen Überfremdung. Wieso er dafür ausgerechnet in die Fremde gehen wollte, erschloss sich mir nicht. »Arier aller Länder müssen sich solidarisieren!«, schrie er damals dauernd.

Himmel, ich hatte doch keine Ahnung, was »Arier« sein sollten, verstand »Aachener« und hakte nach: »Aachener aller Länder«? Du meinst, alle aus dem Drei-Länder-Eck?«

Da wurde mir erklärt, wo der Hammer hing. Nämlich total im Argen. Weil die Aachener so auf den Karl abfuhren, der doch der Sargnagel der Germanen gewesen wär. Ende des achten Jahrhunderts hätte Kaiser Karl in einem Blutgericht fünftausend Sachsen abschlachten lassen, die immer noch auf Blutrache im Kampf gegen das welsche Christentum warteten.

»Welches Christentum?«, fragte ich. Klar, als ich später lesen konnte, verstand ich, dass Herbert nicht einfach nur – wie alle Rheinländer – das »ch« wie »sch« ausgesprochen hatte, sondern es sich um ein ganz anderes Wort gehandelt hatte.

Natürlich das welsche! Karl der Große wär ein Franke gewesen, der das Abendland romanisiert hätte. Das heutige Europa wär nichts als eine französische Missgeburt, die die wahren Götter ausrotten wollte, weshalb er, Herbert, sich dem bewaffneten Widerstand anschließen würde. Im Zeichen des Hammers, der für Thor stünde.

»Bedeutet Tor nicht Dösbaddel?«, vergewisserte ich mich. Himmel, diese Rechtschreibung!

Da knallten bei Herbert alle Sicherungen durch. Anschließend sah ich aus wie Lucy nach Rajas Geburt. Ich humpelte in den Aachener Dom und zündete aus lauter Dankbarkeit darüber, dass ich keine Gelegenheit gehabt hatte, ihm von der Schwangerschaft zu erzählen, eine Kerze an. Nee, religiös war ich noch nie. Aber ein Jesus Christus, der sagte, man solle nicht zurückschlagen, und sich lieber ans Kreuz nageln ließ, war mir bedeutend sympathischer als ein Dreckskerl, der eine Frau erst nagelte und anschließend den Hammer auspackte. In dem Moment hatte ich entschieden, dass er nie im Leben sein Kind kennenlernen würde.

Aber jetzt stand dieses Sauaas nach so vielen Jahren vor mir und meiner Tochter und hatte sich im Kampf gegen die Christianisierung des Abendlands mit dem Islamistenpack verbündet. Höchste Zeit für einen Gegenschlag! Die Christus-Strategie war in diesem Fall keine Lösung.

Das Allerwichtigste: dass Lucy mit ihrem Vater-Entzugs-Knall nicht erfuhr, dass er ihr Erzeuger war. Auch wenn Herbert zu blöd war, eins und eins zusammenzuzählen – Ihr Alter würde er leicht rauskriegen.

»Woher kennst du den Typ?«, fragte Lucy prompt auf dem Heimweg.

»Aus dem Fußballstadion«, antwortete ich wahrheitsgemäß. »Vor deiner Zeit.«

»Ein Nazi-Arsch!«

»Der geht über Leichen, und wenn er am Ende über die von Siad und Lounis geht, ist das doch super für uns.«

»Aber was macht der mit einem Würstchen wie Alfred?«

»Alfred hat Schlüsselgewalt über alle wichtigen Gebäude der Stadt. Grund genug, sich an ihn dranzuhängen.«

Die Männer hatten sich also auf eine neue Strategie geeinigt: Obwohl der Elisenbrunnen schon fast erreicht war, wurde jetzt Richtung Rathaus weitergebuddelt.

»Aber was, bitteschön, ist denn im Rathaus zu holen?«, fragte ich. »Wie hoch ist noch mal gerade der Schuldenstand der Stadt?«

Am Abend setzte ich mich mit Lucy vor den PC und recherchierte: Was gab es im Rathaus, was sich zu klauen lohnte? Großformatige Gemälde, die Ketten der Bürgermeister, das Arksche Treppengeländer? Wir fanden heraus, dass im Krönungssaal früher die Bibliothek untergebracht gewesen war. Außerdem wurde da immer der Karlspreis verliehen. Dieses Jahr sollte ihn ein Franzose kriegen, das Makrönchen. Für seine Verdienste um Europa. Ich grinste. Das würde Herbert stinken.

»Die Merkel kommt!«, rief Lucy plötzlich.

Ich drehte mich erschrocken zur Wohnzimmertür um, dann endlich fiel bei mir der Groschen. Macron und Merkel auf einen Streich! Am zehnten Mai! In fünf Tagen ...

Von da an arbeiteten wir die Nächte durch. Wenn Thamina und Fadia fertig geputzt hatten, halfen sie im Tunnel. Alfred fuhr seine Runde und entsorgte unterwegs den Schutt. Auch Herbert packte tüchtig mit an.

In der letzten Nacht vor dem großen Tag war alles fertig, und wir deponierten die Bücher mit ihrem gefährlichen Inhalt in den Gängen. Die Herren legten Schnüre und rechneten.

Sagte ich schon, dass Herbert noch nie eins und eins hatte zusammenzählen können?

An Tag X klappte manches wie am Schnürchen. Die Anti-Atom-Bewegung »Stop Tihange« war da, um die Karlspreisverleihung zu stören. Hunderte von Demonstranten schrien, pfiffen und trommelten, sodass niemand von der Detonation etwas mitbekam. Die allerdings nichts weiter bewirkte, als dass der Gang in sich zusammenfiel und vier Möchtegern-Terroristen unter sich begrub. Offensichtlich hatte ich in den letzten

Wochen genau die richtige Menge Sprengpulver im Klo entsorgt und an ihrer statt Haushaltsmehl in die Beutel getan.

Natürlich wurden die Leichen ein paar Tage später wieder ausgebuddelt und wir ins Kreuzverhör genommen. Dass wir zur Beihilfe erpresst worden waren, lag auf der Hand. Dass wir den Anschlag letzten Endes vereitelt hatten, rechnete man uns hoch an. Das Kamel wurde abgeschoben. Lucy reichte die Scheidung ein und zog mit allem Sack und Pack zu mir.

Raja und Lucy hatten ihre Namen verdient: Endlich Licht am Ende des Tunnels. Wir hatten wieder Hoffnung!

Erstveröffentlicht in: *Mord im Dreiländereck*, Hrsg.: Peter Gerdes, Emons Verlag Köln 2019

ADVENT, ADVENT

Mit dem Tag, an dem Marten aus dem St. Josefs-Hospital entlassen wird, verfällt er zusehends. Lisbeth vermutet, dass es an den Krankenschwestern liegt, die ihm fehlen. Das hat sie Erdmute zumindest am Telefon gesagt. Auch wenn er seit dem Schlaganfall nicht wieder aufgestanden ist und keinen vernünftigen Satz mehr geredet hat, war er doch immer noch in der Lage, die jungen Mädchen unvermittelt in den Hintern zu kneifen, während sie ihm die Kissen aufschüttelten oder ihn fütterten, so dass sie kreischend den Löffel fallen ließen, während Martens Blick unverändert starr an der Decke hing, als hätte seine Hand ein Eigenleben entwickelt, von dem er gar nichts wusste.

Jetzt hat er nur noch Lisbeth, und die kneift er nicht in den Hintern, obwohl sie doch so eine rosige und propere Person ist, deren Hintern geradezu danach schreit, einmal gekniffen zu werden. Lisbeth ist fast fünfzehn Jahre jünger als ihr Bruder, und Marten kann von Glück sagen, dass sie nie Anstalten gemacht hat, das elterliche Haus in Wiesbaden zu verlassen – nach einer ersten großen Enttäuschung, von der nichts weiter überliefert ist, als dass es sich um einen Vorwerk-Vertreter gehandelt haben müsse. Immerhin ist das elterliche Haus so in den Besitz eines umfassenden Sortiments von Reinigungsgeräten gekommen, die Lisbeth in späteren Jahren durchaus zu schätzen wusste. Sie war es dann, die die

Pflege der Eltern übernahm, bis diese vor acht Jahren im Abstand von zwei Monaten nach längerer Bettlägerigkeit verschieden, erst der Vater, dann die Mutter. Bis heute stutzt sie einmal die Woche den Efeu am Doppelgrab auf dem Sonnenberg und wechselt die Kerze.

Als Marten nach seinem Schlaganfall aus der Klinik entlassen wurde, ist er selbstverständlich zu Lisbeth in das Elternhaus gebracht worden, das sie nun allein bewohnt. Erdmute, die ältere Schwester, ist extra aus München angereist, um sich um die Entrümpelung von Martens Zwei-Zimmer-Wohnung zu kümmern. Wertsachen hat sie nicht gefunden. Aber wie sollte man in diesem Durcheinander auch etwas finden? Da ihr Bruder seit dem Tod seiner Frau nie wieder einen Abfalleimer auf den Hof getragen hat, stattdessen eine akribische Mülltrennung direkt in der Wohnung vorgenommen hat, waren die Zimmer kaum noch zu betreten. Der Berg Joghurtbecher, hinter dem Fernseher bis zur Decke gewachsen, verschwand fast unter einem grünen Schimmel-Überzug. Erdmute hat erst einen Moment überlegt, ob sie hysterische Anfälle kriegen sollte, aber da keiner dabei war, fluchte sie nur kräftig, und dann fuhr sie in den nächsten Supermarkt, um Gummihandschuhe und Müllsäcke zu besorgen. Sie rief ihren Mann an und verkündete ihm, dass sie vor Weihnachten wohl nicht zurückkommen werde. Dann gab sie im Hotel Bescheid und kümmerte sich um ein Entrümpelungsunternehmen. Die arme kleine Lisbeth war ja schon geprügelt genug mit der Pflege des Alten.

»Guck mal«, sagt Lisbeth, die mit Erdmute an Martens Bett getreten ist. Sie nimmt die Zündholzschachtel auf, die auf dem Nachttisch neben dem Bett liegt. Erdmute bestaunt den hübschen kleinen Adventskranz, den die Schwester ihrem Bruder dort hingestellt hat.

»Ist das nicht rausgeschmissenes Geld?«, fragt sie. »Der kriegt doch gar nichts mehr mit!«

»Guck!«, wiederholt Lisbeth. Sie lässt das Streichholz an der Reibefläche entlang ratschen. Marten zuckt zusammen, aber seine Augen bleiben geschlossen. Lisbeth führt die Flamme an den bereits geschwärzten Docht der ersten Kerze und zündet sie an. Da kommt Leben in Marten. Er zieht die Luft durch seine große Nase scharf ein, mehrfach, dann reißt er die Augen auf. »Nnnei!«, schreit er und wirft den Kopf hin und her, als wollte er etwas Unheimliches abschütteln.

»Was ist denn los mit dir?«, fragt Erdmute, packt den Bruder an den Schultern und rüttelt ihn, dass er zu Sinnen kommt.

Lisbeth ist derweil damit beschäftigt, seine Herztropfen auf einen großen Löffel zu träufeln: »... siebzehn, achtzehn, neunzehn, zwanzig!«, zählt sie halblaut, setzt das Fläschchen ab und kippt den Inhalt des Löffels in ein Wasserglas.

»Was hast du denn jetzt schon wieder?«, fragt sie und hält das Glas ein Stückchen von dem unruhig gestikulierenden Bruder weg, damit er es ihr nicht aus der Hand schlägt. Sie lächelt dabei wie eine Mutter, die ihr trotziges Kind beruhigen will.

»Tod!«, schreit Marten. Seine nun weit aufgerissenen Augen hängen gebannt an der Kerzenflamme. Erdmute guckt spöttisch zwischen Marten und dem Adventskranz hin und her.

»Rausgeschmissenes Geld«, sagt sie kopfschüttelnd. »Der ist doch nicht mehr dicht im Kopf!« Sie lacht und setzt hinzu: »War er ja eigentlich noch nie so wirklich.«

»Das sagst du nur, weil ihr beide euch noch nie riechen konntet«, spottet Lisbeth. »Ihr habt euch doch dauernd gezankt!«

»Tja«, lächelt Erdmute. »Jetzt kann er sich nicht mehr wehren!«

Das Feuer flackert ein wenig. Marten starrt angstvoll in die Flamme. Es scheint, als verändere der schwarze Schatten um den Docht seine Form hin zu einer Fratze mit zwei Hörnern.

»Das ist eine Adventskerze, du Dummkopf«, sagt Lisbeth zu Marten. »Jetzt nimm deine Tropfen! Dr. Hundgeburth sagt, du musst sie unbedingt nach Vorschrift einnehmen, also halt still!«

Sie führt das Glas an seine Lippen, aber Marten, dessen Blick immer noch starr in das Kerzenlicht gerichtet ist, schreit wieder: »Nei! Tod! Tod!« Dabei fuchtelt er so wild mit den Händen, dass er seiner Schwester tatsächlich das Wasserglas aus der Hand schlägt. Es zerschellt auf dem Parkettboden.

»Idiot!«, faucht Lisbeth. Ihre Hand schnellt vor, aber sie kann sich gerade noch bremsen. Sie bückt sich seufzend und hebt die Scherben auf.

»Wie hältst du das bloß aus?«, fragt Erdmute am zweiten Advent beim Kaffee.

Eben beginnen die Glocken der Marktkirche am Schlossplatz laut zu bimmeln, sodass die Schwester nicht gleich antwortet, sondern ihre Tasse absetzt und den Hals reckt, um Marten zu beobachten, der mit geschlossenen Augen da liegt. »Nicht mehr lange«, entgegnet sie schließlich und zündet die zweite Adventskerze an.

Marten wird unruhig. Er schnüffelt heftig und schlägt die Augen auf, sein Blick fixiert die Kerzen, und die Hände machen abwehrende Gesten. Er stößt ein Winseln aus. »Nnnnnei«, jammert er.

»Was hat er?«, fragt Erdmute, die Kaffeetasse noch am Mund.

»Tod!«, schreit Marten so laut, dass Erdmute sich den Kaffee über das Kostüm schüttet.

Lisbeth trägt den Adventskranz aus Martens Gesichtsfeld. »Die Kerzen machen ihn anscheinend verrückt«, sagt sie. Sie holt einen feuchten Lappen und Wasser aus der Küche. Dann gießt sie Marten ein Glas voll und angelt nach den Herztropfen.

»Er hat doch früher nie Angst vor Feuer gehabt«, wundert sich Erdmute, die mit dem Lappen an ihrem Kostüm rumrubbelt und den Flecken immer größer macht.

»Er hat halt einen Knall!« Lisbeth schraubt das Fläschchen auf.

»Ich habe übrigens Mutters Testament in seiner Wohnung gefunden. Er hatte es in seinem Schreibtisch versteckt«, sagt Erdmute. »Er muss uns damals gründlich beschissen haben! Mutters ganzer Schmuck, der da als unser beider Erbe angeführt ist, da habe ich nie was von gesehen. In Martens Wohnung habe ich ihn allerdings auch nicht gefunden. Meinst du, er hat ihn weggeschafft? – Ich war ja damals bei der Testamentseröffnung nicht dabei und hatte überhaupt ganz andere Dinge im Kopf. Aber du – du warst doch da! Hast du das denn nicht mitgekriegt?«

»Ach du je, Mutters Schmuck«, sagt Lisbeth gedehnt und tut überrascht, als sei ihr das noch gar nicht in den Sinn gekommen. »Ja, richtig – ja, damals …« Sie greift schnell nach dem Löffel und beginnt die Tropfen abzuzählen.

»Der leibliche Bruder«, grollt Erdmute. »Ein richtiges Schwein! Immer hat er alles an sich gerissen! Immer der Bestimmer! Und immer den besten Riecher, wie er einen Vorteil aus allem schlagen konnte! Wahrscheinlich hat er längst alles verkauft! Und dabei habe ich wirklich daran gehangen. Ich hab nur einfach gar nicht daran gedacht damals! Weißt du noch? Vivi war mitten im Examen damals, das ging einfach vor.« Sie seufzt. »Zu spät«, sagt sie. »Jetzt können wir ihn noch nicht einmal mehr zur Rede stellen!«

»… fünfunddreißig, sechsunddreißig, siebenunddreißig, achtunddreißig, neununddreißig, vierzig«, zählt Lisbeth, leert den Löffel in das Wasserglas und hebt es an Martins fest zusammengepresste Lippen. Mit Daumen und Zeigefinger der linken Hand drückt sie seine Kiefer auseinander, zwingt seinen Kopf in den Nacken und nötigt ihn so, alles herunterzuschlucken.

Am dritten Advent kommt Erdmute erst abends vorbei. Lisbeth hat Marten schon ruhiggestellt. Er liegt da wie aufgebahrt, bleich, mit geschlossenen Augen, und atmet nur flach. Lisbeth winkt Erdmute an sein Bett, zündet die Adventskerzen wieder an und schiebt den Kranz dicht neben das Kissen, neben Martens Kopf. Während sie die Herztropfen abzählt, geht ihr Blick zwischen ihrem Bruder und dem Löffel unablässig hin und her. Martens große Nase beginnt zu zucken.

Erdmute erzählt von den Zuständen in Martens Wohnung. »Ein Gestank war das«, sagt sie. »Ich verstehe überhaupt nicht, wie er das ausgehalten hat. Früher hatte er doch immer so eine empfindliche Nase!« Martens Hände beginnen zu wandern. Seine Augen scheinen unter den Lidern zu flackern. Die Zunge ist schwer von Schlafmitteln, aber was er lallt, ist immer dasselbe: »Tod! Tod! Tod!«

»Himmel, kommst du überhaupt noch zum Schlafen?«, fragt Erdmute. »Das ist ja gruselig!«

»... fünfundfünfzig, sechsundfünfzig, siebenundfünfzig, achtundfünfzig, neunundfünfzig, sechzig!«, entgegnet Lisbeth und leert den Löffel ins Glas.

Marten leistet kaum Widerstand, als sie ihm die Medizin verabreicht. Er scheint zu müde zu sein, die Augen zu öffnen, aber sein Körper wehrt sich doch mit aller Macht gegen den Schlaf, er zuckt und zappelt. Lisbeth hebt den Adventskranz an und hält ihn dicht an Martens Gesicht. Sie beobachtet, wie seine Erregung trotz geschlossener Augen zunimmt. Dann bläst sie die Kerzen eine nach der anderen aus. Marten kommt zur Ruhe.

»Nein, das mache ich nicht mehr lange mit«, sagt Lisbeth.

»Rate, wen ich mitgebracht habe!«, strahlt Erdmute, als sie am vierten Advent klingelt. Noch ehe Lisbeth darüber nachdenken kann, guckt Vivian über die Schulter ihrer Mutter, hinter deren Rücken sie sich versteckt hat. »Tante Lisbeth!«, lacht sie.

»Ich dachte, ihr habt erst Weihnachten frei!«, Lisbeth umarmt ihre Nichte und schiebt sie gleich wieder von sich, um sie zu begutachten. »Gut siehst du aus, Kind! – Aber kommt rein! Ich hab frischen Stollen! – Erschrick bitte nicht, wenn du Onkel Marten siehst.« Sie seufzt. »Er wird von Woche zu Woche anstrengender.«

Sie finden sich mit Kaffee und Stollen in dem Pflegezimmer ein. Vivian steht neben dem Bett und betrachtet ihren Onkel nachdenklich.

»Er versteht nichts von dem, was wir sagen?«, fragt sie.

»Wenn du mich fragst, versteht er mehr, als er sich anmerken lässt«, kichert Lisbeth. »Aber wahrscheinlich will er einfach nichts hören!«

»Egal!«, sagt Vivian. Sie beugt sich über Marten.

»Hallo, du alter Betrüger!«, sagt sie laut.

»Was soll das heißen, Vivi?« Erdmute kleckert vor Schreck beim Eingießen Kaffee auf die Untertasse, will die kleine Pfütze mit einer Papierserviette aufwischen, stößt dabei aber gegen die Tasse, die noch einmal überschwappt, so dass die Serviette durchtränkt ist.

»Hast *du* nicht erzählt, dass du dieses Testament bei ihm gefunden hast?«, sagt Vivian böse zu ihrer Mutter. Und in Martens Richtung faucht sie: »Die eigene Familie übers Ohr hauen, was?«

Martens Hände fahren unruhig hin und her, sein Blick hängt an der Decke.

»Hier, Marten, ich bringe dir was«, sagt Lisbeth. Sie stellt den Adventskranz auf das Tischchen neben Martens Bett und zündet nacheinander vier Kerzen an. Dann träufelt sie seine Herztropfen auf den Löffel. Das erste, was sich an Marten regt, ist wieder seine große Nase, die scharf Luft einzieht. Es schüttelt ihn.

Lisbeth kichert. »Deine Tochter kann er auch nicht riechen, siehst du?«, sagt sie.

»In seiner eigenen Wohnung war er jedenfalls nicht so pingelig«, grollt Erdmute.

Martens Gesichtsausdruck zeigt blanke Abwehr. Sein Blick irrt durch das Zimmer, auf die brennenden Kerzen, er beginnt mit nahezu panischen Bewegungen auf der Bettdecke hin und her zu fuchteln, als suchte er ganz dringend etwas. »Tod!«, jammert er.

Vivian lacht böse. »Kannst es kaum abwarten, was?«, sagt sie. »Ich gönne es dir. Und für deine Schwestern wäre es die reinste Erlösung!«

»Tod!«, jammert Marten mit allen Anzeichen des Entsetzens. Er fixiert die Kerzenflammen. »Tod! Tod«

»Von mir aus kannst du im Fegefeuer schmoren!«, sagt Vivian und setzt sich mit einer Kaffeetasse und einem Stück Stollen auf den Stuhl am Fenster.

»... sechsundsiebzig, siebenundsiebzig, achtundsiebzig, neunundsiebzig, achtzig!«, sagt Lisbeth triumphierend und fixiert mit der einen Hand Martens Kopf, mit der anderen hält sie das Glas an seine Lippen. »Da! Trink!«

Marten starrt immer noch wie gebannt auf die Kerzen, er protestiert, ohne Worte zu finden, verschluckt sich, aber Lisbeth zwingt ihn zu trinken, bis das Glas leer ist. Marten jammert und zappelt mit Händen und Füßen.

»Wenn ihr den Kaffee ausgetrunken habt«, sagt Lisbeth, »dann lasst uns in den Keller gehen. Zu der alte Anrichte. Da ist Mutters Schmuck drin versteckt.«

»Was?«, entfährt es Erdmute und Vivian gleichzeitig.

Lisbeth ist eine rosige Person, aber im Schein des Kerzenlichts wirkt sie noch ein bisschen rosiger als sonst.

»Ich hatte mir damals gleich gedacht, dass Marten uns übers Ohr hauen wollte«, sagt sie. »Und da habe ich die wertvollsten Stücke gesichert. Jetzt, wo du das Testament gefunden hast, dachte ich, ist es an der Zeit, dass ich dir und Vivian euren Anteil gebe. Es ist schließlich Weihnachten, und Marten kann ja jetzt keinen Ärger mehr machen.«

Als die Frauen aus dem Zimmer gehen, hören sie, wie Marten anfängt zu schreien: »Nei … nein … nein!«

Vivian dreht sich um. »Doch, du mieser kleiner Halunke!«, sagt sie. »Du wirst uns nicht daran hindern, dass wir uns jetzt holen, was uns zusteht!«

Der Sachverständigenbericht stellte fest, dass der Funke, der beim Einschalten der Kellerbeleuchtung freigesetzt wurde, das Gas entzündet haben musste, das seit Wochen durch das undichte Ventil der Zuleitung ausgetreten war. Die drei Frauen waren sofort tot. Das Feuer fand in den Pappkartons und Bretterverschlägen des Kellers reichlich Nahrung und brannte bereits lichterloh, als die Feuerwehr anrückte.

Der alte Mann lag tot im Bett. Vermutlich war er an einer Koronarinsuffizienz gestorben, die durch die Explosion ausgelöst wurde. Der Schreck war offensichtlich zu viel gewesen für sein geschwächtes Herz.

Erstveröffentlicht in: *Tödliche Türchen*, Hrsg.: Fenna Williams und Angelika Schulz-Parthu, Leinpfad Verlag Ingelheim 2014

DA KINI

Da Kini!«, lallte Lu gegen drei. »'schwill da Kini!«

Der Barkeeper griff mit einer routinierten Bewegung hinter sich und zauberte ein Martiniglas und eine Flasche Bacardi auf den Tresen. »Daiquiri klassisch oder Kiwi?«

Lu stierte ihn an. »Ki … Kini!« Er wedelte das eigene Gebrabbel weg und setzte neu an: »Da Ki'i! 'schwill da Kini seh'n! Da Ludwig, das Luda!«

Da fiel es mir wie Schuppen aus den Haaren: der Schloss-Neuschwanstein-Mottowagen!

Wir hatten uns am Vormittag vor der Einmündung der Deutzer Brücke am CSD-Zugweg postiert, stundenlang gejubelt und getanzt, bis wir erschöpft ins »Timp« getaumelt waren. Lu hatte versucht, den Wagen zu entern. Was an den Ordner-Engeln scheiterte, die, angetan mit Flattergewändern und silbernen Stachelhalsbändern auf den Rauschgoldlocken, unter Einsatz von Prinzessin-Lillifee-Zauberstäben jeden zurückscheuchten, der den großen Rädern zu nahekam. Aus einem der Turmaufbauten feuerte eine hagere Dragqueen, deren Haare rapunzelgleich bis zur Ladefläche wallten, einen Jo Calderone an, der mittels eines überdimensionierten Schaumstoffschlüssels das Tor von Schloss Neuschwanstein zu bespringen versuchte. Seine Bewegungen erinnerte an Miss Sophies Butler James, Admiral von Schneider den Portwein aus der Hüfte austeilend. Der Schriftzug auf der Schlossmauer verkündete: »Aufgeschlossen sein!«

»Wie süüüüß!«, kreischte Lu in diesem schrillen Tuntentonfall, den ich auf den Tod nicht abkonnte. Zumal: Was war an der aufgetakelten Bohnenstange bitte schön süß?

»Bin ich dir zu dick, oder was?«, knurrte ich, als der Wagenengel Lu in meine Arme zurückbeförderte.

»Du? Wieso?« Er musterte mich entgeistert.

Es stellte sich heraus, dass er das Märchenschloss gemeint hatte. Offensichtlich hatte es unter der affektierten Oberfläche an eine romantische Ader von ungeahntem Ausmaß gekratzt.

Am nächsten Abend fing er wieder von dem Kini an. Obwohl mir schleierhaft war, wie auch nur eine einzige seiner grauen Zellen die hochprozentige Medikation überlebt hatte. Die Sehnsucht schien tatsächlich tief zu sitzen. Irgendeine frühkitschige Störung in der Region, wo bei anderen Menschen der Geschmack herausgebildet wird.

»Mir sollten dem Kini amol a B'such abstatten, Bernie, wos moanst?«

Lu sprach kein Wort Bayrisch. Er kannte auch niemanden, der in dieser Hinterwäldler-Diktion kommunizierte. Vermutlich gibt es fünfzehn Varianten zwischen maanst und moonst, die in streng voneinander geschiedenen Gebieten gesprochen werden, deren Bewohner einander in archaischem Hass verzwistet sind. Weshalb ich mich – egal, wo ich bin – niemals damit aus dem Fenster lehne, dass ich versuche, mit Ausländern respektive Einheimischen in deren Sprache zu kommunizieren. Im besten Fall macht man sich doch nur lächerlich. Schon gar Lu, der mir vor sieben Jahren aus dem Norden in die Arme gelaufen war, um sich in Köln zu outen. Sein Kölsch klang nach wie vor derartig bemüht, dass jeder zehn Meter gegen den Wind den Imi erkannte.

Das war kurz vor meinem Fünfzigsten gewesen. Ich hatte mir auf Lus Betreiben hin zum ersten Mal seit fünfzehn Jahren Praxisferien verschrieben. Gleich im Anschluss an meinen Geburtstag.

Einige Male, als ich in der folgenden Woche spät von der Arbeit kam, traf ich Lu an seinem Laptop an. Auf dem Bildschirm tiefblaue Seen vor gebirgigen Horizonten, die von braunen Wiederkäuern, Menschen mit Kniebundhosen und Rucksäcken und Bauernhäusern mit großen Holzbalkonen und überbordender Geranien-Monokultur flankiert wurden. Und Schloss Neuschwanstein.

Mir schwante etwas.

Der große Tag nahte. Lu hatte im Vorfeld gefragt, ob ich feiern wollte. Freunde hätten sich erkundigt.

»Wer Lust hat, kann auf ein Kölsch vorbeikommen«, sagte ich. »Ich kann ja ein Fässchen besorgen. Für den Fall der Fälle.«

Ich hätte es mir denken können!

Als ich spät in der Nacht den letzten Gast verabschiedete und die Verwüstung in unserem Appartement begutachtete, war Lu noch damit beschäftigt, das mannshohe Tortenmodell von Belag zu befreien und diesen in Gefrierhäppchen zu portionieren. Sichtlich zufrieden mit sich.

»Du hast vielleicht geguckt!«, kicherte er.

Ja. Meine Gesichtszüge waren mir mit Sicherheit entglitten. Ich hatte gerade ein längeres Gespräch mit Prof. Dr. Birkenbohm, dem neuen Vorsitzenden der Ärztekammer-Kreisstelle Köln, geführt. Es ging um zukünftige Zusammenarbeit. Nachdem Lu im String-Tanga aus der Torte gehüpft war und mir sein Geschenk überreicht hatte, war Birkenbohm sehr schnell verschwunden. Wie die meisten meiner Kollegen. Während unsere Freunde aus dem »Timp« erst richtig aufdrehten.

Ich würde es Lu beibringen müssen, dass es nicht immer glücklich war, Privates und Berufliches zu mischen. Er würde es nicht begreifen. Sein Auftritt war doch rattenscharf gewesen. Ja. Wenn man auf perfekt gebaute junge Männer stand.

Lu schob mir einen Sahnefinger in den Mund, zog ihn heraus und ließ ihn lustvoll wieder hineingleiten.

»Ich freue mich auf unser Ferienhäuschen«, flüsterte er und schmiegte sich an mich. Ich ließ mich ins Schlafzimmer abführen. Konnte mir dennoch den Gedanken nicht verkneifen, dass er sich diesen zweiwöchigen Allgäu-Urlaub selbst geschenkt hatte. Von meinem Geld.

Am nächsten Tag brachen wir in aller Frühe auf, nachdem ich notdürftig aufgeräumt und gepackt hatte. Wir erreichten unser Ziel am frühen Abend.

Das Häuschen sah aus wie im Prospekt. »Süüüß!«, wie es vom Beifahrersitz herüberscholl, zum Glück ziemlich schläfrig. Die meiste Zeit hatte Lu neben mir geschlummert, während ich mich, übermüdet, wie ich war, wechselweise durch Staus quälte und wieder Gas gab. Kaum hielt der Wagen, hatte mein Mitfahrer die Augen wieder aufgeschlagen. »Wow!«

Seine Begeisterung entschädigte mich immer aufs Neue für Strapazen und Kosten, die unsere Beziehung mit sich brachte.

Ich lud eben die Koffer aus dem Wagen, als Lu hinter mir schrie: »Miezmiezmiez!«

‚Nein!', dachte ich. ‚Bitte nicht.' Ich musste mich beherrschen, nicht wieder ins Auto zu springen und die Tür hinter mir zuzuknallen.

Zu spät! Lu kam um den Wagen herum, etwas Pelziges auf dem Arm.

»Weg!«, sagte ich schärfer, als beabsichtigt.

Lus Augen wurden groß. »Aber ...«

Ich nieste. Einmal, zweimal, dreimal.

»Weg damit!« Tränenblind floh ich ins Haus.

Er taperte hinterher. Ohne das Viech. »Tut mir leid«, sagte er und wolle mich in den Arm nehmen.

Ich wehrte ab. »Zieh dich um!«

Aber als wir das Schlafzimmer betraten, merkte ich: Ich musste die ganze Wohnung erst einer Generalreinigung unterziehen.

Lu starrte mich entgeistert an, als ich den Staubsauger aus der Kammer zerrte. »Spinnst du? Hier ist es doch total sauber!«

»Mag sein, aber danach muss die Katze hier durchgelaufen sein.«

»Was bist du denn für eine Zicke!«, entfuhr es ihm.

Im gleichen Moment rutschte mir die Hand aus.

Ich hab ihn unter Tränen um Verzeihung gebeten. Das mit den Tränen war den Katzenhaaren geschuldet. Aber natürlich tat es mir leid!

Es half nichts. Lu sagte, er brauche erst mal frische Luft, und ging raus.

Ich ließ meine Wut an der Ferienwohnung aus. Wirklich ganz entzückend. Bis auf ein für einen hochgradigen Allergiker wie mich nicht unwesentliches Detail.

Kaum dass der Staubsauger schwieg, meldete Lu sich zurück. Schmollend.

»Hast du dich wieder eingekriegt?«

»Wenn du dich umziehst! Pack deine Kleidung in eine Plastiktüte.«

Ich nutzte die Gelegenheit, selbst vor die Tür zu gehen. Von der Zufahrt griff ich mir eine Handvoll Kiesel. Sicherheitshalber. Setzte mich nicht auf die Bank vor dem Haus. Obwohl sie frei war. Genoss die Aussicht im Stehen davor. Ah, unglaublich! Wie die Bilder, die Lu sich im Internet angeguckt hatte. Natur für Kitschpostkarten! Der tiefblaue Große Alpsee unter mir, oben Wattewölkchen vor Abendhimmel, leuchtendes Grün rundherum – und Geranien! Satt und rot an unserem Häuschen. Ich atmete tief durch. Augenblicklich schossen mir Tränen in die Augen. – War ich jetzt schon gegen Geranien allergisch? Dann sah ich sie im Schatten unter der Bank! Wut packte mich. Ich feuerte einen Kiesel nach dem anderen ab. Das Vieh vollführte Bocksprünge, fauchte, verzog sich nur unter Protest.

»Was machst du da?«, kreischte Lu.

Ich war in dem Moment heilfroh, dass er in der Tür stand. Weit genug weg.

Etwas musste passieren. Die Katze schien zu dem Haus zu gehören, und nichts und niemand würde sie daran hindern, täglich wiederzukehren.

Aber zuallererst musste Lu beruhigt werden.

Ich bat, ihn ausführen zu dürfen. Wir fuhren von Immenstadt nach Bühl, vorbei am Kleinen Alpsee zum Großen. Zum Kappelwindecker »Lamm«, Empfehlung des Gault Millau. Nicht nur wegen des aufwändig restaurierten Jugendstilinterieurs. Der Koch hatte bei Witzigmann gelernt.

Lu war begeistert von der Speisekarte. Was für Namen! »Krautspatzen«, »Kratzat«, »Katzegeschrei«, »Stopfer« – Insbesondere hatten es ihm die »Nonnafürze« und »versoffenen Jungfrauen« angetan.

»Ich koch auch mal Allgäuer Küche für uns«, versprach ich, weil er sich nicht entscheiden konnte. »In der Küche unseres Häuschens gibt es ein Rezeptbuch.«

Wir wählten verschiedene hausgemachte Spätzlevarianten. Das Essen war wunderbar und entschädigte mich ein wenig für den stressigen Tag, Lu hoffentlich für die Ohrfeige. Beim Cappucchino versuchte ich es mit einem anderen Thema.

»Wie weit bist du jetzt eigentlich mit deinem Masterstudium?«

»Och, ja ...«

»Was heißt das?«

»Nu, ich muss noch warten.«

»Worauf?«

»Na, ehe ich weitermachen kann.«

»Wie – weiter? Du hast noch gar nicht angefangen? Aber dein Bachelor ist doch schon ein Jahr her! Verstehe ich das richtig?«

»Ich warte halt.«

»Seit einem Jahr? Mir sagst du immer, du musst zur Uni!«

»Na, ich bewerbe mich doch!«

Meine Verblüffung hatte meine Verärgerung zunächst ausgebremst. Aber ich merkte, wie es in mir zu brodeln begann.

»Du hast also die ganze Zeit auf meine Kosten gelebt und getan, als wärst du noch mitten im Studium?«

»Bin ich doch auch!«

Die Kellnerin kam, wollte wissen, ob wir noch etwas wünschten.

»Die Rechnung«, sagte ich.

Ich sprach kein Wort auf der Rückfahrt. Was für ein Ferienauftakt! Ich hatte mir eine Laus in den Pelz gesetzt, die sich seit sieben Jahren nun dort genüsslich tat. Ausbildung, nachgeholter Schulabschluss, Studium. Jetzt Auszeit. Man konnte sich daran gewöhnen, dass andere arbeiten gingen, während man selbst eine Art Apanage bezog. Da Kini!

Aber ich vermied weitere Diskussionen. Dies waren die ersten Ferien, die wir gemeinsam verbrachten. Fünfzehn Jahre lang hatte ich nur gelegentlich auf Kongressen ein wenig durchatmen können. Wenn Lu mir in der Vergangenheit nicht immer wieder mal einen Saunatag, eine Party, einen Kinoabend oder jetzt diesen Urlaub aufgenötigt hätte, würde ich doch nur noch durch die Gegend hetzen, getrieben von Helfersyndrom, hippokratischem Eid, Ehrgeiz und dem selbst auferlegten Zwang meine Veranlagung durch beruflichen Erfolg zu kompensieren. Höchste Zeit, dass ich Abstand fand!

Am nächsten Tag wollte er zum Schloss. Ich war froh meine Ruhe zu haben, händigte ihm den Autoschlüssel aus und machte mich zu Fuß auf, die Gegend zu erkunden.

Der erste Schritt vor die Tür stoppte mich. Sie war wieder da! Das konnte keine Sekunde so weitergehen!

Her mit dem Notarztkoffer! Mit Mundschutz, Gummihandschuhen und Skalpell kehrte ich zurück. Ha! Das dumme Vieh bot mir mitten auf der Wiese schnurrend seine Weichteile zum Kraulen an!

Erst als es verblutet war, kam ich ans Nachdenken, wie ich den Körper unauffällig beseitigen konnte. Das Beet neben dem Schuppen schien mir geeignet, aber das würde kein unauffälliges Loch. Lu würde komplett ausrasten – mit welchem Recht eigentlich! Wieso tanzte ich eigentlich dauernd nach seiner Nase, während er mich nach Strich und Faden ausnutzte?

Ein böser Gedanke reifte in mir. Ich setzte das Skalpell erneut an.

Lu war hochgradig enthusiasmiert, als er vorfuhr. Ich saß auf der Bank in der Sonne, genoss mit geschlossenen Augen die klare Luft, den Duft des Grases und das Summen von Bienen und Hummeln.

Da Kini! Lus Stimme schien eine Tonlage nach oben verrutscht, die Bewegungen hatten etwas Affektiertes. Eine geschlagene Stunde hätte er anstehen müssen. Aber es hätte sich absolut gelohnt! Was für eine märchenhafte Pracht zwischen Mittelalter und Versailles, König Artus und Napoleon! Poesie pur! Gelebte Vision einer Welt zwischen Gral und Gott. Realisierte Romantik! Derart geballte Allgemeinbildung in einem einzigen Wortschwall hatte ich von ihm noch nie vernommen. Er überlege, ob er nicht ein Studium der Kunstgeschichte beginnen sollte. Die Betriebswirtschaftslehre sei doch eher nicht sein Ding ...

Ich bezwang den Drang zur Schnappatmung. Fragte zuckersüß, ob er nicht hungrig geworden sei. Registrierte mit tiefer innerer Befriedigung, wie begeistert er schnupperte. »Katzegeschrei«, sagte ich lächelnd. Und: Nein, ich hätte schon gegessen. Er verputzte es bis zum letzten Fitzelchen.

Mein innerer Schweinehund war befriedigt.

Wir planten die nächsten Tage. Ich schlug die Loretokapelle und die Wallfahrtskirche St. Stephanus vor. Der angehende Kunstgeschichtsstudent schien nicht angetan, aber kompromissbereit. Beantragte im Gegenzug einen Ausflug zum Alpsee Coaster, der längsten Sommerrodelbahn Deutschlands. Ich setzte die Mittagbahn auf die Liste, Bergfahrt und Wanderung auf der Nagelflüh.

Aber zualler-allererst wollte Lu zum See. Ins Strandbad. Sonnen und faulenzen. Das nahmen wir uns gleich für den nächsten Nachmittag vor. Nach einer Tour mit dem nachgebauten Lastensegler Santa Maria Loreto. Wozu hatten wir uns an einem der schönsten Seen Europas eingemietet?

Später am Abend hörte ich durch das geschlossene Klofenster Lus Stimme hinter dem Haus »Miezmiezmiez!« rufen. Erfolglos.

Der Große Alpsee war ein Traum. Auch wenn der Name in dem Zusammenhang irritierte. Wir erreichten das Schiff rechtzeitig, fanden Platz an Deck, die Sonne schien, ich schob alles weg, was mir in den letzten Tagen an bösen Gedanken gekommen war, schlang meinen Arm um Lus Schulter und war glücklich. Wer, wenn nicht er, konnte einen Workaholic wie mich retten? Mich daran erinnern, dass das Leben weit mehr war als einige nächtliche Stunden des Glücks, der Lust, gestohlene Momente! Weder Müdigkeit noch Kopfschmerzen konnten das wohlige Nachbeben verdrängen, das mir seine Liebkosungen, seine Leidenschaft verschafften!

Der Drang, den seidigen Haarflaum auf seinen muskulösen Armen zu streicheln, seinen Nacken zu knabbern! Die Frau auf der Sitzbank gegenüber musterte uns misstrauisch aus den Augenwinkeln, während sie die Aufmerksamkeit ihrer Kinder durch »Guckt mal!« und hektisches Zeigen auf Häuser am Ufer und Vögel am Himmel lenkte.

Sie erinnerte mich schmerzhaft an meine verstorbene Mutter. Wie hatte sie sich geschämt! Das Geheimnis um den missratenen einzigen Spross hatte sie samt dem Versprechen, dass ich nie irgendjemandem aus der Verwandt- und Bekanntschaft etwas von meiner krankhaften Veranlagung erzählen dürfte, mit ins Grab genommen. Ein ischämischer Schlaganfall, den sie vor zwölf Jahren erlitt, hatte mich von dem Gelübde befreit. Und von ihr. Natürlich hatte ich ihre Arteriosklerose erkannt. Aber wenn sie sich doch weigerte zum Arzt zu gehen, wo sie schließlich einen Arzt im Hause hatte – Wie sollte ich sie zwingen? Als ich sie in der Nacht stöhnen hörte, habe ich an ihrem Bett gesessen und ihr mein Leiden an ihrer rigiden Moral vor die Füße gekippt, bis sie den Löffel abgab. Kleine Wegzehrung zu ihrem Fahrschein in die Hölle. Der in den frühen Morgenstunden herbeigerufene Notarzt konnte nichts mehr machen.

Ich war damals schon zu weit auf der Karriereleiter, als dass ich meinen durch Verdrängung und Suche nach Ersatzbestätigungen geprägten

Lebenswandel geändert hätte. Meine sexuelle Neigung blieb eine Facette, die ich diskret lebte. Lu hatte ich als WG-Partner, nicht als Lebensgefährten deklariert. Obwohl es sich jetzt kaum mehr verheimlichen ließ. Mit dem Sprung aus der Geburtstagstorte hatte er mir die Pistole auf die Brust gesetzt, in die Öffentlichkeit gezerrt, was da nicht hingehörte. Klar, für ihn konnte eine eingetragene Partnerschaft nur von Vorteil sein. Eine finanzielle Absicherung.

»Guck, das Strandbad!«, rief Lu mit einer Stimme, die wieder einen Tacken zu hoch war. »Da fahren wir nachher hin, ja, Bernie?«

»Strandbad!«, echoten die Kinder gegenüber. »Schwimmen gehen!«

Die Mutter schickte verärgerte Blicke herüber, während sie den Kindern erklärte, dass nach der Bootstour Mittagsschlaf angesagt war. Morgen könnte man dann vielleicht schwimmen gehen.

Lu klatschte in die Hände. »Und ein Eis!«, rief er in Richtung der Kinder.

Er kuschelte sich an meine Schulter und kicherte vergnügt in sich hinein, während die Mutter die quengelnden Kleinen vertröstete.

Ich wand mich frei und schlenderte zum Heck, das menschenleer war.

Lu benahm sich wie ein verwöhntes Balg! Da Kini! War der preußische Spross nicht letzten Endes entmündigt worden? Hatte im Starnberger See den Löffel abgegeben? Mitsamt seinem Psychiater? Unfalltod, Mord oder Selbstmord – Die Wahrheit würde nie ans Licht kommen. Wie viele Wahrheiten …

Lu tauchte neben mir auf. Er drängelte sich an die Reling und breitete die Arme aus. Wie Rose aus »Titanic«. Nur dass die am Bug des Schiffes stand, mit dem Blick nach vorn. Manifestation der Hoffnung auf eine bessere Zukunft. Auf die unbegrenzte Freiheit jenseits des großen Teichs. Ja, Lu hatte ein ausgeprägtes Talent zur Pose. »Rette mich, Bernie!«, quietschte er in diesem affektierten Tuntentonfall, der mich rotsehen ließ. Ohne auch nur einen Sekundenbruchteil nachzudenken, fasste ich die schlanke Gestalt vor mir um die Hüfte, hob sie an und warf mich mit ihr in die schäumende Gischt des Heckwassers.

Wir waren weit abgetrieben, ehe die Santa Maria Loreto endlich beidrehte. Eine Viertelstunde später stand ich bibbernd an Deck, rang die Arme, schluchzte und schrie den Namen meines Begleiters, der sich zu weit über die Reling gebeugt und den ich durch meinen beherzten Sprung ins Wasser hätte retten wollen.

Auch ich konnte die Drama Queen geben, wenn es nötig war.

Skipper, Personal, Passagiere waren geschockt. Sie hatten uns doch eben noch so vertraut miteinander erlebt, dass man fast den Eindruck haben konnte, wir seien ein Liebespaar! Welche Tragödie!

Warum hatte diese kleine dumme Schwuchtel sich auch geweigert, endlich schwimmen zu lernen?

Erstveröffentlicht in: *Auf der Alm, da gibt's an Mord*, Hrsg.: Arnold Küsters, KBV Verlag Hillesheim 2015

HIMMEL IN FLAMMEN

Er hätte den kleinen roten Flitzer im Feierabendverkehr fast aus den Augen verloren. Aber als Natascha in die Tankstelle einbog, wechselte Dr. Graetz auf die rechte Spur und rollte langsam auf den Standstreifen. Im Schutz einer großen Plakatwand fiel sein silbergrauer Audi nicht weiter auf.

Natascha fuhr auf einen der Parkplätze vor dem Gebäude. Der Motorradfahrer, der dort lässig an seine schwere BMW gelehnt gestanden hatte, schnippte seine Zigarette weg und kam um den Wagen herum, um Natascha aufzufangen, die die Tür mit einem Schwung aufstieß und ihm um den Hals fiel.

Dr. Graetz hielt das Lenkrad mit beiden Händen umklammert. Er reckte den Kopf vor und berührte mit der Nase fast die nikotingelbe Verfärbung an seiner rechten Hand. Der Geruch löste einen automatisierten Handlungsablauf in seinem Kleinhirn aus, der von dem Herabgleiten seiner Hand in die Jacketttasche eingeleitet wurde. Sie beförderte eine Zigarettenpackung zutage. Ohne den Blick von den beiden Menschen zu wenden, die sich jetzt neben dem kleinen roten Auto leidenschaftlich umarmten, schüttelte Dr. Graetz die Packung, fischte eine Zigarette heraus, steckte sie sich zwischen die Lippen, ließ die Packung wieder verschwinden und holte ein Feuerzeug aus der Versenkung. Das Feuer flammte hoch in seinen angespannten Blick und ließ die umschlungenen Gestalten kurz aufflackern.

Endlich gab der Mann das Mädchen frei. Während Natascha den Wagen an die nächste freie Zapfsäule steuerte, wandte der Mann sich seinem Motorrad zu. Er löste die große Packtasche auf dem Gepäckträger, klemmte sich den Helm unter den Arm und ging die paar Schritte hinter dem Auto her. Er musste sich bücken, um seine Sachen durch die Beifahrertür hinter den Sitz zu befördern. Dann ging er zu der Zapfsäule und versenkte den Stutzen in der Tanköffnung des Alfa Romeo. Natascha war um den Wagen herumgegangen, nicht ohne im Vorbeigehen sein Gesäß mit einer aufreizenden Bewegung zu streicheln. Sie setzte sich auf den Beifahrersitz, klappte den Spiegel herunter und ordnete ihr Haar.

Dr. Graetz lehnte sich zurück und inhalierte tief. Die Abendsonne senkte sich als Feuerball über die Tankstelle. Neben ihm hupte ein Lanciafahrer und gestikulierte. Dr. Graetz strafte ihn mit Missachtung, und das Auto verschwand. Das wäre ja noch schöner! Als wenn er sich von irgendwelchen selbst ernannten Privatpolizisten herumkommandieren ließe!

Nur bei Natascha machte er sich zum Narren.

Der Mann war bezahlen gegangen. Jetzt kam er aus dem Verkaufsraum zurück. In der Rechten schwenkte er eine Flasche Sekt. Er setzte sich ans Steuer des roten Wagens und ließ den Motor aufjaulen.

Dr. Graetz zuckte unwillkürlich zusammen. Das war sein letztes Aktienpaket gewesen. Zum denkbar schlechtesten Zeitpunkt abgestoßen. Aber anders hätte er den Wagen nicht mehr finanzieren können. Damit dieser Junge ihn jetzt als Spielzeug missbrauchen konnte. Und nicht nur den Wagen. Natascha dazu.

Der Alfa Romeo raste in den Strom der Berufspendler und wechselte in wildem Zickzack die Spur hin und her, Dr. Graetz musste zusehen, dass er aufschloss. Als der Wagen die Autobahnauffahrt hinunterschoss, wechselte die Ampel vor dem Audi gerade auf Rot. Dr. Graetz gab Gas und bog auf die Fernstraße ein.

Es war zwecklos. Diesen Verrückten würde er nicht einholen. Der kleine rote Wagen wechselte die drei Spuren in einem Affentempo und arbeitete sich zügig durch den dichten Verkehr nach vorne. Eine Weile versuchte Dr. Graetz auf dem Standstreifen mitzuhalten, aber er wurde erbost angehupt, und ein LKW nötigte ihn schließlich, sich wieder in die rechte Spur einzugliedern. Und dann war gar kein Durchkommen mehr. Nur Stop-and-go.

Dr. Graetz verfluchte die Schnapsidee, die ihn diesen Wagen hatte verfolgen lassen. Jetzt kam er hier nicht mehr raus. Und wozu hätte es auch gut sein sollen, wenn er den beiden auf den Fersen geblieben wäre? Wollte er wirklich sehen, wo sie einkehrten? Nataschas Wohnung war es nicht. Die hatte er ihr ganz in der Nähe der Praxis gekauft, damit er jederzeit zu ihr herüberkommen konnte.

Vielleicht wollten sie übers Wochenende irgendwo ins Blaue. Vielleicht zu diesem Jungen.

Ein paar Meter konnte er noch einmal Gas geben, dann sah er nur noch Warnblinkanlagen vor sich. Der Verkehr blieb stehen. Er war eingekeilt.

Dr. Graetz steckte sich eine weitere Zigarette an, ließ das Seitenfenster herunter surren und blies den Rauch hinaus vor den Abendhimmel. Den Motor ließ er laufen.

Für einen Moment überlegte er, ob er Natascha einfach anrufen sollte. Er fischte sein Handy aus der oberen Jacketttasche, musterte das Display und verwarf den Gedanken wieder. Er konnte sie nicht zurückholen, und am Ende verriet er sich noch. Es war ganz gut so, dass Natascha keine Ahnung davon hatte, dass er ihr kleines Geheimnis entdeckt hatte. So war er ihr immer noch überlegen.

Er war in einer lächerlichen Position. Ein Hahnrei. Ein alter Bock, der seine Beute mit einem Jüngeren teilen musste. Wer wusste, wie lange das schon so lief. Natascha hatte sich nichts anmerken lassen. Die war so süß und naiv und sinnlich wie immer, spielte das kleine Mädchen, das ihn bewunderte und an ihm hing, das ihn in Wirklichkeit jederzeit um den Finger wickeln konnte und das auch weidlich ausnutzte.

Natürlich hatten sie alle Recht gehabt. Alle hatten es doch schon immer gewusst. Und er auch. Dass es so wehtun würde, dass es ihn so schwächen würde, das hatte er unterschätzt.

Dr. Graetz drehte den Zündschlüssel um. Im selben Moment, als der Audi zur Ruhe kam, setzten sich die Autos vorn wieder in Bewegung. Anfahren. Stoppen. Anfahren. Stoppen.

Die Rücklichter vor ihm waren aufgeflammt und korrespondierten mit dem roten Himmel. Herbsthimmel. Es würde wieder kälter. Das Jahr neigte sich dem Ende zu.

Dr. Graetz steckte sich eine neue Zigarette an.

Es musste ein Unfall sein. Quälend langsam arbeitete er sich näher an die Stelle heran, wo ein großer alter VW-Bus mit eingebeultem Hinterteil merkwürdig schräg über zwei Spuren stand. Man konnte von weitem schon, erkennen, dass es ihn seitlich hinten mächtig erwischt haben musste. Polizei schien noch nicht da zu sein. Zwei Männer standen gestikulierend hinter dem Bus. Man sah sie durch die Seitenfenster.

Dr. Graetz fuhr auf der rechten Außenspur und war jetzt auf gleicher Höhe mit dem VW angekommen, als der Verkehr wieder stockte.

Als Erstes sah er ihre Beine. Die langen Beine in den Seidenstrümpfen, die aus dem Alfa Romeo ragten. Von der vorderen Front des Wagens war nicht mehr viel übrig. Sie hatte sich wohl hinten rechts in den Bus gegraben, dann war der kleine Wagen anscheinend herumgeschleudert, sodass er nun seitlich an den Bus geschmiegt stand. Die Stoßstange lag auf der Fahrbahn in einem kleinen See aus Benzin, Öl und Glassplittern. Aber die Sitze waren unversehrt. Natascha saß auf dem Beifahrersitz und telefonierte. Die Beine hatte sie seitlich auf die Straße herausgeklappt. Makellose Beine. Keine Laufmasche. Nur sein Aktienpaket war zunichte.

Natascha senkte ihr Handy jetzt und rief den beiden Männern etwas zu, die ihr zunickten und ihre Diskussion fortsetzten.

Dr. Graetz stützte den Ellbogen in das offene Fenster und hielt den Arm hoch, so dass er sein Gesicht dahinter verbergen konnte. Natascha war nur zwei Meter von ihm entfernt. Sie senkte den Blick wieder und tippte etwas in das Handy auf ihrem Schoß. In der Ferne hörte man eine Polizeisirene aufjaulen.

In Dr. Graetzens Jackettasche begann es zu klingeln. Wie würde sie sich da wohl rausreden wollen? Eigentlich wollte er es gar nicht wissen. Vor ihm war der Weg jetzt frei.

Dr. Graetz schnippte seine Zigarette entschlossen in die Lache vor Nataschas makellosen Beinen und gab Gas. Das Motorengeräusch übertönte das Klingeln des Handys. Er fuhr in den roten Abendhimmel hinein.

Er war frei.

Im Rückspiegel sah er zuerst einen roten Feuerball. Dann hörte das Handy auf zu klingeln.

Erstveröffentlicht in: *Knall auf Fall allein*, Hrsg.: Jürgen Ludwig und Julia Schunk, Cenarius Verlag Hagen 2011

DER PINGUIN

Inge lag ganz außen in dem großen Ehebett und fröstelte. Durch die Spalten der Jalousien schimmerte das Morgengrauen.

Das Klacken der Morgenzeitung hatte sie geweckt. Aber da war noch ein Geräusch gewesen. Inge lauschte auf den schlurfenden Schritt der dicken Zustellerin, die zur nächsten Haustür weiterging, zog die Decke fester um sich und spürte eine wohltuende Wärme sich ausbreiten.

Früher hatte sie immer links gelegen, warm und geborgen zwischen der Wand und Rudolfs großem Leib, der ihr in Löffelstellung den Rücken deckte. Aber als die Kinder kamen, änderte sich das. Erst gaben sie die Löffelstellung auf, weil Inge mit dem dicken Bauch so nicht mehr liegen konnte. Dann wechselte sie auf den Außenplatz, damit sie nicht immer über Rudolf wegklettern musste, wenn die Kinder nachts aufwachten. So konnte er wenigstens ausschlafen, ein großer massiger Berg, der jetzt vor der Wand lag und mit jedem Kind dicker wurde.

Inge hingegen war immer hagerer geworden.

»An dir ist ja rein gar nichts mehr dran«, hatte Rudolf geklagt. »Da ist ja nichts mehr, wo man anpacken könnte.«

Er hatte sie immer seltener angepackt. Sie lag weiter neben ihm im Bett, und da sie oft lange brauchte, um zur Ruhe zu kommen, nahm sie immer häufiger Schlaftabletten, um ein- und durchzuschlafen.

Inge stützte sich hoch. Sie war allein.

Mit nackten Füßen tastete nach ihren Pantoffeln. Der Kachelboden war so kalt, dass es fast weh tat. Die Zehen fanden das weiche Futter und schlüpften erleichtert hinein.

Inge richtete sich auf. Ihr Kopf dröhnte. Sie hielt sich an dem Bücherregal fest, bis der Schwindel nachließ.

Leise schlich sie zur Tür und drückte die Klinke nieder. Als sie über den Flur zur Treppe ging, hörte sie es wieder. Es kam aus dem kleinen Zimmerchen neben dem Kinderzimmer, in der das Au Pair wohnte. Ein Bett quietschte. Ein Stöhnen begleitete das wiederkehrende Geräusch.

Inge hielt die Luft an und schlich ein paar Stufen die Treppe hinauf. Das Stöhnen wurde deutlicher. Inge meinte, einzelne gestammelte Worte zu verstehen. Dann mischte sich das schnelle helle Keuchen des Mädchens in das Stöhnen und überlagerte es. Er wurde schneller und lauter, steigerte sich zu einem Hecheln, mündete in einen kleinen schrillen Schrei und brach ab. Die Matratze kam langsam zur Ruhe. Die Geräusche schwollen ab.

Inge ging lautlos die Treppe wieder hinunter und wendete sich nach links, ins Wohnzimmer. Das Fenster bleckte sie grau an.

In dem Regal über dem Klavier stand der Pinguin. Er sah sie nicht, weil er sich über sein Junges beugte. Ihre Eltern hatten ihn Rudolf kurz nach der Hochzeit geschenkt, eine kleine Bronzefigur. Das Junge kuschelte sich mit dem Rücken an seinen Bauch und reckte den Schnabel hoch, während das große Tier den seinen beschützend hinabsenkte. Sie hatten es sehr passend und witzig gefunden, weil es fast so schien, als suchten sich die Tiere in einem Kuss zu finden.

»Pinguine küssen nicht«, hatte Rudolf gesagt, und Inges Mutter hatte hastig beteuert, ja, natürlich, es sei ja nur – die Ähnlichkeit! Als ihr Schwiegersohn nicht verstand, hatte sie Inge rücklings vor Rudolf geschoben, um die Ähnlichkeit zu demonstrieren. Ihre Tochter war gut zwei Köpfe kleiner als Rudolf, so dass dieser sich zum Küssen weit vorbeugen musste.

Inge konnte sich noch so auf Zehenspitzen stellen und strecken – wenn Rudolf schlecht drauf war, war nichts mit Küssen.

Inges Finger umfassten den Leib des großen Tieres. Er war glatt und eiskalt. Mit dem Pinguinpärchen in der Hand schlich sie wieder zur Treppe und ging langsam, Stufe für Stufe, hinauf. Es war jetzt fast ganz still bis auf die regelmäßigen Atemgeräusche, vier flache kurze aus dem Kinderzimmer und tiefe rasselnde aus dem Au-Pair-Zimmer.

Inge lauschte eine Weile vor der Tür, bis sie ganz sicher war. Dann drückte sie geräuschlos die Klinke nieder. Sie stand im Türspalt und hielt den Atem an. Unter der Decke regte sich nichts.

Auf Zehenspitzen schlich Inge näher. Ihre Finger umklammerten den kleinen Pinguin. Der Kopf der großen massigen Gestalt war halb unter der Bettdecke verborgen. Von dem Kopf des Au Pairs sah man nur noch die Haare. Sie lagen in Löffelstellung.

Inges Arm bewegte sich wie von einem Marionettenfaden gezogen gegen die Zimmerdecke.

Als er niedersauste, gab es ein sehr hässliches dumpfes Geräusch und ein feines helles Klingen. Der große Pinguin war fast vollständig in Rudolfs Schädel eingebrochen.

Aber der kleine war durch den Aufprall abgebrochen. Er war jetzt frei und ruhte sicher und geschützt in Inges Hand.

2. Platz Goldbroiler 2012 – beste Kriminalshortstory 2012 für Version mit dem Titel Pinguine küssen nicht

Erstveröffentlicht in: *Literarischer Krimi-Kalender 2019* in Kurzversion mit dem Titel Ätzend, ars vivendi Verlag, Cadolzburg 2018

DAS WOCHENENDHÄUSCHEN

Als Bernd den Riedenhof erreicht, ist er fix und alle. Die Strecke ist jedes Mal eine Tortur. Was ist von einem Freitagnachmittag zu Ferienbeginn schon anderes zu erwarten?

An den Kindern geht das vorbei. Sie lassen auf der Rückbank ihre Pokémons gegeneinander antreten. »Dsch dsch! Buff! Attacke Hyperstrahl!«, ruft Ruben, das Smartphone schwenkend.

Konstantin kontert mit einer stärkeren Attacke. »Du bist tot! Du bist tot!«, triumphiert er.

Der Jüngere bricht in Wutgeheul aus. Er erreicht immerhin, dass sein Bruder ihm nach einem Blick in den Rückspiegel auf die gerunzelte Stirn des Vaters eine Wiederbelebung zugesteht.

Bernd interessieren die Todesschreie auf dem Rücksitz zwischen den Verkehrsmeldungen genauso wenig, wie die Jungs sein Stress am Steuer schert. Die leben in ihrer eigenen Welt. Und er hatte sich Gedanken gemacht, wie sie es aufnehmen würden, dass Beate weg war …

Nahezu schulterzuckend. Ein paar Mal hat er Gespräche belauscht, in denen sie spekulierten, ob die Mama von Außerirdischen weggebeamt worden sei, wie Ruben vorschlug, oder ob sie sich nur verlaufen habe.

Verlaufen ist Konstantins größtes Trauma, seit er einmal auf dem Weihnachtsmarkt in Speyer abhandengekommen ist. Wo er ohnehin schon nicht dahin gewollt hat. Wie er immer am liebsten zu Hause bleibt, sich an Vertrautes klammert. Mehr als an die Menschen, die ihn umgeben.

Ruben ist ganz anders. Ein Welteroberer. Wie Beate. Tunesien, die Malediven, das wäre ihre Welt gewesen, nicht so ein Bauernhof im Odenwald.

Bernd hängt an der heimatlichen Scholle. Da kommt er her. Das hatte er seiner Frau anzubieten.

Natürlich hat er bei der Gestaltung Zugeständnisse gemacht. Die mediterranen Säulen, der Innenhof mit dem Brunnen … Das ganze Pillepalle ist auf Beates Mist gewachsen. Das lässt sich auch wieder rückbauen.

Der penetrante Gülleduft reißt die Kinder aus ihrem virtuellen Gemetzel.

»Wir sind da! Wir sind da!«, schreit Ruben und mimt den Erstickenden, hält sich die Nase zu.

Konstantin schickt ihm einen verächtlichen Blick. »Weichei!« Er saugt demonstrativ die Landluft ein.

»Bin ich nicht!« Ruben lässt die Nase los und geht zur Mundatmung über.

»Das werden wir ja sehen! Ich nehm' dich gleich wohin mit!«, droht Konstantin.

»Ihr helft beim Auspacken!«, ordnet Bernd an, während er nach der Fernbedienung fischt, um das Garagentor zu öffnen.

Sssup! Das geht wie Butter. Bernd lenkt den Kombi in die Garage. Er hat sie im letzten Jahr selbst gemauert. Nur zum Dachdecken hat er sich Hilfe aus dem Dorf geholt. Ein solides handwerkliches Stück Odenwaldarchitektur. So hätte er am liebsten das ganze Wochenendhaus gestaltet. Aber das hat Beate mit Hilfe dieses Architekten aus Heidelberg verhindert. Mit ihrem Faible für den Süden.

Kaum dass die Kinder ihre Rucksäcke im Flur fallen gelassen haben, sind sie weg. Bernd erwägt, sie zurückzuholen, beschließt, dass jetzt Wochenende und kein Stress angesagt ist.

Er räumt selbst das Gepäck aus, geht in jedes Zimmer, fährt die Rollläden hoch. Die Sonne steht schon schräg am Himmel, aber sie bringt Licht und etwas Wärme in die toten Räume.

Durch das Fenster kann man die Kinder sehen. Sie schlagen die Hühner von Bauer Rieden mit Indianergeheul in die Flucht, pirschen sich an den Hahn heran, der oben auf dem riesigen Misthaufen hockt und sie mit schräg gelegtem Kopf beäugt. Beate wäre rausgestürzt und hätte sie da runtergezerrt. Sie hat es immer für eine Zumutung gehalten, dass der alte Rieden sich weigert, diesen stinkenden Haufen von seinem jahrhundertelang angestammten Platz zu entfernen, nachdem er ihnen das Grundstück direkt daneben verpachtet hat. Bernd und der alte Rieden sind sich einig, dass es viel schlimmeren Mist als diesen gibt. Beate hat schließlich dran glauben müssen.

Konstantin greift mit beiden Händen in den dampfenden Dung und wirft einen großen Klumpen auf den Hahn, der zwar rechtzeitig ein Stück zur Seite flattert, aber seinen Posten nicht preisgibt. Ruben schnappt sich die Schaufel. Seine Hose ist schon völlig versaut. Beate würde sich im Grab herumdrehen. Bernd wendet sich ab, um ein Abendbrot zuzubereiten.

Kurz darauf locken die Schreie der Jungen Bauer Rieden aus dem Haupthaus herbei. Sie haben in dem Misthaufen einen BH ausgebuddelt. Außerdem High Heels und Beates Dildo.

Es sei über ihn gekommen, gesteht Bernd seinem Nachbarn bei einem guten Korn. Aus Wut, dass Beate vor einem Jahr sang- und klanglos verschwunden sei. Er habe sich von ihr mit den Kindern im Stich gelassen gefühlt. Bauer Rieden hat Beate mit ihren Nordic-Walking-Stöcken noch nie leiden können. Der Dildo macht es nicht besser.

»Kriegen wir jetzt einen Finderlohn?«, will Konstantin wissen.

»Sobald ihr euch gebadet habt«, verspricht Bernd den Schatzgräbern. Das tun sie dann auch, während Bernd am nächsten Imbiss eine Riesenportion Fritten mit Ketchup und Majo besorgt.

Die Pommes dampfen noch, als er wieder in der Garage angekommen ist. Wirklich ein Meisterstück. Dass Beate gerade wieder einen ihrer hysterischen Anfälle gekriegt hat, als er dabei war, das Fundament zu betonieren, das hat doch prima gepasst. Betonkopf zu Beton! Mist hingegen war ein prima Dünger. Er, Bernd, würde schon dafür Sorge tragen, dass die Kinder ordentlich gediehen.

Erstveröffentlicht in: *Um die Ecke gebracht*, Hrsg.: Liliane Spandl, Odenwald-Verlag Otzberg 2014

GUT WETTER MACHEN

Ich bin für Sie da.«

»sind sie nicht. aber macht ja nichts.«

»Wie meinen Sie das?«

»sie tun ihren job. mehr nicht.«

»Mein Job ist es, für Sie da zu sein.«

»wie viele bedienen sie denn gleichzeitig?«

»Ich bediene niemanden. Ich bin einfach für Sie da.«

»auch egal.«

Pause

»Wollen Sie etwas loswerden?«

»ich bin es schon losgeworden. ich will es nur noch zu ende bringen.«

»Zu welchem Ende?«

»genau das wollte ich von ihnen hören. sie sind doch der fachmann.«

»Wofür?«

»für das ende. das nach dem tod.«

»Was wollen Sie dazu wissen?«

»ich will wissen, was danach kommt.«

»Was denken Sie denn, was danach kommt?«

»lassen sie das scheiß-psychologenrumgeeiere. ich hab ihnen eine klare frage gestellt, und ich will eine klare antwort.«

»Die Antwort sieht doch für jeden anders aus.«

»ich seh da nichts. es hat mich bisher nie interessiert.«

»Aber jetzt wollen Sie es wissen?«

»wollen sie mich eigentlich verarschen? was hab ich denn gerade gefragt?«

»Na gut. Ich glaube an Gott.«

»na, geht doch!«

»Hilft Ihnen das weiter?«

»und die hölle?«

»Die Hölle ist ein Weg zu Gott.«

»muss man da durch?«

»Manche müssen.«

»und wie kriegt man die kurve?«

»Mir scheint, Sie sind schon mittendrin.«

»in der hölle oder in der kurve?«

»Erzählen Sie doch einfach.«

Pause

»wissen sie, ich wollte einfach nur gut wetter machen.«

»Das ist doch gut so.«

»jetzt ist es gut. damals war es scheiße.«

»Wie meinen Sie das?«

»ich habe es gut gemacht.«

»Was haben Sie gemacht?«

»wetter. ich hab den blödmännern gezeigt, wie es geht.«

»Wollen Sie es mir erklären?«

»das ist doch kein geheimnis. man muss sich einfach gut vernetzen.«

»Aha.«

»jede menge wetterstationen. in allen strategisch günstig gelegenen käffern. daten sammeln rund um die uhr. und vor allem über die grenzen gucken. internationale abfragen. die waren einfach zu blöd.«

»Sie arbeiten für die Wettervorhersage?«

»ich bin die wetterfee.«

»Sie sind die Wetterfee?«

»was soll ich ein geheimnis draus machen? morgen weiß es sowieso jeder.«

»Hören Sie. Was Sie mir schreiben, bleibt unter uns.«

»machen sie witze oder was? wir sind im netz. alles, was wir hier austauschen, ist nachvollziehbar.«

»Ich garantiere Ihnen Anonymität.«

»das ist doch dumme augenwischerei. das liegt überhaupt nicht in ihrer macht.«

»Es wird nichts gespeichert. Wenn Sie gleich ausloggen, ist alles weg. Und ich habe ein Schweigegebot.«

»wetten, dass die das trotzdem rauskriegen? und wetten, dass sie ihr maul nicht halten?«

»Warum haben Sie mich dann angesprochen?«

»weil es jetzt eh egal ist.«

»Was haben Sie vor?«

»gut wetter machen. vielleicht hilft es ja.«

»Sie hatten angefangen von Ihrem Job zu erzählen.«

»ist ja auch kein geheimnis mehr. im grunde ein witz, dass da vorher keiner draufgekommen ist.«

»Das mit den vernetzten Wetterstationen?«

»genial einfach und unschlagbar billig.«

»Braucht man da nicht ziemlich viele teure Geräte? Satelliten und so?«

»satelliten okay. aber an die daten kommt man doch ran. und mein human network – die haben das alles selbst eingerichtet.«

»Sie meinen, die Menschen, die die Wetterstationen bedienen?«

»Meine Männer, ja.«

»Ihre Männer?«

»keine sorge. ich bin nicht verheiratet. ganz so bescheuert bin ich nicht.«

»Sie lassen Männer für sich arbeiten? Hobbymeteorologen?«
»sie haben es nicht für umsonst getan.«
»Sondern?«
»ich hab mir meine daten immer ehrlich ervögelt.«
Pause.
»Sie meinen, Sie haben sie mit Sex belohnt?«
»was spricht dagegen? so kommt jeder auf seine kosten. ich am meisten: jede menge daten, jede menge sex.«
»Und für Ihre Partner ist das okay?«
»solange die nichts voneinander wussten, war das okay für die.«
»Verstehe ich Sie richtig? Wie groß ist denn Ihr Netz?«
»ich habe es heute nacht dezimieren müssen.«
»Wie meinen Sie das?«
»einer hat es rausgekriegt. im netz gibt es keine sicherheit. und männer sind da ziemlich humorlos. sind sie ein mann?«
»Ja.«
»und? verkehren sie auch in chats?«
»Dies ist ein Chat.«
»sie wissen, was ich meine. alle männer tun das. ich kenne keinen, der das nicht tut. aber wenn frauen das machen, ist das geschrei groß.«
»Sie meinen, in Flirtchats zu verkehren?«
»alle tun das. sie auch. wetten? wahrscheinlich jetzt gerade, während sie mit mir reden. sie brauchen so lange mit ihren antworten. meinen sie, ich merke das nicht? halb deutschland holt sich doch rund um die uhr einen runter. die männer jedenfalls. das ist ja etwa die hälfte.«
»Ach, und wer chattet mit denen? Meinen Sie nicht, da sind auch ein paar Frauen unterwegs?«
»die meisten frauen sind doch fakes. männer erfüllen sich männerträume. die wissen doch selbst am besten, was sie wollen.«
»Woher nehmen Sie eigentlich Ihr Wissen?«
»feldforschung.«

»Wenn ich Sie richtig verstehe, ist es nicht bei der Theorie geblieben.«

»wär ja auch bescheuert. welche forschung ist schon uneigennützig?«

»Ihre Männer, wie Sie sie nennen, wussten also nichts voneinander?«

»was meinen sie, wie viele foren es gibt? ich hab mir die ortschaften genau ausgesucht, wo ich eine station brauchte, und dann hab ich die einsamen männer in der region kontaktiert. Je nachdem, wie klein die käffer sind, muss man schon mal einige chats abgrasen, bis man das passende profil findet. so viele foren, so viele profile. Wie sollten die voneinander wissen?«

Pause.

»Und jetzt ist einer dahintergekommen und macht Ärger?«

»der macht keinen ärger mehr.«

»Aber es hat Ärger gegeben? Sie haben Wetterstationen verloren, wenn ich Sie richtig verstehe?«

»eine. vermutlich alle. der scheißkerl hat meinen palm geknackt und eine rundmail an alle geschickt. dann ist er mir ins hotel hinterhergefahren, um mich zur rede zu stellen.«

»Und jetzt ist die Beziehung beendet?«

»das kann man wohl sagen. um den ist es nicht schade. aber die wetterstationen – das war ein total ausgeklügeltes netz. mein lebenswerk.«

»Und die Männer haben bis dahin alle geglaubt, sie hätten eine exklusive Beziehung mit Ihnen?«

Pause.

»Ich stelle mir das ziemlich stressig vor.«

»sind sie eigentlich priester?«

»Ja.«

»so ganz ohne sex?«

»Ja.«

»das stelle ich mir ziemlich stressig vor.«

»Sie wollten von Ihrem Ärger erzählen.«

»sie verstehen ja eh nichts davon.«

»Aber ich höre Ihnen zu. Ich versuche zu verstehen.«

»sie hören gar nichts. sie lesen.«

»Stimmt.«

Pause.

»in wirklichkeit geilt ihr euch doch nur auf. vor dem bildschirm kann man sich doch viel besser einen runterholen als im beichtstuhl.«

Pause.

»Sie sind ziemlich berühmt, nicht wahr?«

»neidisch?«

»Da wird man doch noch viel mehr beobachtet als andere.«

»deswegen hatte ich ja auch gar keine wahl.«

»Als die Beziehung zu beenden?«

»als den idioten zum schweigen zu bringen.«

»Wie meinen Sie das?«

Pause.

»Hallo?«

Pause.

»Was haben Sie mit dem Mann gemacht?«

»wollen sie das wirklich wissen?«

»Bitte erzählen Sie es.«

»ich habe die waffen einer frau eingesetzt.«

»Was meinen Sie damit?«

»na, was wohl.«

Pause.

»Hallo?«

Pause.

»Sagen Sie, brauchen Sie Hilfe? Soll ich Ihnen jemand schicken?«

»sie wissen doch gar nicht – hey, was ist mit der anonymität?«

»Wenn es nötig ist, können wir Ihren Standort ermitteln. Klar! Aber ich habe Sie gefragt: wollen Sie, dass jemand zu Ihnen kommt? Dann können Sie mir auch selbst Ihre Adresse nennen.«

»sagen sie, was soll das eigentlich? sie fragen mich die ganze zeit aus. dabei wollte ich etwas von ihnen wissen.«

»Sie wollten wissen, was nach dem Tod kommt. Warum wollen Sie das wissen?«

»ein dummer gedanke. ich hab angst davor, wissen sie.«

»Sie sind doch noch jung.«

Pause.

»ich frage mich, welche hölle schlimmer ist. hier oder drüben.«

»Soll ich jemanden schicken? Sie haben mir nicht geantwortet.«

Pause.

»Hallo?«

Sehr lange Pause.

»Der Mann lag auf dem Bauch«, sagte der Inspektor am Telefon. »Nackt. Vermutlich hat er nicht damit gerechnet. Sie muss ihn von hinten stranguliert haben.«

»Mit den Waffen einer Frau«, murmelte der Seelsorger. »Sie hat ihn also verführt, erwürgt und dann hat sie in aller Ruhe mit mir gechattet?«

»Vermutlich. Der Laptop ist noch an. Da steht unter »beich.de« ein paarmal »Hallo?« im Fenster.«

»Wie hat sie sich …?«

»Am Schrankaufsatz. Schweres eichenes Ding. Erhängt. Sie muss ihm die Schlinge abgenommen haben. Dann hat sie sich selbst damit aufgeknüpft. – Was hat sie gesagt? »Mit den Waffen einer Frau?««

»Ja.«

»Frauen-Netz-Werk!«, knurrte der Inspektor. »Sie hat sich mit den eigenen Netzstrümpfen erhängt.«

Erstveröffentlicht in: *Mörderische Begierden*, Hrsg.: Karin Schweitzer, Schweitzerhaus Verlag Erkrath 2012

KLEINES LICHT

Du weißt, ich kann das nicht«, zischte Emma. »Ich werde dich nur blamieren.«

»Kannst du dir nicht einfach mal ein bisschen Mühe geben?«, gab Herbert leise zurück. Er ließ Borfeld nicht aus den Augen. Erdinger hatte sich eben an ihn herangemacht und versorgte ihn mit Dips. »Wer oben bleiben will, muss etwas dafür tun!«

»Du willst oben stehen!«

Herbert setzte sein strahlendstes Lächeln auf, zog Emma an sich, biss sie zärtlich in die Ohrmuschel und raunte ihr zu: »Und wer will in Paris, Mailand, New York shoppen gehen? Wer auf den Malediven Cocktails schlürfen?«

Blitzlichter flackerten. Gerade rechtzeitig! So lange Jochen noch stocknüchtern war, würde er jedes Mundwinkelzucken dokumentieren. Sollte er! Sie waren das schönste und glücklichste Paar auf diesem Event!

Vor zehn Jahren hatte Jochen mal einen Sonderpreis im Rahmen der Verleihung des Pressefotos des Jahres abgestaubt. Für ein Bild, auf dem er Michael Jackson in einem Moment größter Panik erwischt hatte. Er hatte seinen Drittgeborenen, den neunmonatigen Prince Michael II., aus dem Fenster des Adlon der Meute zum Fraß hingehalten. Mit einem Tuch über dem Kopf! Als wollte er eine Geisel vorführen. Der Junge hatte ja nicht mehr alle Tassen im Schrank gehabt. Man muss sich schon entscheiden, ob man ins Licht der Öffentlichkeit will oder nicht. Wer die eigene Fresse nicht ertragen kann, sollte im Kämmerchen bleiben. Statt sich derartig selbst zu verunstalten. Seinen Kindern einen Sack über den Kopf zu ziehen – aber sie den Kameras anbieten. In dem unbezähmbaren Drang immer und überall gesehen werden zu wollen, ohne die Visage aushalten zu können, die einem daraufhin überall ins Gesicht sprang.

Das Balg hatte gezappelt und wäre Jacko fast entglitten. Und was machte der Vollidiot? Griff zu dem Tuch! Besser das Inkognito, als das Leben des Görs retten! Auf dem Bild, das Jochen geschossen hatte, hing das Baby weit über der Brüstung. Jacko hatte sich erschrocken vorgebeugt und den Mund vor Schreck weit aufgerissen. Er sah aus, als wollte er die Zähne in den Kopf des Säuglings schlagen. Ein großartiges Bild, das musste man Jochen lassen. Aber es gehörten immer zwei dazu. Ihm, Herbert, würde man lange auflauern müssen, ehe man ihn dabei erwischte, wie er Emma anschrie oder ihr eine runterhaute. Die Grundstückspreise in Grunewald waren astronomisch. Aber die Zäune gut gesichert, die Vorgärten groß und die Zimmerfluchten gewährleisteten Privatsphäre. So ließ es sich aushalten, das Leben zwischen Bühne, Business und Hinterzimmern.

Herbert war keine Rampensau. Seine Stärke war die Sitzungsarbeit. Er konnte Personen und Beiträge so inszenieren, dass das Ergebnis stimmte. Er brachte Dinge auf den Punkt. Für die Bühne hatte er sich Emma zugelegt. Eine seiner besten Entscheidungen. Emma brauchte den Mund nicht aufmachen. Sie hatte alle führenden Titelblätter dekoriert, bevor sie seine Auftritte adelte. Aber in der letzten Zeit war sie ein wenig nachlässig geworden.

Herbert packte Emma am Ellenbogen und bahnte sich einen Weg durch die Menschengrüppchen, die, mit langstieligen Sektgläsern bewehrt, seinem Fortkommen im Wege standen. Bei Borfeld angekommen, der gerade angeregt mit Erdinger plauderte, schob er Emma vor, sodass sie Borfeld fast auf die Füße getreten wäre.

»Meine Frau«, sagte Herbert.

»Freut mich sehr«, sagte Borfeld, ohne den Blick von Erdinger zu wenden. »Ich bin mir sicher, dass mit einem solchen Ressortleiter nichts schief gehen kann!« Er nahm doch tatsächlich Erdingers Hand zwischen seine Pranken und schüttelte sie herzlich, während Herbert danebenstand.

Herbert blieb nichts anderes übrig, als seiner Frau einen kräftigen Schubs zu versetzen, sodass sie Borfeld diesmal wirklich auf die Füße trat. Borfelds Schmerzensschrei versöhnte Herbert ein wenig mit der Missachtung, die er ihn vorher im Entrée hatte spüren lassen. Gut, dass er Emma genötigt hatte, ihre High Heels anzuziehen. Sie ließen ihre Beine nicht nur meterlang erscheinen, sondern verschafften ihm jetzt einen wunderbaren Anlass, Borfeld zu bemitleiden und sich tausendmal bei ihm zu entschuldigen, dass er seine Frau im Gedränge angerempelt und so dieses schreckliche Malheur verursacht hatte. Natürlich war es Borfeld selbst peinlich, dass er so laut geschrien hatte. Aber das Schönste war, dass es Emma so unangenehm war. Wenn sie sich schämte, sah sie so reizend aus.

Emma war eins der bestbezahltesten Topmodels gewesen, aber nie die arrogante Zicke, die man dafür sein musste. Daher genoss sie es im Grunde ihres Herzens, die Laufstege der Welt jetzt von der anderen Seite erleben zu dürfen. Für Luxus war sie nach wie vor sehr empfänglich. Starke Männer machten sie schwach. Er hatte ein leichtes Spiel mit ihr gehabt. Eigentlich war sie immer ein bisschen das kleine Mädchen aus Marzahn geblieben. Plattenbau-Kindheit, Polytechnische Oberschule, Publizistik-Studium, das sie abgebrochen hatte, als ihr der Model-Job keine Zeit mehr für die Uni ließ.

Emmas Wangen glühten in einem zarten Pink, das hervorragend mit ihrem türkisfarbenen Etui-Seidenkleid korrespondierte. Das konnte auch

Borfeld nicht übersehen. Er gebärdete sich nahezu, als stünde er jetzt in Emmas Schuld, weil er ihr doch im Weg gestanden hatte. Besser konnte es gar nicht laufen.

Herbert nutzte die Gelegenheit, als Kesting vorbeikam, sich mit ihm kurz in die Bar zurückzuziehen, um das weitere Vorgehen zu besprechen. Wenn die beiden größten Berliner Boulevardblätter zusammengingen, hieß das zuallererst, so schätzte Herbert zumindest, dass mindestens dreißig, wenn nicht fünfzig Mitarbeiter auf dem Schleudersitz saßen. Er nicht!

Im Auto war Emma still. Herbert hatte eigentlich erwartet, dass sie im sicheren Schutz der abgetönten Scheiben augenblicklich mit Vorwürfen über ihn herfallen würde. Erfreulicherweise geschah nichts dergleichen.

Selbst als er in ihr Bett kam, war sie friedlich, hatte sich eingerollt wie ein kleines Kind und sagte nichts. Aber als er sich über sie hermachen wollte, schob sie ihn zurück. Ein Rest von schlechtem Gewissen gebot ihm, ihre Ablehnung hinzunehmen, und so zog er sich in sein Schlafzimmer zurück.

Dass sie ihm drei weitere Wochen auswich, ließ er ihr durchgehen, weil es weiß Gott im Moment Wichtigeres gab, das ihn seine ganze Energie kostete. Er kam spät nach Hause, und wenn er von ihr dann nur einen Zettel vorfand, war er erleichtert, dass er sich nicht rechtfertigen musste. Sah er sie am nächsten Morgen schlafwarm und verwuschelt aus ihrem Zimmer kommen, war er gerührt und ermutigt. Er zog sie an sich, küsste sie auf beide Augen. »Wünsch mir Glück«, sagte er. »Wenn das, wofür ich kämpfe, Früchte tragen soll, dann liegt es jetzt in seiner Hand.«

»Du meinst Borfeld?«, fragte sie. Ein Flackern lag über ihrem Gesicht. Die Begegnung schien ihr immer noch unangenehm zu sein. Obwohl Borfeld den Rest des Abend nicht mehr von ihrer Seite gewichen war.

»Erik«, sagte er stolz. »Er hat uns gestern das Du angeboten.«

Emma blieb steif in seinem Arm.

»Mein Gott, Emma«, sagte Herbert. »Ich verspreche dir, wenn alles gutgeht, werde ich auch über deinen Schwangerschaftswunsch nachdenken, okay?«

Sie drehte sich um und verschwand im Bad.

Borfeld blieb exakt drei Wochen. Als er ging, hatte er fünf Ressorts platt gemacht, zwei neue Teams aus dem Boden gestampft und einen Mitarbeiter auf der Karriereleiter nach oben befördert, nämlich Erdinger.

Und er hatte ein Kind gezeugt. Das erfuhr Herbert allerdings erst zwei Monate später, als Emma, die ihn besuchen kam, ihm den Teststreifen unter die Nase hielt.

Erdinger machte das nicht mehr lebendig. Und Helmut konnte froh sein, wenn es für ihn, wie der Rechtsanwalt in Aussicht stellte, auf Totschlag im Affekt hinauslaufen würde. Herbert musste in Gedanken immer noch kichern, wenn er an Erdingers entsetzte Visage dachte. Mit vor Panik weit aufgerissener Fresse hatte er sich noch sekundenlang an die Brüstung der Unternehmenszentrale in der Axel-Springer-Straße geklammert und ihn angefleht, dass er, Herbert, ihn wieder hoch helfen möge.

Hallo? Wer hatte hier wen in den Abgrund gestürzt?

Erstveröffentlicht in: Literarischer Krimi-Kalender 2015 als Kurversion mit dem Titel *Umstrukturierungsmaßnahme*, ars vivendi Verlag Cadolzburg 2014

NAGELPROBE

Wenn das Auto nicht völlig verschlammt gewesen wäre, hätte es für neu durchgehen können. Keine Spuren eines Unfalls, garagengepflegt. Stand da wie geparkt und nicht abgeholt. Trotz des Halbdämmers war deutlich zu erkennen, dass es nicht leer war. Der Mann am Steuer blickte nicht auf, als die Gestalt sich dem Seitenfenster näherte. Er hätte sie ohnehin nicht sehen können. Seine Augenhöhlen waren leer. Der Rest sah auch nicht sonderlich appetitlich aus, wies aber, wie der Gerichtsmediziner zweifelsfrei feststellen konnte, nachdem der Mercedes samt dem vorschriftsmäßig angeschnallten Rüdiger nur etwa hundert Meter von dem Fähranleger bei Zündorf entfernt aus dem Rhein geborgen worden war, keinerlei dem Tod unmittelbar vorausgegangene Spuren von Gewalteinwirkung auf, die sein Ableben hätten befördern können. Auch fanden sich keine Spuren von Gift oder Tabletten. Lediglich ein abgebrochener Nagelfeilenrest in der Gurtschlossvorrichtung ließ vermuten, dass es ihm nicht gelungen sein mochte, den Sicherheitsgurt zu lösen, um sich aus dem sinkenden Auto zu befreien. Wie kam die Nagelfeile in die Arretierung? Dazu die geöffnete Beifahrertür. Warum sollte Rapp, sofern er bei Bewusstsein war, als der Mercedes in den Fluten versank, statt der Fahrertür ausgerechnet die Beifahrertür geöffnet haben? Weil der Wagen sich zunächst auf die Seite gelegt hatte und ein Entkommen in Richtung der nach oben gekippten Seite naheliegender schien? Es ließ sich nach gut zehn Jahren nicht mehr rekonstruieren.

Woher ich das alles weiß? Manes ist bei den Polizeitauchern. Den Blick in Rüdi Rapps tote Augen musste er anschließend mithilfe einiger Kabänesse am Tresen der »Alten Schmiede« verdauen, und die wirken bekanntermaßen nicht nur auf den Magen-Darm-Trakt ein, sondern auch auf die Zunge.

Rüdi Rapp hatte zudem jede Frau im gebärfähigen Alter gekannt, wie man so schön sagt, im Umkreis von zwanzig Kilometern. Und Frauen im gebärfähigen Alter sind nun mal meine Kundinnen. Nein, ich führe kein Nagelstudio. Ich betreibe die Frauenarztpraxis in Langel. Im Gegensatz zu einer Nagelstudio-Inhaberin bin ich darüber hinaus in der Lage, mithilfe von Abstrichen von dem, was mir meine Klientinnen so auftischen, die nötigen Abstriche zu machen, um den Wahrheitsgehalt herauszufiltern. Der Rheinländer redet nun mal gern. Und er verbrüdert sich gern. Warum auch nicht? Das Rheinland in der Region um Köln war von jeher Durchzugsgebiet. Ein Nord-Süd-Ost-West-Drehkreuz für alle Völkerstämme von der Altstein- bis zur Neuzeit. Das milde Klima und der fruchtbare Lössboden luden schon immer zum: »Loss mer he bliev-ve!« ein. Na, und der Rhein als bedeutende Verkehrsader und natürliche Grenze steht für Offenheit und Schutz in gleichem Maße. Und eignete sich schon immer für Entsorgungen jeglicher Art. Wobei Wasserbestattungen à la Rüdi immer nur für Notfälle genutzt wurden. Wir haben hier aus dem zwölften Jahrhundert vor Christus bereits bedeutende Urnenfeldkulturen zu verzeichnen. Fast siebenhundert Hügelgräber zeugen von eisenzeitlichen Bestattungsriten. Die Römer betteten ihre Verstorbenen entlang der Einfallstraßen in die Erde – den Vorbeiziehenden zum Gedenken mit prächtigen Stelen versehen. Auf dem Popenberg hat man ein Gräberfeld aus der späteren Frankenzeit gefunden. Im Mittelalter verbuddelte man die Toten schließlich möglichst nahe an den Kirchen, was den Einwohnern unter den beengten Verhältnissen innerhalb der Kölner

Stadtmauern unerträgliche hygienische Zustände bescherte – aber das betraf die ursprünglichen Langaloner, die um tausend nach Christus dem Amt Porz im Herzogtum Berg angehörten, nicht, auch sie streng katholisch, unter der Fuchtel der Abtei Sankt Pantaleon, aber doch »jottwedee«, wie der Kölsche so schön sagt, «janz wigg drusse«, was uns stets ein wenig Narrenfreiheit bewahrte.

Die Zündorfer Fähre in unmittelbarer Nähe sorgt heute für die Ost-West-Verbindungs-Nebenschiene nach Weiß. Das reicht dem gemeinen Langelner an grenzüberschreitendem Verkehr vollkommen. Rüdiger Rapp hatte sie gern genutzt, um den Campingplatz Berger auf der anderen Rheinseite hinter der Krümmung zu frequentieren. In den ufernahen Büschen nagelte er – wollte man seinen trunkenen Reden Glauben schenken – Myriaden von paarungswilligen Urlauberinnen. Nicht dass wir uns falsch verstehen: Ich bin nicht prüde. Ich lebe schließlich davon, dass Menschen sich zueinander hingezogen fühlen. Außerdem bin ich selbst keine Kostverächterin. Rüdis Qualitäten in dieser Hinsicht kann ich durchaus beurteilen und ihm kein schlechtes Zeugnis ausstellen.

Ansonsten war er ein Schwein, wie es in keinem Buche steht. Daher wird sein unschönes Ableben alle, die er vorher jemals beglückt hat, sicherlich mindestens ebenso beglückt haben. Zunächst war er ja einfach nur verschwunden. Was zehn Jahre zuvor, nachdem sein Verschwinden schließlich von seiner Frau amtlich gemeldet wurde, gründlich dokumentiert worden war: Dass Rapp den Abend in der »Alten Schmiede« verbracht, den Gästen reichlich zugeprostet – es mussten mindestens zwölf Kölsch gewesen sein, aber was hieß das schon bei einem Mann seines Formats? – und seinen Ältesten zusammengeschissen hatte, der nach Rüdis Ansicht stets zu langsam zapfte und bediente. Aufgebrochen war er nach 23:00 Uhr. Für die »Alte Schmiede« keine Zeit, dort war immer bis weit nach Mitternacht Stimmung. Dass der Wirt sich irgendwann im Laufe des Abends absentierte, war normal. Er machte um die Zeit gerne Hausbesuche, während seine Frau – später auch die Kinder – am Tresen einsprangen.

Es folgte der idiotischste Prozess aus der Geschichte der Bundesrepublik. Man setzte Margit, Rapps minderbemittelte Frau, in endlosen Befragungen derartig unter Druck, dass sie schließlich zugab, ihren notorisch untreuen und volltrunkenen Ehegatten nach seiner Rückkehr weit nach Mitternacht zunächst im Affekt die Treppe des Hauses hinuntergeschubst zu haben. Als sie dann feststellte, dass er sich offensichtlich bei dieser Gelegenheit das Genick gebrochen haben musste, hätte sie die Leiche ins Bad gezerrt, mittels einer Axt in genießbare Häppchen zerlegt, die sie den Hunden und Schweinen vorgeworfen habe. Ohne dass die mindesten Spuren gesichert werden konnten, die ihre Behauptung belegt hätten, stützte das Gericht sein Urteil auf dieses Geständnis und sperrte Margit für die Dauer von fast acht Jahren weg. Als wenn nicht jedem sofort hätte klar sein müssen, dass dieses Jammerbild von Mensch niemals zu einer solchen Gewalttat hätte fähig sein können! Wenn Sie mich fragen: Sie hat es nicht besser verdient. Blödheit und mangelndes Selbstbewusstsein entschuldigen nicht Herzlosigkeit. Daher finde ich es vollkommen ausreichend, wenn man ihr nun, da der Rhein ihr Geständnis Lügen gestraft hat, nicht mehr als die Haftentschädigung zukommen lassen wird.

Ich habe alle ihre Schwangerschaften begleitet. Vier hat er ihr aus dem Leib geprügelt. Sie hat stets alles bestritten und sich geweigert, ihn anzuzeigen. Simon hat es überlebt und nach dem Tod des Vaters die »Alte Schmiede« übernommen. Auch wenn zumindest der weiblichen Hälfte der Besucher seitdem dort über das gastronomische Angebot hinaus keine Anreize mehr geboten werden, macht der Junge seine Sache gut. Er hat sich das bescheidene Glück mit dem Ertragen achtzehnjähriger Knüppelei teuer erkauft.

Nicole und ihr Kleines sind im Mädchenwohnheim untergekommen. Sie hat eine Lehre als Einzelhandelskauffrau gemacht und später sogar einen netten Kerl gefunden, der sie geheiratet, das Kind adoptiert und ihr zwei weitere Blagen beschert hat, die an den Pinnwänden meiner Praxis verewigt sind. So viel Herz hat Margit immerhin bewiesen, dass sie sich mit dem Geständnis schützend vor ihre Zweitälteste gestellt und ihr die Qual der fortgesetzten Befragungen und Untersuchungen erspart hat.

Nicole war es, die den Stein schließlich ins Rollen gebracht hat. Auch sie hätte es niemals fertiggebracht, ihren Peiniger anzuzeigen. Kein Sterbenswörtchen hat sie darüber verloren, auch nicht mir gegenüber. Nur ein Spruch hat sich mir eingebrannt. Als ich sie einmal fragte, ob sie nicht manchmal daran dächte, das Elternhaus zu verlassen, hat sie die Worte ihres Vaters wiedergegeben: »Du entkommst meiner Liebe nicht«, habe er lachend gesagt, als sie von ihren Plänen gesprochen habe, nach Köln zu ziehen, um dort eine Lehre zu machen. Man muss nicht Ödön von Horvath kennen, um die Wucht der hinter dieser vermeintlichen Liebeserklärung steckenden Drohung zu begreifen. Es reichte, Rüdis Umtriebigkeit, seine Triebhaftigkeit und seine Dominanz zu kennen. Jeder kannte sie.

Ich nutzte sie, indem ich ihn per Anruf zur Groov bestellte. Wie konnte er annehmen, dass es um etwas anderes als ein Schäferstündchen ging? Sein Handy habe ich ihm als Erstes aus dem Jackett stibitzt, als er mich, kaum dass ich zugestiegen war, leidenschaftlich umfing. Zu Hause habe ich es anschließend mit dem Vorschlaghammer pulverisiert und die Reste im Garten verbuddelt. Nachdem ich das Beweisstück gesichert hatte, brauchte es nicht viel, um Rüdi zu überzeugen, dass ich ihm an einem geschützteren Ort gerne zu Willen sein würde. Ich dirigierte ihn Richtung des Fähranlegers, und es gelang mir, ihn unter fortgesetztem Knutschen und indem ich seinen Schritt zärtlich massierte, so weit abzulenken, dass er mir das Steuer dankbar überließ, um sich mir zunehmend erregt stöhnend und mit halb geschlossenen Augen hinzugeben. Meinen eigenen Gurt hatte ich gar nicht erst einrasten lassen, es hätte mich nur beim Fummeln behindert. »Gib Gas, Rüdi!«, rief ich schließlich, und er trat bereitwillig das Pedal durch, während ich den Griff von seinem gewaltig angeschwollenen Gemächt löste, die Nagelfeile in sein Gurtschloss rammte, die Beifahrertür öffnete und mich, während der Mercedes schon in den Rhein raste, zur Seite rollte und bald darauf ziemlich durchnässt, aber wohlbehalten das rettende Ufer und meinen dort abgestellten Wagen erreichte.

Nein, prüde bin ich nicht. Aber Rüdi hatte die Grenze eindeutig überschritten. Nicole mochte aller Welt etwas vormachen, was den Vater ihres Kindes anging. Ich führe kein Nagelstudio. Für meine Bedürfnisse reicht eine simple Feile. Und: Ich kann Abstriche machen.

Erstveröffentlicht in: *Mörderischer Rhein*, Hrsg.: Andreas Kriminalinski, Edition Oberkassel Düsseldorf 2014

ICH LESE, ALSO SPINN ICH

Als ich den Schlüssel zücke, hebt Herr Bert das Bein, um die Dreifinger-Steinbrech-Pflänzchen in der Fuge zwischen Mauer und Pflaster zu beglücken. »Sie werden es vergessen haben, teurer Freund«, sage ich. »Der Weiße Gänsefuß, der Giersch und das Greiskraut haben Ihren Harn nicht goutiert. Bitte überlassen Sie das Gießen mir und wenden Sie sich vertrauensvoll an den Gulli.«

Das muss man ihm lassen: Nach dem Geruchs- und Gesichtssinn hat sein Gedächtnis erheblich nachgelassen. Aber das Gehör funktioniert tadellos. Sein Grips sowieso. Er trottet zur Bürgersteigkante, wo er sich entleert. Ich muss mir keine Sorgen machen, dass er sein Leben riskiert. Die Funusstraße ist als Einbahnstraße ein Verkehrsweg, dem es genau an diesem konstitutiven Merkmal mangelt: Es gibt keine Autos. Wer hier wohnt, kann sich keins leisten. Stellplätze gibt es schon gar nicht. Die Breite des Gehwegstreifens nötigt einander entgegenkommende Fußgänger, auf die Straße auszuweichen, weshalb die meisten gleich diese Option wählen. Nur zwei Anliegen erfordern, dass PKW in die Anliegerstraße einbiegen: Taxis halten vor dem Cityhotel, um Gepäckstücke auszuspucken oder einzuladen. Alle anderen fahren bei mir vor. Irgendwann nach der Beisetzung. Nomen est omen, könnte man meinen. Der Name der Straße – lateinisch für ‚Bestattung' – ist aber historisch. Hier zogen jahrhundertelang die Karren mit den Toten zum katholischen Gottesacker durch. Als der geschlossen wurde, traten die letzten Leichen den allerletzten Weg durch die Funusstraße retour zur Umbettung auf den städtischen Friedhof an.

Vor über drei Jahrzehnten habe ich mich in der Nummer 26 eingenistet, um die Hinterlassenschaften der Verstorbenen in Empfang zu nehmen. Schätze, die die Erben nicht haben wollen. Denen ich Obdach biete. Die ich in liebende Hände vermittele. Nicht bei allen gelingt es. Allzu viele bleiben, werden zu Gefährten. Andere bringen mich um den Verstand.

Gegenüber hängt sich Franjo aus dem Fenster. »Bok, Bodo! Bok, Herr Bert«, ruft er. Die Funusstraße ist alles andere als tot. Sie ist ein Multikulti-Lebensraum. »Cupavci für nachher?«

Ich lüpfe die Pudelmütze, nicke, grüße, stoße, nachdem ich den Schlüssel herumgedreht habe, die Tür auf. Die Ladenklingel ertönt, ich bücke mich, ziehe aus dem Einwurfschlitz das Anzeigenblättchen heraus und klemme es mir unter die Achsel. Herr Bert schlurft an mir vorbei ins Innere.

Als ich die Zeitung auf dem Bücherstapel neben dem Eingang ablege, faltet sie sich auf. Ein Zettel rutscht heraus.

»Verröder!«, steht da in ungelenken Druckbuchstaben. »Wer su ne Murks schrief, weed afjemurks! Wer der Driss verkoof, och![1]«

Ich werfe das Schreiben samt Käseblatt in den Papierkorb und stapfe nach hinten. Erst mal ein Kaffee! Halte an einem anderen Stapel inne und atme tief ein. Schnuppere leicht muffigen Papiergeruch. Lege einen verrutschten losen Bogen zwischen geöffneten Seiten bündig in den Mittelknick. Blättere vorsichtig. Knistern. Gänsehaut hinter den Ohren. Schiebe das Exemplar ins Regal. Lasse Finger über Folianten gleiten,

---

[1] Verräter! Wer so einen Schrott schreibt, wird umgelegt! Wer den Scheiß verkauft, auch!

richte Bücher auf, ziehe Rücken vor, drücke andere zurück, sodass sie in Reih und Glied stehen und nicht verziehen.

Der Anblick verzogener Bücher bereitet mir körperlichen Schmerz. Heute verstärkt durch die eigenen verschlissenen Knochen, die ihn längst verinnerlicht haben. Zu viele schwere Kisten. War aber schon immer so. Als kleiner Junge habe ich im Regal der Eltern und egal, wo wir zu Besuch waren, in jeder Bibliothek oder Buchhandlung, Bücher aufgerichtet, weil es wehtat. Weltbilder in Schieflage. Sind Bücher nicht Träger allen Wissens, aller Wahrheiten, Geheimnisse und Träume? Ich habe sie wieder geradegerückt, so gedreht, dass die Leserichtung der Titel einheitlich war, andere dazwischengeschoben, die Rücken parallel ausgerichtet. Ein bisschen wie Loriots Vertreter, der, im Vorzimmer die Herrschaften erwartend, das schiefe Bild geraderücken will und dadurch das komplette Zimmer verwüstet. Meine Bücherreihen, -regale und -stapel justiere ich permanent nach. Sie stehen solide.

Ich setze Kaffee auf und fülle Herr Berts Napf. Er erhebt sich von seinem Stammplatz unter der Philosophie und reibt die Nase an meinen Waden. »Eine Jeans ist kein Papiertaschentuch, edler Gefährte«, sage ich.

Die Ladenklingel. Fußgetrappel. Kichern. Kinderstimmen, die »Herr Bert!« rufen. Mein Veteran auf vier Beinen lässt Jeans Jeans und Napf Napf sein. Er fegt wie Usain Bolt zum Eingang, wo Dunja, Daria und Dilan ihm eine Triple-Streicheleinheit verpassen. Erneutes Klingeln. Nesrins schrille Stimme: »Wenn ihr nicht beeilt, dann Lehrerin schimpfe!«

Fußgetrappel. Anhaltendes Bimmeln. Die Tür fällt ins Schloss. Mein Canis lupus familiaris kommt zurück getrottet und neigt sein Haupt über die Schale mit seinem Frühstück. Er schnauft. Ich seufze.

Mit der Tasse Kaffee in der Hand wandere ich durch das Bücherlabyrinth zum Eingangsbereich. Betrachte die Rückseite der Ankündigung auf DINA4-Papier, die seit sechs Wochen an der Scheibe klebt. Ein Morgensonnenstrahl lässt Markus‘ Lächeln aufleuchten. Der Mann ist unkaputtbar. Ich weiß nicht, was ich täte, wenn dieses Lächeln nicht wäre. Es sind ja nicht nur meine Knochen, die schwächeln. Das Lächeln schützt. Es hindert mich daran, das Plakat abzureißen und den Bücherstapel wegzuräumen, der darunter im Schaufenster liegt. Stattdessen suche ich nach einer Feuerbach-Ausgabe. Egal welcher. *Die echten Schriftsteller sind Gewissensbisse der Menschheit.* Einem Kafka. *Ein Buch muss die Axt sein für das gefrorene Meer in uns.* Lege mehrere neben den Stapel.

Axt. *Dä jehört äschlonn. Du jehörs jenauso duud jeschlaare. Üch brenge mer noch om de Äck.*[2] Markus hatte gelacht. »Bewahrst du mir die Fanpost auf? Kölsch fehlte noch in meiner Sammlung.«

Kölsch. Die *Arsch-huh-* und *Drink-doch-eine-met-*Sprache. Ich habe den Papierkorb seit dem Telefonat nicht mehr geleert. Obwohl der Inhalt täglich lauter danach schreit.

Lee Wei Smees Gesicht vor der Scheibe. Bimmelimm, die Tür. Er überreicht mir eine mit Alufolie abgedeckte Schüssel. »Sesam-Tofu-Plätzchen.« Sein Lächeln wirkt verrutscht. »Hsu ist krank, Bodo. Wir können nicht kommen.«

»Gute Besserung«, wünsche ich. Frage nicht, warum er dann nicht allein kommt. Bin ich paranoid, wenn ich meine, den Grund zu kennen? Herr Bert ist mir eher aus Höflichkeit gefolgt. Wenn ich telefoniere oder sonst wie beschäftigt bin, kümmert er sich als langjähriger Partner verlässlich um die Kunden. Er wedelt Lee hinterher, der ihn gar nicht gesehen hat, so schnell war er wieder draußen. Zur Kenntnisnahme zeige ich ihm den Inhalt der Schüssel. Er wendet sich ab und wieder den Philosophen zu.

Ich gehe nicht zur Polizei. Mein Vertrauen in den Staatsapparat ist seit Ende der 60er erschüttert, meine prägenden Jahre. Ich wurde zu oft kontrolliert und schikaniert. Weil ich lange Haare hatte, Jesuslatschen trug und – ich brauchte es damals für den Job – einen klapprigen VW-Bus

[2] Der gehört erschlagen. Du gehörst genauso totgeschlagen. Euch bringen wir noch um die Ecke! Die *Arsch-huh-* und *Drink-doch-eine-met-*Sprache. Die *Hintern-hoch-* und *Trink-doch-einen-mit-*Sprache.

fuhr, den eine meiner WG-Mitbewohnerinnen, eine Kunststudentin, quietschbunt angemalt hatte. Als ich das Germanistikstudium nach dem 15. Semester an den Nagel hängte, mir einen Kurzhaarschnitt und eine Buchhändlerlehre gönnte, das Büschen verkaufte und nur noch mit dem Lieferwagen der Bücherstube unterwegs war, änderte sich das Verhalten der Bullen schlagartig. Zu spät.

Erst seit Mattes in die Funusstraße gezogen ist – nach Burnout, Ehescheidung und Abschied aus dem Polizeidienst, das Übliche – beginne ich, meine Vorbehalte zu überprüfen. Ein bodenständiger, netter Nachbar, der öfter vorbeikommt und in der Regel die Biografien-Ecke ansteuert, von wo aus er weiter stöbert.

Letzte Woche war er ganz begeistert, einen SciFi-Jugendbuchklassiker aus den Siebzigern, Mark Brandis – Weltraum-Partisanen«, zu entdecken.

Ich erzählte ihm, dass es seit zehn Jahren eine Hörspielreihe dazu gebe, bot an, sie zu bestellen.

Er war noch in das Buch vertieft. »Woran du glaubst, dafür sollst du leben und sterben«, sagte er, und ich war für einen Moment irritiert, ehe ich begriff, dass es sich um ein Zitat handelte. »Der Satz hat sich damals eingebrannt.«

Momente, in denen ich weiß, warum ich diesen Job mache. Obwohl ich auf vollkommen verlorenem Posten stehe. Ein Anachronismus im Internetzeitalter. Der Buchkaufhauswahn der 90er-Jahre hatte den Einzelhandel der Großstädte massiv geschwächt. In kleineren Gemeinden konnten inhabergeführte Buchhandlungen überleben, bis die Versandgroßhändler sie ruinierten, allen voran der Konzern mit dem großen A. Heute hilft mir der Internethandel zu überleben. Weil ich verkaufe, was es nur noch antiquarisch gibt.

Ein Buch kann eine enorme Wirksamkeit entfalten. Stendhal sprach vom Bogen einer Geige, dessen Resonanzkörper die Seele des Rezipienten sei. Das schafft kein Film. Weil der Leser die Welt, die ihm in Form von Begriffen in einem Buch begegnet, selbst konstruiert. Er muss eine viel größere Imaginationsanstrengung erbringen. Weshalb sich das Gelesene nachhaltig einbrennt. Noch gibt es diese Generationen, deren Seelen wie die von Mattes durch Bücher in Schwingung versetzt worden sind. Die sich glücklich schätzen, in einem Laden wie meinem die Bögen wiederzuentdecken, die sie zu den Menschen gemacht haben, die sie sind.

Ich habe ihm den Zettel gezeigt, den ich morgens hinter dem Einwurfschlitz vorgefunden hatte. »Nestbeschmutzer bruche mer nit, fott domet![3]«, stand darauf.

Er studierte ihn gründlich, bevor er ihn mir wieder aushändigte. »Unschön«, meinte er. »Aber da kannst du nichts machen. Strafrechtlich ist das nicht relevant.« Versprach aber, zu Markus' Lesung zu kommen.

Es fühlte sich gut an. Leverkusen ist nicht Köln. Aber wie heißt es so schön? *Denn he hällt m'r zesamme, ejaal wat och passet, in unsrem Veedel!*[4]

Um halb soll die Veranstaltung starten. Markus kommt gegen 19 Uhr. Der Laden ist schon rappelvoll. Das liegt nicht nur daran, dass er so klein ist und die Bücherberge so viel Raum einnehmen. Es liegt mir fern, mich zu brüsten. Aber das Zentralantiquariat ist ein Ort der Begegnung. Des Austauschs. Bücher sind der Anlass. Aber es ist längst ein Selbstläufer. Wer hier vorbeikommt, geht nicht vorbei. Meine Tür steht immer offen. Die Menschen mögen das. Und tragen etwas bei, wenn ich einlade. Indem sie etwas zu essen und trinken mitbringen. Indem sie beim Auf- und Abbau helfen. Und den Vortragenden – meinen Gästen – Wertschätzung entgegenbringen, selbst wenn sie nicht alles verstehen. Das wird im anschließenden Gespräch geklärt.

Bimmelimm! Paul schleppt eine Kiste Kölsch herein. Lakshmi hat Frikadellen mitgebracht, Basel Brownies, andere Tüten mit Knabberzeug, Limo und Mineralwasser. Mattes kommt mit leeren Händen, entschuldigt sich, er hätte seine Zusage um ein Haar vergessen. »Es ist genug da«, beruhige ich ihn, und er sucht sich einen Platz weiter hinten. Nur

---

[3] Nestbeschmutzer brauchen wir nicht, weg damit!

[4] Denn hier hält man zusammen, egal, was auch passiert, in unserem Viertel!

Lee und Hsu sind nicht gekommen. Dafür eine Handvoll Besucher, die ich nicht kenne. Vier ältere Damen in Ulla-Popken-Leinensäcken. Als Letzter ein etwa Fünfzigjähriger mit Motorradjacke, der, als ich ihn mit Handschlag begrüße, etwas nuschelt, das wie »Peter« klingt, und sich mit verschränkten Armen an die Wand neben der Tür lehnt.

Nur Herr Bert, so sehr er unsere Kundschaft liebt und von ihr geliebt wird, hat sich wie immer zurückgezogen, als der Laden sich füllte.

Markus freut sich über die volle Bude. Er ist nicht zum ersten Mal hier. Sein neues Buch hat allerhand mediale Aufmerksamkeit erfahren. Mein Publikum kennt es nur vom Schaufenster. Wer von diesen Leuten liest schon Feuilletons? Sie vertrauen darauf, dass ich weiß, wen ich einlade. Und wollen einen schönen Abend haben.

Ich frage Markus, wie er auf das Thema gekommen ist. Diskriminierung und Rassismus in der Exekutive. Hier in Leverkusen! Dem beschaulichen Städtchen am schönen Rhein, zusammengeschweißt durch ein Unternehmen, dessen Wachstum Menschen von überall hergelockt hat und durch sie ermöglicht wurde. Natürlich war der Wohlstand auch für andere attraktiv, die hier gestrandet sind und weniger zum Gemeinwohl beitragen. Die nicht erst, seit der Konzern seine Gewerbesteuern anderweitig entrichtet, als Last empfunden werden. Als Läuse im zunehmend haarlosen Pelz. Schmarotzer. Kriminelle.

Markus erzählt von dem jungen Afghanen, der ihn, als er, Markus, seinen Personalausweis hatte verlängern wollen, am Rathausplatz angesprochen hatte, weil er nicht verstand, was man von ihm wollte. Er war von einem Schalter zum nächsten beordert und schließlich weggeschickt worden. Als Markus den jungen Mann in ein Café einlud, wurden sie rausgeschmissen, alle Tische seien reserviert. In der Unterkunft traf er weitere Menschen, die ihm ihre Geschichten erzählten. Haarsträubende Details, die er zunächst nicht glauben wollte. Die Recherche vieler, vieler Einzelfälle bestätigte den – in seinem Buch heißt es – systematischen Verrat an Grundrechten durch Verweigerung von zustehenden Leistungen,

Diskriminierung, Fehlentscheidungen. Auf seine Anrufe, Fragen, Besuche hin erfuhr er Verunsicherung, Misstrauen und schließlich Mauern. Zugleich nahm eine beispiellose Schmutzlawine Fahrt auf. Im Schutz der Anonymität wurde er in Internetforen verunglimpft, von Anrufern mit unterdrückten Nummern beschimpft, vor seiner Haustür und in seinem Briefkasten fanden sich kompromittierende Botschaften bis hin zu offenen Drohungen. Seine Türklinke wurde mit Exkrementen beschmiert, sein Auto mit Hakenkreuzen verunstaltet, die Reifen wurden zerstochen, durch das gekippte Badezimmerfenster flog ein Stein, um den ein Zettel mit Schmähbotschaften gewickelt war. Anzeigen bei der Polizei, Ermittlungen versickerten im Sande.

Markus liest und erzählt. Die Zuschauer lauschen, nicken und vergessen zu futtern. Ja, das kennen sie. »Voll normal«, sagt Mehmet und lacht. Was für ihn neu ist: Dass jemand darüber schreibt. Sich empört.

Ich bin nicht ganz bei der Sache. Okay, das Buch kenne ich ja, aber dieser Peter scheint mir nicht ganz koscher. Habe mich neben ihn an die Tür gestellt und werfe von Zeit zu Zeit einen Blick auf die dunkle Straße. Gegenüber schlendert ein Mensch mit Kapuzenpulli vorbei. Er wirft einen Blick auf das hell erleuchtete Schaufenster, die vielen Menschen dahinter, bückt sich. Ist das eine Plastiktüte, die er überstreift? Was kratzt er da aus der Gosse ? Von Herrn Bert kann das nicht sein. Dessen Hinterlassenschaften sammele ich gewissenhaft auf. Der Mann erhebt sich, die Hand mit der unappetitlichen Ladung in Brusthöhe – um zum Werfen auszuholen?

Nein, er streift mit der anderen die Tüte zurück, verknotet sie, und dann sehe ich auch den schwarzen Hund zu seinen Füßen. Er geht weiter, den Beutel schlenkernd.

Mein Blick schweift wieder über die Zuhörer, sie sitzen auf Stühlen oder auf dem Boden, stehen vor den Regalen oder im Durchgang zu den hinteren Räumen. Meine Aufmerksamkeit wird auf eine Unebenheit im rechten Raumtrenner-Regal mit den Geschichtsbänden gelenkt. Auf

Höhe der Militaria Weltkrieg II ist eine Lücke. Der Drang, sie zu schließen, die Reihe wieder zusammen zu ruckeln, der erste Impuls. Dann wundere ich mich. Die Lücke ist nicht leer. Etwas wird gerade von hinten hindurch geschoben. Kein Buch. Eine Stange? Mit einem Loch in der Mitte! Ein Rohr – spinn ich? Eine Pistole? – Eine Pisto–

Was nun passiert, kann ich nur versuchen, in Zeitlupe abzubilden, indem ich nacheinander berichte, was gleichzeitig geschieht. Ordnung in das Chaos bringen.

Um mit mir anzufangen: Ich hechte nach vorn, wo Markus, den Blick aufs Buch geheftet, auf einem Klappstuhl sitzt. Schnelle in der Horizontalen vorwärts und schubse seine Rückenlehne so heftig weg, dass er samt Stuhl zur Seite kippt. Was ich brülle, geht im Geschrei der anderen unter. Etwas in meinem Kopf ist soeben explodiert.

Gleichzeitig oder vielleicht sogar unmittelbar davor hat Herr Bert angeschlagen. Mein sanftmütiger Kumpel klingt wie der Hund von Baskerville. Er fegt sekundenbruchteilschnell aus der Tiefe des Bücherlabyrinths herbei.

Während ich selbst bereits fliege, nehme ich aus den Augenwinkeln wahr, dass Herr Bert hinter dem Durchgang einen Riesensatz in Richtung Raumteiler macht, mitten in das Regal mit den Weltkriegsschinken – oder vielmehr in den Rücken des Menschen, der da steht. Alle drei – Hund, Mann und Historienregal brechen gewissermaßen in den Raum herein.

Das Publikum springt auf, schreit, stiebt auseinander, stürzt und purzelt samt Stühlen durch die Gegend.

Dass sich ein Schuss gelöst haben muss, geht im Getöse unter. Die Deckenlampe platzt und Putz bröselt herunter.

Während ich mich aufstütze, den Blick auf die vollkommen durcheinandergeratene Geschichte gerichtet, die nun im Halbdunkel liegt, sehe ich, dass der Schreiner ganze Arbeit geleistet hat. Die Dübel der wandseitigen Leiter haben gehalten. Allerdings sind drei Böden zersplittert und die Wucht des Aufpralls hat das Regal so weit geneigt, dass eine Bücherlawine in den Zuschauerraum gedonnert ist.

Man muss dazu sagen, dass ich ganz oben unter der Decke gleich viermal die zehnbändige Propyläen Weltgeschichte verstaut hatte. Hatte.

Zum Glück konnten die Gäste sich rechtzeitig in Sicherheit bringen. Bis auf einen. Der im Regal feststeckt. Sein Oberkörper ist durch die Bücherwand gebrochen, und das gesammelte Geschichtswissen ist auf seinen Nacken gekracht. Weshalb sich der Kopf nun in einem starken Winkel nach vorne neigt. Die Arme hängen schlaff herunter. Die rechte Hand ist voller Blut. Direkt daneben eine Pistole auf dem Bücherberg. Erst als mein Blick wieder hochwandert, erkenne ich Mattes' Hinterkopf.

Mühsam rappele ich mich auf. Im Durcheinander um mich herum nehme ich wie durch Watte wahr, dass jemand neben mir telefoniert. Der Mann, der Peter heißt. »... verletzte Person« höre ich. »Notarzt«. Und: »Kollegen bereits verständigt«. Dann sehe ich, wie der Kerl eine Pistole aus der Außentasche seiner Motorradkluft hervorzieht, die Jacke aufklappt und das Schießeisen wie weiland Schimanski in ein Schulterholster schiebt und eine Schlaufe darüberlegt, die er mit einem Druckknopf befestigt.

Das leise Klickgeräusch löst schlagartig den Druck auf meinen Ohren. Der Nebel in meinem Kopf lichtet sich.

Das Blut an Mattes' Hand.

»Du bist ein Bulle«, stelle ich fest.

»Stimmt«, sagt er.

»Du hast ihm die Pistole aus der Hand geschossen.«

»Stimmt.«

»Ich habe keine Anzeige erstattet. Wieso warst du da? «

»Wegen Mattes. Er stand nach dem Rausschmiss unter Beobachtung.«

Ein Martinshorn in der Funusstraße. Zwei. Drei.

Es ist wirklich Zeit, dass ich meine Vorbehalte gegen Bullen überdenke.

Erstveröffentlicht in: *Mord in der Buchhandlung*, Hrsg.: Thomas Kastura, Gmeiner Verlag Messkirch 2021

MOTORRADTOUR

Der Mann hatte sich von ihr abgewendet und ging zwei Schritte auf den Abgrund zu. Sie lag ermattet im Gras und roch noch den Geruch ihrer vermengten Körper. Zwischen ihren Beinen sickerte ein kleiner Schwall seines Ergusses ins Freie. Das Dröhnen in ihren Ohren ließ allmählich nach.

Es hatte heute früh begonnen, als sie zu ihm aufs Motorrad stieg und mit ihm aufgebrochen war in die Freiheit, in den Süden. Raus, nur weg, für ein paar herrliche Tage – über die Berge zum Meer.

Raus aus dem Alltagstrott, aus dem erdrückenden Ventilatorengedröhn im Büro, den erstickenden Gerüchen in der U-Bahn, den unausweichlichen Abenden vor dem Fernseher, bis ihr die Augen zufielen oder – was seltener vorkam – bis das Schnarchen ihres Mannes einsetzte, urplötzlich, in schneller Steigerung, bis er sich umdrehte, ein paar Atemzüge lang aussetzte, dann wieder dröhnend einbrach in ihre unwiderruflich gestörte Nachtruhe. Sie hasste diese Nächte und hasste ihn dafür. Sie setzte alles daran, vor ihm einzuschlafen. Als er auf Geschäftsreise fuhr, genoss sie ihre abendliche Freiheit, einschlafen zu können, wann es ihr danach war. Aber wenn sie nachts wach wurde, vermisste sie das Dröhnen neben sich und fühlte sich verloren wie ein kleines Kind.

Das Motorradfahren enttäuschte sie. Sie hatte eine Vorstellung von Freiheit und Leichtigkeit gehabt. Aber da war wieder dieses Dröhnen, unausgesetzt. Sie konnte nicht nach vorne sehen hinter seinem Rücken, raste blind in irgendetwas, das vor ihr lag, und klammerte sich bei jeder Richtungsänderung und jedem Geschwindigkeitswechsel krampfhaft an ihm fest. Nach zwei Stunden war sie so steif, dass sie sich zu Entspannungsübungen zwang, um den Schmerz zu bekämpfen, der langsam von ihr Besitz ergriff.

Tief durchatmen, der Körper wird ganz schwer, der Atem strömt in die Glieder, Augen schließen, der Atem fließt wieder heraus.

Nach drei Stunden hatte sie sich in ihr Schicksal gefügt, war eins geworden mit dem Dröhnen. Es vibrierte durch den ganzen Leib. Der Körper des Mannes vor ihr verschmolz allmählich mit dem ihren. Sie spürte in den Oberschenkeln das Anspannen seiner Oberschenkelmuskeln, wenn sie sich in die Kurven legten. Die Straßen waren sehr kurvig geworden. Sie hatten die Berge erreicht. Immer freudiger ließ sie sich auf die Schwingungen ein, die sie mit dieser großen Maschine vollzogen, empfand ein sinnliches Vergnügen an diesem Tanz zu dritt – sie, er und die Maschine. Das Motorrad strotzte die Serpentinen hinauf, der Mann zwang es immer höher, sie schwang sich auf seinen Rhythmus ein und fühlte Euphorie in sich aufsteigen.

Als er schließlich auf einem Höhenweg in eine seitliche Fahrrinne einbog, das Motorrad zum Stehen brachte und sie abstiegen, bebte der Boden unter ihr. Sie kletterten ein kleines Stück die Böschung hinab, von wo aus sie einen atemberaubenden Blick über das Land hatten. Hinter dem kleinen Wiesenstück ging es steil abwärts in einen felsigen Abgrund, sodass es ihr schwindelte. Sie ließ sich ins Gras fallen und schloss die Augen.

Die Sonne küsste ihren Körper. Die Wiese lebte, duftete und summte. Er hatte sich neben ihr ausgestreckt. Als sie nach einer Weile seine Liebkosungen wahrnahm, ließ sie die Augen geschlossen. Es erleichterte es ihr, sie zu erwidern. Ihr Körper hatte längst ja gesagt. Wie lange hatte sie nicht mehr so nach ihrem eigenen Mann gedürstet!

Auch das hatte sie gehofft, in diesem Urlaub wiederzufinden. Eine ganz spontane Gelegenheit. Ihr Mann war geschäftlich im Süden und hatte sie gefragt, ob sie sich nicht frei nehmen und ihm entgegenkommen wollte.

Und da ihr Kollege eine Motorradtour in die Alpen geplant hatte, kam ihr sein Angebot sehr gelegen, sie mitzunehmen. Er arbeitete in einer anderen Abteilung, aber sie sahen sich täglich, und er hatte immer einen Witz auf Lager. Er war als Weiberheld verschrien, aber er ließ es nicht raushängen, und sie hatte das nie berührt.

Jetzt lag sie hier, und es blieb ihr nichts anderes übrig, als die Augen wieder zu öffnen. Er hatte sich befriedigt von ihr heruntergewälzt und wollte sich nun in den Abgrund erleichtern.

Sie war schlagartig nüchtern, als sie ihn von hinten sah, breitbeinig, mit herunter gelassener Motorradmontur, selbstzufrieden und mit großporigem Gesäß.

Sie würde ihm nie wieder in die Augen sehen können, ohne sich zu schämen.

Etwas in ihr ballte sich zusammen, und als es losschnellte, war sie ganz verwundert, dass es ihr Bein war, das da zu einem Tritt gegen seinen breitbeinigen Stand vorzuckte. Sie hatte ihn noch gar nicht getroffen, als sie vor Entsetzen los brüllte, mitten in seinen ungläubigen Blick, als er sich taumelnd umwandte – und schon im Abgrund verschwand. Sie brüllte weiter, während sie auf die Beine kam, in ihre Kleidung schlüpfte, brüllte und brüllte, während sie die Böschung hinaufhetzte.

Das Brüllen hielt an, schien es ihr, bis die Carabinieri da waren, und schien noch Stunden später in ihr weiter zu dröhnen, als ihr Mann schließlich in der Polizeistation ankam. Sie hörte durch einen Nebel, wie der Polizist und der Arzt leise mit ihm sprachen – über den zerschmetterten Körper, den furchtbaren Leichtsinn und die völlig mitgenommene Frau.

Als er sie in die Arme nahm, merkte sie, wie ihr Entsetzen langsam dem Vertrauten wich. Und sie wusste, hier gehörte sie hin.

Und alles war wieder gut.

Erstveröffentlicht in: *Klappe zu – Balg tot*, Bitterböse Geschichten, Wurdack Verlag Nittendorf 2009

Letale Lösung 35

WUNSCHKANAL

Jeder Mensch braucht einen Ort, wo er hingehört.

Rüdi hat immer vom ewigen Kreislauf gesprochen, aber zum Schluss konnte ich sein Gefasel einfach nicht mehr ertragen. Soll er doch selber mal sehen, wie das ist mit Karma, Reinkarnation und Nirvana, oder wie die alle heißen! In Wirklichkeit war das bloß ein blöde Masche, um sich aushalten zu lassen und möglichst viele Frauen zu vögeln.

Ich kannte den Rüdi seit unserer Grundschulzeit in Roggendorf-Thenhoven. Frau Leutseelig-Schnarrenberger, unsere Lehrerin, hatte ihn schon in der ersten Klasse eine Kanaille genannt. Ich hab damals noch gedacht, es hieße, dass er einen Knall hätte. Hatte er ja auch. Einen, der sich gewaschen hatte. Machte gern die große Welle und tauchte dann ab! Der war schon immer gefährlich nah am Wasser gebaut!

Nachdem wir die Schule hinter uns gebracht und uns in alle Winde verstreut hatten, hab ich erst mal ganz andere Sachen im Kopf gehabt. Lehre als Einzelhandelskauffrau angefangen, abgebrochen, Jobs ausprobiert, geschmissen, bis ich schließlich Guido getroffen und mit ihm den Kiosk gemacht hab. Da kamen alle früher oder später vorbei. Genau genommen waren die meisten natürlich dageblieben. Einmal Chorweiler, immer Chorweiler. Roggendorf-Thenhoven ist zwar nicht Chorweiler, aber direkt dahinter und keine Spur besser. Na gut, die in Chorweiler haben höhere Hochhäuser. Dagegen konnten wir mit nur dem Arsch der Welt anstinken. Wer hier groß wurde, würde nie zu den Großen gehören. Selbst die Kriminalität ist erbärmlich! Alten Frauen Handtaschen wegreißen, Zigarettenautomaten plündern, Reifen schlitzen. Raffinierte Kapitalverbrecher sind eine ganz andere Liga. Rüdi war unterste Kreisklasse. In der ersten Klasse zog er den Mädels Poesiealbum-Abziehbilder ab, später versuchte er einen Hausaufgaben-Handel aufzuziehen. Alle, die ein bisschen Grips im Kopf hatten, gewöhnten sich doppelte Heftführung an. Wem Rüdi die Faust ins Gesicht hielt, der rückte bereitwillig falsche Lösungen raus, und da er zu doof war, die Qualität seiner Ware zu beurteilen, sank die Nachfrage schneller als die amerikanische Flotte in Pearl Harbour.

Nach der Zehnten war er dann eine ganze Weile weg von der Bildfläche. Vermisst hat ihn keiner. Weit hat er es immerhin gebracht. Hat in Köln nach einer Sauftour bei einem Schiffer angeheuert, weil die letzte Bahn weg und ihm kalt war.

Er hätte die ganze Welt gesehen, hat er später gestrunzt. Zumindest die Containerverladestationen, sag ich mal. Mehr wird der nicht zu Gesicht gekriegt haben. Die großen Schiffe fahren doch unter den billigsten Flaggen, die sie kriegen können, und heuern vorzugsweise Chinesen oder Malinesen oder wie die heißen an, denen sie die dreckigsten Hungerlöhne zahlen. Die werden, wenn sie irgendwelche Häfen anfahren, nicht gerade ein Sightseeing-Programm für die Besatzung einplanen.

Irgendwann müssen sie ihn unterwegs rausgeschmissen haben. Keine Ahnung, was da vorgefallen ist. Er hat es im Nachhinein als göttlichen Wink dargestellt. Der Kapitän wird seine Gründe gehabt haben, Rüdi Winke-Winke zu machen. Hundert pro hatte der Dreck am Stecken. Der Rüdi, meine ich. Der Kapitän vermutlich auch. Rüdi war jedenfalls in Indien gestrandet. In Bombay. Da war zu der Zeit gerade allerhand gebacken. So gurumäßig. In den Sechziger Jahren gab es ja hier diese scheußlich Mode mit Orange. Möbel, Tapeten, Klamotten, selbst

Klodeckel sorgten für Augenkrebs. Im indischen Poona haben sie das in den Siebzigern wieder aus der Mottenkiste geholt und zur Glaubenssache erklärt. Als ich zum ersten Mal davon in den Nachrichten hörte, das war kurz vor Weihnachten, da dachte ich noch: ‚Backwaren!, schrie Ranjesch? – Ja, will der uns verarschen?' Aber der hieß wirklich so! Bhagwan Shree Rajneesh.

Jedenfalls, als Rüdi wieder auftauchte, war er von Kopf bis Fuß orange, nannte sich Babakrishna und hatte einen neuen Perso. Stammte jetzt angeblich aus Bad Salzuflen-Knetterheide. Ich vermute, die haben da nicht nur Sex- und Drogen-Orgien gefeiert, sondern einen schwunghaften Papier-Handel betrieben. Nach dem Motto: »Kommet her zu mir, die ihr mühselig und beladen seid mit Sünden und Vorstrafenregistern, und fangt ein neues Leben an!« Irgendwo auf der Welt wird jetzt ein Rüdiger Schmitz aus Roggendorf-Thenhoven vielleicht Amazonas-Anwohnern Mobilfunkverträge der Firma Orange, ehemals France Télécom, verticken.

Der in Roggendorf-Thenhoven – auf dem Papier in Bad Salzuflen-Knetterheide – aufgewachsene Rüdiger Fischer, ehemals Schmitz, kreuzte eines Tages bei mir am Kiosk in Thenhoven auf, bestellte einen Kaffee und fing an zu missionieren. Er hätte in Köln im Belgischen Viertel einen Ashram aufgemacht.

Ich dachte, ich höre nicht richtig. »Arschram?«

Da hat er mir von dem Bhagwan erzählt und von der freien Liebe und zurück zur Natur. Ausgerechnet in Thenhoven, wo jeder froh ist, wenn er vom Land wegkommt! Aber neugierig waren sie doch. Ich auch! Ich war die allererste! Keine Woche hat es gedauert, bis ich meinen Anteil am Kiosk verkauft, die Wohnung gekündigt, Guido kalt abserviert, meine Möbel auf den Sperrmüll und die Klamotten in den nächsten Container entsorgt hatte. Zumindest die, die ich nicht mit Batikfarbe auf Orange umtrimmen konnte. Mein ganzes Leben hab ich umgekrempelt aus einem einzigen feuchten Grunde! Eins hatte der Rüdi Babakrishna nämlich in Poona gelernt: vögeln! Er hat mir zum ersten Mal gezeigt, was die Biologie Männern und Frauen so ermöglicht. Also nicht nur Rausrein-Zigarette, wie ich das von Guido kannte. Das mit dem »Arschram« hat mich in unserer WG im Belgischen Viertel allerdings anfangs immer zum Kichern gebracht. Na, und dass er auf ohne Bettdecke, sogar mit Spiegel an der Decke bestand – das war mir erst mal schon peinlich.

Als eine Woche später die Caro aus Chorweiler einzog, dann die Uschi aus Urbach, die Moni aus Monheim, die Uli, die Babette, die Ulli Zwo (mit Doppel-L), die Marita, und wie sie alle hießen – manche blieben ja nur ein paar Nächte –, also das fand ich dann erst mal ziemlich scheiße. Aber alle haben mitgemacht. Sich gegenseitig einen runtergeholt, dass der Pascha seinen hochkriegte. Bloß nicht spießig sein! Dabei ging es doch nur darum, dass Rüdi zu jeder Tages- und Nachtzeit aufspießen konnte, was ihm vor die Wampe kam. Er behauptete, das mit vielen Frauen auf einmal, das wär in der Natur so eingerichtet. Weil die Männer ihren Samen möglichst breit streuen müssten, um die Evolution voranzutreiben. Ich bin mir nicht so sicher, ob das jetzt exakt das war, was sein Guru gemeint hatte. Außerdem verstehe ich nicht ganz, warum der Babakrishna-Rüdi seinen kostbaren Samen dann so gerne an Stellen verspritzte, wo die Evolution nun wirklich keine Chance hatte. Ein bisschen Biologie war von der Gesamtschule ja schon noch bei mir hängen geblieben.

Das müsste ich halt schlucken, hat der Rüdi gesagt. Sein Samen wär äußerst eiweißreich, gut verdaulich und biologisch abbaubar. Der wär nicht nur kosmisch, sondern auch kosmetisch wertvoll. Wenn man sich damit eincremen tät, das gäb Marmorhaut. Ganz glatt. Einziehen lassen, fertig.

Das mit dem biologischen Abbau hat er später dann auch unter Beweis gestellt. Schlagkräftig. Mehr als einmal.

Der konnte nämlich ganz schön ausrasten. Sobald nämlich das passierte, was die Natur eben so macht, wenn man Samen streut. Präser kamen dem Mann der Liebe ja nicht in die Tüte. Die gehörten nicht zur Produktpalette des kosmischen Plans, behauptete er.

Ich weiß nicht, wie viele von den anderen er geschwängert hat. Mich hat es dreimal getroffen. Sobald er Wind davon kriegte, rastete er aus. Wie ich mir das vorgestellt hätte? Wer das Geld für das Blag ranschaffen würde? Dass der Erlös von dem Kiosk nicht lange reichte, war klar. Dabei war ich nicht die Einzige, die ihm alles in den Rachen schmiss. Weil wir doch alle eine große orange Wir-haben-uns-lieb-Gemeinschaft waren. Genauer: Eine Wir-haben-unseren-Baba-lieb-Gemeinschaft, die sich alle seine Gemeinheiten gefallen ließ.

Wir Frauen nahmen jeden Job an, um den gemeinsamen Haushalt zu finanzieren. Lagerarbeiten bei Lidl, Putzen im Pullmann Hotel, Wochenzeitungen und Werbung austragen. Unserem Pascha war jede Quelle recht, solange sie nicht Strich oder *Pascha* hieß. Keine Götter neben Guru Rüdi! Er selbst hatte bis über beide Ohren zu tun mit der Ashram-Akquise. Jeden Tag zog er durch Cafés, abends durch Bars und Diskotheken, um weitere Frauen abzuschleppen – na, und zwischendrin gab's Liebe. Kam nach Hause, ließ sich von uns baden, füttern, salben – und vögeln. Und wehe, irgendetwas war nicht nach seinen Wünschen. War der Tee bitter, hagelte es fliegende Untertassen. Gerichte, die seinen Geschmack nicht trafen, verfehlten die Köchin nicht. Die kriegte das ganze Gedeck an den Kopf gepfeffert. Wer beim Massieren zu feste zupackte oder beim Sex gar kniff, bekam Extradienste aufgebrummt, die immer gemeiner wurden. Nacktputzen war da noch die harmloseste Variante.

Alles hab ich hingenommen. Ich bin nun mal nichts Besonderes, hab's auch nie anders kennengelernt, als dass ich wie ein Stück Scheiße behandelt werde. Am Anfang fand ich den Sex halt super. Die Nebenfrauen hab ich gehasst. Später war's umgekehrt.

Mit allem hätte ich leben können.

Dass er mir aber dreimal das werdende Leben aus dem Leib geprügelt hat, das schlug dem Fass den Boden aus.

Er muss genau Buch geführt haben über unsere Menstruationszyklen. Wenn bei irgendeiner eine Weile was ausblieb, setzte es Tritte unter die

Gürtellinie. Früher oder später ging dann da was ab. Beim ersten Mal war ich so überrascht, dass ich es kaum sortiert kriegte. Es ist ein bisschen wie Achterbahnfahren. Egal, was der Kopf dazu sagt, eines ist klar: Im Bauch ist alles Natur. Und die tickt bei Frauen nun mal anders. Wenn Rüdi Babakrishna dafür sorgte, dass die Früchte seiner Lenden biologisch abgebaut wurden, dann ging das gegen unsere Natur! Und die unserer Kinder und Kindeskinder! Natürlich kann es immer passieren, dass man Kinder verliert. Aber doch nicht so! Wenn es wenigstens ein Grab gegeben hätte, an dem man sich hätte ausheulen können. Man braucht einen Ort! Mir blieb ja nichts, als mich übers Klo zu hängen. Am Ende hätte ich nur noch kotzen mögen. Irgendwo in der Kanalisation lagen meine Wünsche und Hoffnungen versenkt. Das gärt. Das kann man nicht gut aushalten.

Na, und dann kam Rüdiger mit dieser Kanal-Idee. Swantje hatte ihn darauf gebracht. Sie war frisch aus Amsterdam zugezogen und brachte ein Hausboot in den Ashram ein. Ich meine, das Boot blieb natürlich schön, wo es war, irgendwo bei Loosdrecht in Holland. Aber es gehörte ihr. Und damit unserem Babakrishna-Boss. Meinte der zumindest. Deshalb wollte er jetzt auf das Boot umziehen, über die Kanäle schippern und die Niederlande seinem Ashram angliedern. Die wären eh schon auf Oranje abonniert. Da fehlte ihnen nur noch der Baba zum Glück. Meinte der Rüdi.

Wir hatten, was den Kölner Ashram anging, den Kanal voll mittlerweile. Und so beschlossen Caro, Uschi, Moni, beide Ulis (mit einem und mit Doppel-L) und Marita, mit Swantje auf das Hausboot umzuziehen. Den Rüdi verstanden wir da schon eher als notwendiges Übel. Nur Babette wollte die Stellung in Köln halten. Die hatte sich gerade frisch verliebt. In einen Finanzbeamten mit gestreiftem Hemd und Bügelfalten. Aber das schmierte sie dem großen Babakrishna natürlich nicht aufs Butterbrot. Dafür uns allen einen fetten Stapel Stullen, als wir an einem sonnigen Maitag in Monis VW-Bus in Richtung Loosdrecht lospreschten.

Unser Leithammel saß am Steuer und übte Bleifuß. Ich gab als Harems-Dienstälteste die Beifahrerin. Die übrigen Mädels knubbelten sich hinten und hatten ihren Spaß. Ich klemmte die Nase in ein Buch, das mir Uschi geliehen hatte.

Natürlich passte ihm das nicht.

»Du liest?« Es klang, als hätte er wissen wollen, ob ich noch alle Tassen im Schrank hätte. Als ich nicht antwortete – was denn auch? –, riss er mir das Buch aus der Hand und lachte verächtlich: »Patrizia Hochschmitz, sieh an! Seit wann interessierst du dich für Krimis?«

Es hätte genauso gut ein Gebetbuch sein können. Ich hatte kein Wort bisher gelesen, hatte nur keinen Bock, Rüdis rüden Sprüchen zustimmen zu müssen, wenn er sich über die Fahrkünste seiner Mitmenschen lustig machte. Ich guckte mir das Buch genauer an. Die Autorin hieß gar nicht Hochschmitz! Die hatte einen englischen Namen, der ganz ähnlich klang. »Der talentierte Mr Ripley« war der Titel. Wieso hatte Rüdis Stimme so einen komischen Unterton gehabt? So – unbehaglich! Das Buch begann mich zu interessieren. Ich klappte es auf und las mich fest. Als wir ankamen, hatte ich gerade die letzte Seite durch.

Das Boot war ein Traum! Das war der Ort, wo wir hingehörten! Und: Wir hatten ein Ziel. Keine von uns sprach es aus. Aber unser aller Blicke wandten sich unwillkürlich gen Südwesten. Frankreich! Spanien! Portugal!

Rüdiger Babakrishnas Versuch, das Boot in die andere Richtung zu steuern, war exakt der Tropfen, der das Fass zum Überlaufen brachte. Eine einzige falsche Bewegung! Wer wollte schon nach Amsterdam? Acht Frauen auf dem Weg nach Paris. Der Stadt der Liebe!

Nur die Sonne war Zeuge, als Caro, Uschi, Moni, beide Ulis (mit einem und mit Doppel-L), Marita, Swantje und ich zu den Tauen griffen.

Es geht nichts über eine Gemeinschaft von Menschen, die sich die Liebe auf die Fahnen geschrieben haben. Acht Frauen und ein Mann.

Es geht uns gut.

Der Mann hat ein bisschen abgebaut. Aber das ist ein ganz normaler biologischer Prozess, wenn man fest verschnürt in einem Netz unter einem Schiffsrumpf hängt. Bis wir irgendwann vielleicht am Meer ankommen, wird nicht mehr viel von ihm übrig sein. Die Fischschwärme, die unser Boot begleiten, tun ganze Arbeit.

Manchmal fragen wir uns, ob eine Kanaille aus Bad Salzuflen-Knetterheide oder Roggendorf-Thenhoven vermisst wird.

Von wem?

Wir vermissen nichts.

In Spanien soll man die Orangen im Vorbeifahren von den Bäumen rechts und links des Kanals pflücken können.

Für hellhäutige Westeuropäerinnen ist das jedenfalls überhaupt keine Farbe.

Erstveröffentlicht in: *Tod und Tofu*, Hrsg.: Elke Pistor, KBV Verlag Hillesheim 2014

HAILIG'S BEAGLE!

Bad Boltenhagen«, sagt Paul. »Bad Boltenhagen, und gut ist.« Überhaupt nichts ist gut! Ich habe von unserem Bad gesprochen. Das dringend neu gefliest werden muss. Aber der Paul will nicht fliesen, sondern in Ferien fahren. Nach fünfundvierzig Jahren Fräserei will er nichts mehr wissen von Firma und schon gar nicht von häuslicher Frickelei, wie er das nennt, sondern meint, er müsse jetzt erst mal seine Freiheit genießen. Solange er noch könne. Ich hätte das schließlich mein ganzes Leben lang gehabt.

Da geht mir doch der Hut hoch. Im Herbst sind es jetzt vierzig Jahre, seit er vor mir gestanden hat, Hut in der Hand, die Krempe geknetet, ob ich mir vorstellen könnte mit ihm – jetzt, wo's doch wieder aufwärts ginge und er beim Daimler was gefunden hätte …

Was hatte ich denn für eine Wahl? Freiheit? Heilig's Blechle! Wer in den Trümmern groß geworden ist, ist fürs Leben geprägt. Im Schwabenländle doch gleich doppelt. Männer waren damals überall Mangelware, also griff man zu. Und räumte auf. Mein ganzes Leben lang habe ich geräumt und geputzt. Hinter Paul her, hinter den Kindern her, unser Häuschen, den Garten, den Gehweg – den lieben langen Tag nichts als für andere da sein. Das nennt der Kerl lebenslängliche Freiheit? Strafe ist das.

Jetzt wäre es endlich an der Zeit, einen Rundumschlag zu machen. Wenn die Keramik ein gewisses Alter erreicht hat, wird sie nicht mehr weiß. In den gesprungenen Fliesen sammelt sich Schmodder, die Gerüche sitzen in Ritzen und Ecken, da hilft kein Sagrotan. Alle Rohre müssen raus – und jetzt macht der Paul auf faul! Und ich gucke in die Röhre.

Vierzig Jahre lang habe ich mich fügen müssen. Da wäre die Welt wohl aus den Fugen geraten, wenn es mal nach mir gegangen wäre.

Aber warum sollte es bei uns anders zugehen als bei Magda und Kurt und Brigitte und Karl und Gisela und Harald? Unsere Generation ist unter Granatenbeschuss groß geworden und hat einen Geduldsfaden aus Granit entwickelt. Es konnte nur besser werden! Da hält man sich sein ganzes Leben dran fest und glaubt, mit der Rente würde man dann schließlich im Paradies ankommen. Die Vorboten sind schneller: Parodontitis, Presbyakusis und Penisinsuffizienz. Bei Kurt ist mit fünfundsechzig der Parkinson dazugekommen, Karl leidet unter Pankreatitis und Harald unter Perikarditis. Was das für die geplagten Ehefrauen bedeutet, will doch keiner wirklich wissen. Da wird gepflegt, bis der Arzt kommt. Oder der Bestatter.

Ich könnte mich glücklich schätzen, heißt es, dass der Paul sich frühzeitig hätte abfinden lassen und noch so topfit sei – gut, ich weiß es ja besser. So dicht dran hört man schon, wie es knirscht in den Gelenken und im Koppe.

Aber gerade weil er doch noch einigermaßen zurecht ist, wäre es allerhöchste Zeit für das Bad! Wer weiß, welche Gebrechen er in einem halben Jahr kriegt! Womöglich kann ich dann bis ans Ende meiner Tage Schimmel aus den Fugen kratzen. *Meine* Lebenserwartung ist ja schließlich ein bisschen größer als seine.

Bad Boltenhagen! Wo soll das überhaupt sein? Irgendwo da oben am Meer.

Ob das etwa da ist, wo der Schimmelreiter herkommt, frage ich – nur so, um mich zu orientieren.

Na, das ist ja Wasser auf seine Mühlen. Mit Lesen hat der Paul es noch nie so gehabt. Aber mit der Wirtschaft kennt er sich aus.

»Im Gegenteil!«, ereifert er sich. Der größte Arbeitgeber da sei die Bockholdt Gruppe. Die machten in Gebäudereinigung. Das müsse mir doch gefallen.

Irgendwie ist er ja auch wieder rührend, mein Paulchen. Er schnallt es nicht, dass ich das Putzen hasse! Ich hab's doch nur immer gemacht, weil kein anderer sich erbarmte! Er hat sein Lebtag keinen Lappen in die Hand genommen, außer um das Auto zu polieren.

Wenn es eins gibt, was ich noch mehr hasse als Putzen, dann ist das nun mal Dreck. Deswegen verreise ich auch so ungern. Mit meinem eigenen Dreck kenne ich mich immerhin aus.

Aber so ist das nun mal: Frauen haben recht, und Männer kriegen es. Also fahren wir nach Bad Boltenhagen.

Ich brauche zwei Tage, ehe ich das Ferienhäuschen so weit habe, dass mir keine Gänsehaut den Rücken rauf- und runterläuft. Ich meine, das ist ja schon alles ganz nett gemacht. Aber wenn man sich überlegt, wie viele Generationen von Gästen da ihre Fußpilze in den Teppichen, ihre Blähungen im Sofa und ihren Auswurf im Waschbecken hinterlassen haben – da muss man zu härteren Mitteln greifen als in den heimischen vier Wänden.

Paul erkundet derweil die Umgebung. Er will ein Boot mieten. Schließlich gibt es unterhalb vom Haus am Strand auch einen Anleger. Tatsächlich kommt er am zweiten Tag mit einem kleinen Außenborder angetuckert – stolz wie Oskar, dass er es geschafft hat anzulanden, ohne den Steg abzureißen. Hat sich extra eine Kapitänsmütze gekauft. Und für mich auch eine. Dass ich gleich mitkommen soll. Ich nehme erst mal das Boot in Quarantäne, bewaffne mich mit einem Eimer heißem Wasser und Scheuertüchern und schicke meinen Mann so lange spazieren gehen. Und fluche. Schon wieder putzen.

Am Abend bin ich fix und alle. Wir sitzen beim Abendbrot in der Wohnküche. Die Terrassentür habe ich fest verschlossen – wegen des ganzen Ungeziefers. In dem Licht, das aus dem Wohnzimmer nach draußen fällt, bewegt sich auf einmal etwas. Irgendwas Unheimliches. Etwas Kniehohes. Es starrt uns mit großen Augen an.

»Paul!«, rufe ich. »Was ist das?«

»Was denn?«

»Ja, guck doch hin!«

»Ach, der«, sagt Paul.

»Wie – ach, der!«

»Ach, der ist harmlos.«

Ich schreie auf. »Ein streunender Hund!«

»Das ist ein ganz Lieber«, meint Paul. »Den hab ich im Lenorenwald aufgegabelt. Der ist mir die ganze Zeit hinterhergelaufen. Der tut nichts!«

Natürlich tut so ein Köter was! Haaren, sabbeln, stinken. Mindestens! Mit Sicherheit verteilt er auch noch Flöhe und verkackt die Strandwege!

»Jag ihn weg!«, verlange ich.

Aber als Paul aufsteht und zur Terrassentür will, rufe ich ihn wieder zurück. »Bist du verrückt? Wenn du die Tür aufmachst, kommen die ganzen Insekten rein!«

»Na, dann nicht.« Paul setzt sich wieder.

Ich bin zu müde, um bei der Polizei anzurufen. Stattdessen räume ich ab und spüle und gucke von Zeit zu Zeit nach den Augen, die im Dunkeln zu leuchten scheinen.

»Der sieht aus wie der Hund von Baskerville«, sage ich.

»Vielleicht ist er ja da entlaufen«, mutmaßt Paul. Als er mein Entsetzen bemerkt, beschwichtigt er: »Der Hund von Baskerville war eine Bluthund-Dogge-Kreuzung. Der da ist zwar auch englischer Adel, aber ein Beagle. Morgen jag ich ihn weg, wenn er dich stört.«

Mitten in der Nacht schrecke ich auf. Jemand kreischt, als ginge es um sein Leben. Zwei! Es müssen zwei Frauen in höchster Not sein. Oder ist das Kindergeschrei? Ich stehe senkrecht im Bett. Wieder ist es Paul, der mich beruhigt.

»Das sind rollige Katzen.«

Ich denke, ich höre nicht richtig. »Was ist denn daran drollig? Das ist unerträglich!«

Ebenso plötzlich, wie das Geschrei begonnen hat, stoppt es wieder.

Am nächsten Morgen sehen wir auch, warum: Der Beagle hat ganze Arbeit geleistet. Zwei tote Katzen liegen an dem Mäuerchen, das unsere Terrasse begrenzt. Der Hund steht daneben, blickt uns erwartungsvoll an und wedelt mit dem Schwanz.

»Brav«, sagt mein Mann.

Ich fahre herum. »Waaas?«

»Na, hat er deine Nachtruhe gerettet, oder nicht?«

»Na, ja. Schon. Aber dafür hat er uns die Terrasse versaut.«

Paul verspricht, umgehend auf das Meer hinauszufahren und die Leichen dort zu entsorgen. Das macht er tatsächlich, fährt einen kleinen Bogen und kommt mit einer Brötchentüte zurück. Den Hund hat er vorher weggeschickt.

Mittags fährt Paul mich eine Runde die Küste entlang. Mit Kapitänsmütze. Richtig fesch sieht er aus.

Bei unserer Rückkehr sitzt der Hund auf dem Bootssteg und begrüßt uns freudig bellend.

»Paul!«, zische ich.

Mein Kapitän hebt die Hand. »Sitz!«, gebietet er.

Der Hund fügt sich. Er setzt sich und guckt mit großen Augen, als wir aus dem Boot klettern und über den Steg an das Ufer gehen.

»Brav«, sagt Paul und wirft ihm ein Wurstbrötchen zu. »Bleib!«

Der Hund bleibt auf dem Steg sitzen, isst das Brot und blickt uns hinterher.

Als wir zu unserem Häuschen zurückkommen, sitzt jemand auf der Terrasse. Ein Mann. Er hat es sich in einem der Lehnstühle bequem gemacht, eine halb geleerte Flasche Rum vor sich auf dem Schoß, den Kopf zurückgelehnt und schnarcht. Sein Geruch hätte mich eigentlich warnen müssen, aber ich muss gestehen, ich bin noch völlig verzaubert von der Bootstour. Schlagartig ist der Ekel wieder da. Auf dem Polster habe ich heute Vormittag noch gesessen und die Sonne genossen! Ich flüchte mich ins Haus. Durch die fest verschlossene Terrassentür beobachte ich, wie mein Mann sich bemüht, den Penner zu wecken. Nach einer Weile schlägt der zwar die Augen auf, aber er ist zu angeschlagen, um aufzustehen. Paul muss ihm schon unter beide Achseln greifen, um ihn in den aufrechten Stand zu befördern. Vor meinem inneren Auge schmeiße ich eine Waschmaschine an. Pauls Klamotten, die Terrassenstuhlauflagen …

Als Paul zurückkommt, bringt er Brötchen mit. Und den Beagle.

»Du bleibst da sitzen!«, sagt er und weist dem Vieh einen Platz außerhalb des Mäuerchens zu. Der Hund legt sich ab und mustert uns aufmerksam. Paul setzt sich in den zweiten Stuhl und will die Spätnachmittagssonne genießen. Aber ich schicke ihn erst mal zum Umkleiden.

Sicherheitshalber ziehe ich auf beide Stühle frische Polster und schrubbe Tisch und die Terrasse gründlich. Als wenn ich das heute Morgen nicht bereits getan hätte. Nun, so ist das mit der Natur.

Nach dem Essen entkorkt mein Mann einen Rotwein, wirft dem Hund eine Wurst zu, die dieser friedlich futtert, während wir uns vor der untergehenden Sonne zuprosten. Als mein Paulchen schließlich den Arm um meine Schultern legt und mich ins Haus führt, bin ich mit Bad Boltenhagen einigermaßen versöhnt. Ach, so ein Urlaub kann geradezu romantisch sein.

Beim Blick auf die Terrasse entfährt mir am nächsten Morgen ein spitzer Schrei. Pauls Blick folgt meinem ausgestreckten Finger. Da sitzt der Penner von gestern im Stuhl, als wäre das sein persönlicher Stammplatz. Kopf zurückgelegt, Augen zu. Nur an der Kehle ist irgendwas anders als gestern. Da klafft etwas Rotes.

Es dauert etwas länger, bis Paul diesmal vom Brötchenholen zurückkommt. Aber ich bin stolz auf mich. Ich habe ihm tatsächlich geholfen.

Als ich meine Gummihandschuhe übergezogen hatte, beförderten wir den Kerl mit vereinten Kräften auf eine Plane und schleiften ihn zum Bötchen. Zum Glück war am Strand nichts los. Ich stand am Bootssteg und winkte Paulchen hinterher. Der Beagle hockte neben mir. »Brav!«, lobte ich ihn, und er begleitete mich zu unserem Ferienhäuschen zurück, legte sich wie selbstverständlich vor dem Mäuerchen ab und guckte zu, wie ich die Terrasse putzte und Wäsche aufhängte.

Nach dem Frühstück muss ich das Boot schrubben, aber dann genieße ich einen wunderbaren Ausflug zur Insel Walfisch. Paul steht an der Pinne wie ein alter Seebär. Er hat Farbe gekriegt, mein Paulchen. Wirkt gesünder und kräftiger denn je. Der Hund liegt zu seinen Füßen, als hätte er nie woanders hingehört. Ich habe allerdings darauf bestanden, dass Paul ihn vorher in einer Bütt gründlich wäscht. So etwas schweißt zusammen. Das Reinigen hat was Kathartisches, sag ich immer. Paul kann ich damit nicht kommen, der versteht ja auch nichts vom Lesen. Aber anpacken kann er. Und er ist ja schließlich ein Mann. Wie er den Beagle in die Bütt befördert hat! Da genügte ein Blick. Hops, war das Tier im Wasser, die großen Augen auf meinen Paul gerichtet. Ach, und wie der dann mit der Wurzelbürste und Schaum an ihm rumgeschrubbt hat! Ich glaube, sie haben es alle beide genossen. Es war jedenfalls eine Freude, ihnen zuzuschauen! Als das Tier wieder rauskam, sah es gleich ganz anders aus. Ich hab es dann auch mal angefasst. Ganz weiches Fell! Ach, und die Augen! Das hat schon was.

Da sitzen wir nun wie eine kleine glückliche Familie: Paul, der Hund und ich neben dem Bötchen am Walfisch-Strand. Wasser umspielt meine nackten Zehen. Kleine Krebschen flitzen mit den Wellen um die Wette.

»Was hältst du davon, wenn wir ihn ‚Basker' nennen?«, frage ich.

Paul lacht. Er holt zwei Flaschen Bier aus der Kühlbox und öffnet sie am Bootsrumpf. Es erinnert mich an irgendeine Werbung, aber ich weiß nicht, welche. Ist auch egal. Das hier ist real.

»Basker Beagle!«, ruft Paul feierlich und stößt mit mir an. Den Hund bespritzt er mit Bier, aber der springt so geschickt, dass er die Ladung ins Maul bekommt, und schleckt sich die Lippen. Es sieht zu putzig aus!

Diese Nacht darf er auf der Terrasse schlafen.

Am nächsten Morgen liegen da sauber aufgereiht: zwei Spitzmäuse, ein Maulwurf und eine Taube. Paul packt sie auf dem Weg zum Bötchen in die Plastiktüte, Basker trottet neben ihm her, ich schrubbe die Terrasse, decke den Frühstückstisch, und als meine beiden Jungs mit den Brötchen kommen, nickere ich ganz entspannt in der Sonne und genieße die Ruhe. Ja, mit sechzig fängt das Leben an, paradiesisch zu werden.

Paul bringt eine Zeitung mit. Vielmehr Basker – er trägt sie im Maul. Ganz behutsam. Er macht vor mir Platz und legte sie vorsichtig auf meinem Schoß ab. Die Schlagzeile auf der ersten Seite springt mir ins Gesicht. »Hai-Attacke?« Darunter ein Bild von unserem Penner, wie er mal ausgesehen haben muss, als er das Ordnungsamt besucht hat, um sich einen Personalausweis ausstellen zu lassen. In dem Artikel wird darüber spekuliert, was für ein Tier dem Mann die Kehle durchgebissen haben könnte. Man vermutet, er sei in betrunkenem Zustand irgendwo ins Wasser gefallen und bei dem Versuch zurückzuschwimmen attackiert worden. Ertrunken sei er nicht. Der Tod müsse schon vorher eingetreten sein. Außer dem Biss in die Kehle sei er nicht weiter angeknabbert gewesen. Nun, die Ostsee ist ein fischreiches Gebiet. Wenn sich ein Hai so weit in Küstennähe wagte, könnte er reichlich Futter finden und wäre nicht auf einen alten Pennerkadaver angewiesen.

Nachmittags fährt ein Polizeiauto neben der Terrasse vor. Zwei Schutzmänner steigen aus, tippen sich an die Mütze. »Moin!«

»Einen schönen Tag!«, korrigiere ich sie freundlich.

»Wie lange machen Sie hier schon Urlaub?«, will der eine wissen.

Wir gucken uns an und müssen lachen. Weil wir es ganz vergessen haben. In den Ferien ticken die Uhren anders. Paul muss an den Fingern zurückzählen. »Sechs Tage«, verkündet er.

»Herrlich hier!«, ergänze ich. Und das meine ich auch.

Basker sagt nichts, weil er sich unauffällig in die Botanik verdrückt haben muss, als die Polizisten vorgefahren sind.

»Haben Sie in den letzten Tagen diesen Mann gesehen?« Der Kollege hält das Bild des Penners aus der Zeitung hoch.

Wir schütteln den Kopf.

»Hätt ja sein können«, sagte der erste wieder. »Es hieß, der treibt sich hier schon mal rum, wenn die Häuser unbewohnt sind.«

»Na, jetzt sind wir ja hier«, sagt Paul.

»Stimmt.« Die Bullen winken, rufen »Moin!«, steigen wieder ein und fahren langsam weiter. – Hatte ich gerade »Bullen« gedacht?

Basker taucht am Mäuerchen auf, im Maul ein fettes Kaninchen.

»Wunderbar!«, ruft Paul. »Für das Abendessen ist gesorgt!«

Das Abhäuten übernimmt er. Wo er sich doch sonst nie um Küchenbelange gekümmert hat. Begutachtet anschließend fachmännisch das Fell und sagt: »Das sollte einen schönen Muff geben. Was meinst du, Schatz?«

Ach, ich muss schon sagen, die Wochen in Bad Boltenhagen waren die schönsten meines Lebens. Bisher. Aber wir sind ja noch lange nicht am Ende. Sobald Paul mit dem Bad fertig ist, wollen wir wieder los. Wir haben uns nur noch nicht ganz geeinigt, wo es hingehen soll. Ich möchte gerne Bella Italia kennenlernen. Paul denkt eher an Skandinavien. Ach, und wenn er sich am Ende durchsetzen wird – diese norwegischen Stabkirchen finde ich ja auch ganz spannend. Obwohl ich mir nicht so sicher bin, ob sie mit dem Buddenbrook- und dem Günter-Grass-Haus mithalten können. Schon gar mit den italienischen Kunstschätzen. Aber das läuft uns alles nicht weg.

Ein einziger Wermutstropfen hat unseren Aufenthalt in Bad Boltenhagen noch getrübt. Das war in der letzten Woche, zwei Tage vor unserer Abreise. Da zog gleich nebenan ein junges Pärchen ein. Bis dahin war es ja so idyllisch gewesen! Man sah und hörte nichts von Nachbarn. Die haben aber auch wunderbare Hecken hochgezogen zwischen den Häusern, hinter denen man sich fühlt wie auf einem einsamen Stern.

Dann ging das auf einmal mit dem Krach los, und es war klar: Wir hatten nicht nur neue Nachbarn, sondern solche, die man seinem schlimmsten Feind nicht wünscht. Das ohrenbetäubende Gedudel hielt vom Nachmittag bis zum späten Abend an. »Paul«, flehte ich. »Unternimm etwas!«

Paul ging um das Haus herum, Basker trottete hinterher. Nach ein paar Minuten wurde die Musik etwas leiser gedreht. Gerade so viel, dass ich eine männliche Stimme rufen hörte: »Mach dich nicht lächerlich, Opa! Wir leben in einem freien Land!«

»Eben!«, hörte ich Paulchens ruhige Stimme, und mir wurde ganz warm ums Herz. »Darum werdet ihr beiden Jüngelchen uns jetzt auch die Nachtruhe gönnen!«

»Dann geht doch endlich ins Bettchen, husch-husch!«, ließ sich die erste Stimme wieder vernehmen. »Damit wir in Ruhe weiterfeiern können!«

»In Ruhe!«, sagte Paul. Seine Stimme war nicht laut, aber klar und fest. »Haben wir uns verstanden? Sonst zeigen wir euch, wie Totenstille geht!«

Er kam zurück. Nebenan wurde wieder aufgedreht. Basker verschwand in der Dunkelheit, während drüben ekstatisch weiter gefeiert wurde. Zu der Musik gesellten sich schrille Schreie. Paul sprang auf. »Jetzt ist aber endgültig Schluss!«

Kurz darauf verstummte die Musik.

Paul kehrte zurück. »Ich brauche die Plane.«

Während er noch eine nächtliche Bootstour unternahm, putzte ich die Nachbarterrasse. Ich möchte wetten, so sauber ist die in ihrem ganzen Leben noch nicht gewesen! Schwäbischer Putzkunst ist die Mecklenburg-Vorpommersche Spurenermittlung nicht gewachsen.

Am nächsten Tag haben wir das blitzblank gewienerte Bötchen zum Verleih zurückgebracht. Ein wenig traurig waren wir ja schon. Aber das

Urlaubsvergnügen hätten wir ohnehin nur noch eingeschränkt genießen können: Wegen Haialarms war Baden und Schwimmen in der Lübecker Bucht ab sofort streng untersagt, wie große Schilder an der ganzen Küste verkündeten.

Basker wird sich in Stuttgart schnell einleben. Und wenn es sich gar nicht vermeiden lässt – warum soll sich nicht mal ein Hai in den Neckar verirren?

Erstveröffentlicht in: *Meermorde*, Hrsg.: Petra Tessendorf, Windspiel Verlag Scharbeutz 2015

MUSIMORD

Obergeschoss bebt.
Bässe dröhnen, bis es knallt.
Geschoss von unten.

Erstveröffentlicht in: *Tat-Zeuge*, Das Syndikats-Dossier 2017, Hrsg.: Nadine Buranaseda, Gmeiner Verlag Meßkirch 2017

ÜBER DEN VERFALL DER MORAL

Das Wort »Moral« hatte in seinem Denken einen festen Platz. Es konnte sozusagen als Überschrift über all seinem Denken und Tun gelten. Festgemeißelt in Blockschrift. Großes »M« und kleines »oral«. Aber als seine Frau starb, hat sich dieses »M« ganz schnell verselbstständigt. Sie hatte ihn immer knappgehalten, was die Sinnlichkeit anging. Jetzt war der Weg frei.

Es fing gleich nach der Beerdigung an, als er mit sich allein sein wollte und in dieser zwielichtigen Kneipe einkehrte. Zuerst bestellte er das scharfe Zeug nur, um seine Gedanken zum Stillstand zu bringen.

Aber einer reichte nicht. Nach einem kurzen Aussetzer ging es wieder los da oben. Der zweite brachte ihn auf den Geschmack. Hm. Das schmeckte nach mehr.

Nach dem zehnten war sein Kopf zum Stillstand gekommen. Er lag reglos auf der Theke. Drinnen war der Teufel los. Das reinste Karussell.

Die Barfrau, der er sein trostloses Leben über den Tresen gekotzt hatte, schloss den Laden und schleppte ihn ab auf ihr Zimmer. Er entleerte den Inhalt seiner Därme unverzüglich in ihr Bad und lag dann wie tot auf ihrem Bett. Aber sie brachte ihn wieder ins Leben zurück. Auch wie sie es tat, das war ihm neu. Hm, das weckte seine Lebensgeister. Erst allmählich verstand er, wie sie es machte. Mit dem Mund. Da hatte sich der Rest seines moralischen Denkens verselbstständigt. Gott, was tat das gut!

Aber das konnte natürlich nicht gut ausgehen, denn wo bleibt denn da die Moral?

Die Frau hatte einen Beschützer, der an diesem Abend unerwartet zurückkehrte. Er war nicht sehr erbaut, seine Geliebte in diesem Zustand vorzufinden. Und so entleerte der betrogene Liebhaber einen Kübel voller Schmähungen über das ertappte Paar.

Da passierte es, dass die große Hitze über den Mann kam. Sie überfiel ihn sozusagen hinterrücks. Und was passiert, wenn die Moral in große Glut gerät? Sie schrumpft. Erst rücken alle Buchstaben wieder eng zusammen. Dann ist nichts mehr mit Genießen, und schon gar nicht auf diese Weise. Das sittliche Denken ist wiederhergestellt, und es duldet keine unflätigen Bemerkungen. Aber die Hitze kam doch aus dem Hinterhalt, der Mann war nicht darauf vorbereitet und konnte sie nicht rechtzeitig aufhalten. Sie wirkte so heftig von hinten auf seine Moral ein, dass das kleine l ganz dicht an das kleine a gepresst wurde. Die beiden verschmolzen zu einem neuen Buchstaben. Und da war es auch schon passiert. Mit dem Marmorascher.

Den Rest seines Lebens verbrachte unser Mann hinter Gittern. Manchmal kam die Barfrau ihn noch besuchen.

Und die Moral von der Geschicht?

Moral braucht hinten und vorne Luft.

Erstveröffentlicht in *Der Maulkorb 1*, Zeitschrift für Literatur und Gesellschaft, unter dem Titel Moral, Hrsg.: Silvio Colditz, Dresden Oktober 2007

Regina Schleheck

© Foto by Barbara Dünkelmann

gebürtig aus Wuppertal, in Köln aufgewachsen, lebt heute als hauptberufliche Oberstudienrätin, freiberufliche Autorin, Herausgeberin und Referentin sowie fünffacher Mutter in Leverkusen. Seit 2002 veröffentlicht sie Kurzgeschichten, Erzählungen, Romane, Hörspiele und mehr, wurde vielfach, unter anderem mit dem Glauser-Preis in der Sparte Kurzkrimi, ausgezeichnet, für den sie 2021 erneut nominiert war. Auch im Genre Phantastik hat sie sich durch eine Fülle an Veröffentlichungen und Auszeichnungen einen Namen gemacht.

Letale Lösungen I

Durch den Magen an den Kragen

Ob Oma Pachulke Plätzchen für ihren Führer backt, die rachelüsterne Putzfrau Natriumchlorid nascht oder der Zwillingsbruder in der Fettpfanne sein Leben aushaucht – Morde, Motive und Methoden in Regina Schlehecks „Durch den Magen an den Kragen“, sind so bunt wie die 37 Kurzkrimis, die im letzten Vierteljahrhundert in verschiedensten Anthologien erschienen sind und hier erstmalig zusammengetragen wurden. Sie alle eint, dass darin ein Getränk oder eine Speise eine entscheidende – gelegentlich tödliche – Rolle spielt. Nicht wenige der Texte wurden ausgezeichnet.

Letale Lösungen III

Unfassbar – Böse Kurzkrimis

Die Protagonist:innen im dritten Band von Regina Schlehecks Kurzkrimi- Reihe „Letale Lösungen“ sind In-die-Ecke-Gedrängte, die sich auf dem weiten Gelände des Miteinanders in ein Labyrinth mit ungewissem Ausgang verirrt haben und Unfassbares erleben oder tun. Die hier zusammengetragenen 40 Geschichten – viele preisgekrönt – sind keine leichte Kost: Sie scheuen weder derbe Sprache noch Tabuthemen, verlassen gelegentlich den Boden der Realität und nehmen ungewöhnliche Perspektiven ein – um sie uns nahezubringen.

> „Und dann ist es nur ein ganz kleiner Schritt, bis wir erkennen: Wir mögen uns noch so erhaben fühlen, wir sind keinen Deut besser als die Außenseiter, die Perversen, die Kindsmörder. Das ist nicht nur hohe Kunst, das ist auch eine verdammt wichtige.“

SHERLOCK HOLMES

Eine dreiteiligen Reihe um den berühmtesten Detektiv der Welt aus der Feder von David Gray.

London im Jahr 1890: Zwei Jahre, nachdem Jack the Ripper die Hauptstadt des britischen Empires in Angst und Schrecken versetzte, wird Sherlock Holmes von seinem Bruder Mycroft gebeten, einen höchst merkwürdigen Fall zu übernehmen.
Was für Mister Sherlock Holmes und seinen alten Freund Dr James Hamish Watson zunächst wie ein etwas skurriler Routinefall aussieht, entpuppt sich jedoch als ein gefährliches Katz-und-Maus-Spiel, bei dem die Jäger rasch zu den Gejagten werden …

Band 1
Der Geist des Architekten
160 Seiten, 13,00 EUR
12 x 18 cm, Hardcover
ISBN 978-3-946425-69-4

Band 2
Das Grab der Molly Maguire
354 Seiten, 16,00 EUR
12 x 18 cm, Hardcover
ISBN 978-3-946425-74-8

Band 3
Die Augen der Göttin
384 Seiten, 16,00 EUR
12 x 18 cm, Hardcover
ISBN 978-3-96815-003-1

Falls euch das Buch gefallen hat, besucht unsere Präsenzen im Netz und folgt uns auf den sozialen Medien:

roterdrache.org

www.roterdrache.org/catalog

editionroterdrache

Verlag.EditionRoterDrache

Edition Roter Drache

RoterDrache2006

Die Edition Roter Drache ist Amigo in
DAS SYNDIKAT e.V.

www.das-syndikat.com